JULIE LEUZE

Für einen Sommer und immer

JULIE LEUZE

Für einen Sommer und immer

Roman

LYX

LYX in der Bastei Lübbe AG
Dieser Titel ist auch als E-Book erschienen.

MIX
Papier aus verantwortungsvollen Quellen
FSC® C083411
FSC
www.fsc.org

Vollständige Taschenbuchausgabe
der bei INK erschienenen Paperbackausgabe

Vollständige Neuausgabe

Umschlaggestaltung: © www.buerosued.de
Redaktion: Maike Hallmann
Satz: Greiner & Reichel, Köln
Gesetzt aus der Minion Pro
Druck und Verarbeitung: CPI books GmbH, Leck – Germany
Printed in Germany
ISBN 978-3-7363-0447-5

1 3 5 7 6 4 2

Sie finden uns im Internet unter www.lyx-verlag.de
Bitte beachten Sie auch: www.luebbe.de und www.lesejury.de

Für Oli

–

mehr denn je

1.

Eines weiß ich mit Bestimmtheit: Es kann ätzend sein, das Leben.

Ich stehe in meinem Zimmer im Vier-Sterne-Hotel und blicke durchs Fenster auf dunkelgrüne, dicht bewaldete Hänge, schroffe Felsen und schneebedeckte Gipfel. Wäre der Grund für meinen Urlaub nicht so traurig, fände ich es hier wohl schön. Mein Verstand weiß, dass der Ausblick herrlich ist, dass ich berauscht sein müsste und beglückt. Oder zumindest auf distanzierte Weise beeindruckt.

Doch meine Seele hinkt dem Verstand hinterher, sie ist damit beschäftigt, zu verdrängen, und Nebensächlichkeiten wie landschaftliche Schönheit sind ihr vollkommen egal.

Was ein bisschen ärgerlich ist, wenn man bedenkt, wie viel die drei Wochen in diesem Luxusladen mich kosten.

Ich seufze tief.

Aber hey, das wird schon!, weise ich mich sofort zurecht und straffe die Schultern. Das wird schon. Bald bin ich tiefenentspannt, muss nichts mehr verdrängen und kann mich allem stellen. Dafür bin ich schließlich hier, für ganze drei Wochen: damit ich in aller Ruhe Kraft tanken kann. Denn

Kraft werde ich brauchen für das, was vor mir liegt, zumal ich fest entschlossen bin, nicht zu versagen.

Diesmal nicht.

Ich wende mich vom Fenster ab, und während ich anfange, meinen Koffer und die große Ledertasche auszupacken, fallen mir Helenes missbilligende Worte ein.

Weglaufen ist keine Lösung. Was ist mit deinem Job, hast du keine Angst, dass sie gegen dich intrigieren, während du weg bist? Mäuschen, so geht das nicht!

Ich schlucke hart. Tiefenentspannung hin, Kraft tanken her – meine Freundin hat recht.

Natürlich hat sie das.

Denn Helene hat meistens recht: Sie analysiert jede Situation mit ihrem scharfen, wissenschaftlich geschulten Verstand, bevor sie einem ihre Vorwürfe um die Ohren haut, und sich zu verteidigen ist in den seltensten Fällen sinnvoll. Auch diesmal habe ich darauf verzichtet. Was hätte ich schon sagen können? Ich verstehe mich ja selbst nicht. Da kann ich kaum erwarten, dass meine Freundin es tut.

Eine Stunde später sitze ich im Hotelrestaurant vor einem Glas Südtiroler Weißburgunder. Das Restaurant ist in alpenländischem Stil eingerichtet, mit hellem Holz und dunkelroten Stoffen, alles wirkt zugleich gemütlich und elegant, und als ich das Glas hebe, fühle ich mich beinahe gut.

Ich schnuppere an meinem Weißburgunder. Apfelduft steigt mir in die Nase. Andächtig nehme ich den ersten Schluck.

Perfekt.

Und unwillkürlich denke ich an Henry. Bei Weinen wie diesem, säurebetont und fruchtig, hat Henry immer das Gesicht verzogen, während ich am liebsten darin gebadet hätte. Ich muss grinsen. Das war so typisch für uns beide: Wir mochten uns, hatten aber absolut nichts gemeinsam, weder beim Wein noch bei irgendwas sonst. Kein Wunder, dass unsere Beziehung nur sechs Wochen lang gehalten hat.

Was immerhin zwei Wochen länger war als die Beziehung zu Henrys Nachfolger Richard. Der schöne Richard, der mich gelehrt hat, dass der Sex mit einem körperlich vollkommenen Mann schlussendlich genauso anstrengend ist wie mit allen anderen.

Ich wische die unangenehmen Erinnerungen beiseite und widme mich lieber der Vorspeise. Und die ist ebenso köstlich wie der Wein: Bachforellenfilet, lauwarm und butterweich, begleitet von einem raffinierten Rote-Beete-Tatar. Als der Geschmack auf meiner Zunge explodiert, seufze ich selig, und in diesem Moment zählt nichts anderes als der Genuss; nicht Richard, nicht Henry, nicht meine Flucht.

Denn dies ist mein offizielles Laster: Ich *liebe* guten Wein, und ich *vergöttere* gutes Essen.

So diszipliniert ich sonst auch sein mag, so hart ich arbeite, so wenig ich schlafe, so rational ich mit dem Thema Männer umgehe – gegen diese Leidenschaft komme ich nicht an. Helene, die spindeldürre, hält Restaurantbesuche für Geldverschwendung und richtet ihren durchdringenden Blick gern auf meine Problemzonen, wenn ich nach dem Hauptgang noch in Käse und Dessert schwelge. Aber obgleich ich mich Helenes Urteilen meistens beuge, beim Essen bleibe ich hart. Oder vielmehr schwach.

Mit einer Spur schlechten Gewissens schiebe ich mir den letzten Happen Bachforelle in den Mund, gönne mir ein Stück knusprigen Weißbrots dazu und beruhige mich damit, dass ich immerhin Sport treibe; zwar nicht gern, aber regelmäßig. Für eine der führenden Mitarbeiterinnen der Presseabteilung von Pharmedizin ist es zwingend notwendig, gut auszusehen, schon um auf heiklen Pressekonferenzen die (männlichen) Journalisten milde zu stimmen. Um Joggen und Sportstudio komme ich also nicht herum.

Ob ich hier, in Südtirol, auch joggen muss?

Oder gehört zu einem wahren Entspannungsprogramm ein gewisser Schlendrian, nichts als Wellness, von morgens bis abends? Ich meine, immerhin bin ich im Urlaub! Ich *muss* mich erholen, denn ich werde stark sein müssen, stark für zwei, bald, ich werde mit einem tröstenden Lächeln durchhalten müssen bis zum Schluss, so lange, bis …

Ohne Vorwarnung springen mir heiße Tränen aus den Augen.

Sie rinnen nicht sanft und anmutig meine Wangen hinab, sondern hüpfen in einem komischen Bogen aufs Tischtuch, was mich so irritiert, dass sie gleich wieder versiegen. Ich atme tief durch, nehme noch einen Schluck Wein und reiße mich am Riemen. Sich mental auf eine schwere Zukunft vorzubereiten mag schön und gut sein, sage ich mir streng, aber es gibt günstigere Zeitpunkte dafür als die kurze Spanne zwischen Vorspeise und Hauptgang, und ganz sicher geeignetere Orte als ein vollbesetztes Hotelrestaurant.

Ich blicke auf die winzigen feuchten Flecken auf dem Tischtuch, dort, wo meine Springbrunnentränen hingefallen sind. Guter Gott, wann habe *ich* zuletzt in der Öffentlichkeit geheult? Offensichtlich hat mich die Nachricht, die der Anlass für meine Auszeit hier war, doch sehr aus dem Gleichgewicht gebracht.

Prompt beginnt der Springbrunnen wieder zu sprudeln.

Und ich wünschte, ich könnte mich im Bett verkriechen, um mir die Decke über den Kopf zu ziehen wie ein kleines Kind.

Doch als ich nach vielen tiefen Atemzügen, einem exzellenten Hauptgang (Kaninchen in Weißweinschaum) und einem wundervollen Nachtisch (Mousse-Variationen von dreierlei Beeren) wieder in meinem Zimmer bin, zögere ich das Zubettgehen, wie so oft, hinaus. Ich dusche ausgiebig und fast unerträglich heiß, benutze das hoteleigene Alpenkräuterpeeling, feile mir die Nägel und creme alles an meinem Körper ein, was Creme verträgt.

Dann liege ich im Bett.

Sehr, sehr wach.

Die Matratze ist gut, das Kissen gemütlich, und die lange Fahrt und das reichhaltige Mahl haben mich erschöpft. Trotzdem schlafe ich nicht ein. Mit weit geöffneten Augen liege ich in der Dunkelheit und lausche, aber obwohl ich das Fenster gekippt habe, herrscht ringsum vollkommene Stille.

Fürchterlich.

Zu Hause höre ich stets die Geräusche der Stadt, Motorenbrummen, menschliche Stimmen, ab und zu ein Martinshorn. Ich brauche das: Bis in den Schlaf hinein zu hören, dass ich nicht allein bin, empfinde ich als so beruhigend wie ein Wiegenlied.

Hier hingegen …

Vielleicht sollte ich den Fernseher einschalten.

Oder ich lasse Musik auf meinem Handy laufen.

O Mann, wie krank ist das denn!, denke ich wütend und balle unter der Bettdecke die Fäuste. Ich werde es ja wohl schaffen, *einmal* bei Stille einzuschlafen! Und wenn nicht …

Ich muss die Stille ja nicht aushalten, wenn ich nicht will. Ich bin frei, umgeben von tausend Möglichkeiten, mich unter Menschen zu mischen. Niemand zwingt mich, zitternd in der Dunkelheit auszuharren.

Ich könnte zum Beispiel in die Hotelbar gehen.

Ich könnte mich mit anderen allein reisenden Gästen anfreunden.

Verdammt, ich könnte schlimmstenfalls sogar jemanden aufreißen!

Doch bei dem Gedanken an Sex verziehe ich unwillkürlich das Gesicht. Nein, da lese ich doch lieber … oder zähle Bergziegen … oder schnappe mir mein Handy und spiele ein paar Runden Solitaire …

Und noch während ich meine Möglichkeiten auslote, fallen mir die Augen zu.

2.

Am nächsten Morgen wecken mich die Strahlen der Junisonne. Im Halbschlaf beglückwünsche ich mich dazu, nicht abergläubisch zu sein. Denn was man in der ersten Nacht im fremden Bett träumt, so sagt man, das wird wahr.

Im Traum stand ich vor einem offenen Grab, und es war noch nicht einmal Herbst.

Verdrängen!, befiehlt meine Seele, und ich gehorche, öffne die Augen und schwinge die Beine aus dem Bett. Es ist Sommer, ich bin in den Dolomiten, ein herrlicher Urlaubstag erwartet mich. Und Punkt.

Bevor ich ins Bad tapse, werfe ich einen Blick auf mein Handy: keine Nachrichten.

Das wundert mich nicht. Helene ist vergrätzt, weil ich nicht auf sie gehört habe, meine Mutter ignoriert mich wieder einmal, und meine Vertretung bei Pharmedizin kommt offensichtlich glänzend ohne mich zurecht: Jenny hat keine Fragen, muss wegen nichts mit mir Rücksprache halten, entscheidet alles selbstständig. Das ist prima.

Auch ein winziges bisschen beunruhigend (bin ich so überflüssig?!), aber grundsätzlich prima.

Und da niemand mich vermisst und keiner was von mir will, beschließe ich, das Handy heute auf dem Zimmer zu lassen. Zum ersten Mal seit Jahren werde ich einfach nicht erreichbar sein. Ha!

Ich werde den gesamten Tag im Spa-Bereich verbringen.

Wenig später wird mir jedoch klar, dass meine schöne Idee leider einen Haken hat. Wenn man nämlich, wie ich, nicht daran gedacht hat, ein Buch einzupacken, kann man sich in den Pausen zwischen Saunieren, Dampfbaden und Schwimmen nicht ablenken. Die ausliegenden Promiblätter habe ich nach einer Stunde durch, und so liege ich nun unbeschäftigt im Ruheraum, in einen weißen Bademantel gehüllt und mutterseelenallein.

Und es ist genauso still wie nachts in meinem Zimmer.

Mein Blick huscht unruhig durch den »Heustadel«. Um dem Namen des dämmerigen Raumes Genüge zu tun, stehen überall Weidenkörbe mit Heu herum, dazwischen fordern schicke Wasserbetten und schwarze Designer-Liegen zum Relaxen auf. Sehr elegant und einladend, das alles.

Wenn man das einsame Herumliegen denn mag.

Ich werde zunehmend kribbelig. Zugegeben, die Stadelluft riecht angenehm, und das Wasserbett ist durchaus bequem. Aber um die Intimsphäre der Ruhenden zu schützen, gibt es keine Fenster, auch die Tür ist geschlossen, und ich fühle mich wie in einer Kiste, einem Karton, einem Sarg, sodass mein Geist aufgeschreckt zu arbeiten beginnt, sich erinnert, sich bange Zukunftsszenarien ausmalt und jegliches körperliche Wohlgefühl zum Teufel jagt … Mir bricht der Schweiß aus.

Meine Güte, ist das anstrengend hier drinnen.

Nach einer weiteren Stunde im Spa-Bereich bin ich völlig fertig. Hatte ich wirklich vor, hier den ganzen Tag zu verbringen?

Und was zum Teufel machen eigentlich die anderen Hotelgäste?

Denn obgleich beim Abendessen und Frühstück fast alle Tische besetzt waren, bin ich im gesamten Spa-Bereich noch keiner Seele begegnet. Ich bin alleine geschwommen, habe alleine geschwitzt und mich alleine im Heustadel verrückt gemacht. Wandern die etwa alle? So spießig sahen die meisten von denen doch gar nicht aus!

Missmutig packe ich mein Zeug zusammen. In Bademantel und Schlappen mache ich mich auf den Weg zurück in mein Zimmer. Kraft getankt habe ich heute Vormittag definitiv nicht, und ich fühle mich kein bisschen erfrischt. Im Gegenteil.

Totale Zeitverschwendung, diese ganze Alpen-Wellness.

Entschlossen presse ich die Lippen zusammen. Gut, ich mag unfähig sein, mich zu entspannen. Aber mir bleibt immer noch das Joggen! Ich bin fit, ich kann auch bergauf laufen, und wenn das anstrengend ist, soll es mir nur recht sein.

Denn gegen die glücklich machenden Endorphine, die mein Körper bei dieser Tortur gezwungenermaßen ausschütten wird, kommt hoffentlich nicht einmal *mein* Geist an.

Wenig später trabe ich im Jogging-Outfit zur Rezeption.

»Hallo«, sage ich freundlich. »Ich möchte laufen gehen, kenne mich in der Gegend aber noch nicht aus. Können Sie mir vielleicht einen Fitnesspfad empfehlen?«

Die Empfangsdame, ein Mädel im rosa Dirndl, starrt mich wortlos an. Sie wirkt ob meiner harmlosen Frage zutiefst erschüttert. Neben ihr steht ein Mann Anfang dreißig mit lila Funktionsshirt und schwarzer Strickmütze. Auch er schaut völlig entgeistert drein.

Seltsam.

»Der nächstgelegene Fitnesspfad«, wiederhole ich und lächele ermutigend. »Wo fängt der an?«

»Nirgends«, bringt das Mädel hervor, ihr Blick schwankt zwischen Unglauben und Mitleid. »Wir sind doch in den Dolomiten!«

»Na eben.« Ich wippe auf den Fußballen und frage mich, wo ihr Problem liegt. »Hier wimmelt es nur so von Wiesen und Wäldern. Sicher gibt es doch Fitnesspfade in Hülle und Fülle, oder nicht?«

»Fitnesspfade …« Das Mädel schüttelt heftig den Kopf. »Die meisten unserer Gäste gehen wandern, klettern oder bergsteigen. In den letzten Jahren steht auch Mountainbiken hoch im Kurs. Wir haben herrliche Biketouren im Programm, geführt vom Chef höchstpersönlich!«

»Das ist ja sehr schön.« Ich höre selbst, wie mein Ton schärfer wird. »Wenn ich nun aber nicht wandern, klettern, bergsteigen oder mountainbiken will, sondern *joggen?*«

In stummer Hilflosigkeit knetet das Mädel ihre Hände.

So kommen wir nicht weiter, denke ich genervt. »Ooookay. Gibt es im Hotel dann wenigstens … ein Laufband?«

Der Mann im Funktionsshirt muss husten, doch als ich ihm ins Gesicht schaue, sieht es eher so aus, als unterdrücke er eine gewaltige Heiterkeit.

Ärgerlich funkele ich ihn an. Lacht der Kerl mich etwa aus?

»Sagen Sie, warum machen Sie eigentlich gerade hier Urlaub?«, fragt er zwischen zwei Husten-Lachern. »Wo Sie die Berge doch offensichtlich gar nicht mögen. War an der Nordsee nichts mehr frei?«

Seine Stimme ist dunkel und angenehm, trotzdem werde ich augenblicklich zornig. Nicht nur, weil seine Worte ziemlich überheblich klingen, sondern weil es den Kerl einen feuchten Dreck angeht, wo ich meinen Urlaub verbringe. Und warum. Und ob ich die Berge mag oder nicht. Ich meine, wer *ist* der Typ überhaupt?!

Zum Hotel gehört er, seinem schlampigen Outfit nach zu urteilen, jedenfalls nicht. Kein Angestellter eines Vier-Sterne-Hotels würde es wagen, ein *lila Funktionsshirt* zu tragen! Total geschmacklos, denke ich abfällig, zumal zu seinen tief dunkelblauen Augen ein cooles Schwarz viel besser passen würde. Oder ein schönes Ozeanblau. Genau, ein ozeanblaues Shirt, eng geschnitten, denn dass der Typ einen ansehnlichen Körper hat, ahnt man sogar trotz der Klamotten, mit denen er sich momentan verschandelt. Ob sein Haar wohl hell oder dunkel ist? Die komische Strickmütze bedeckt es leider vollkommen, seine Augenbrauen allerdings sind dunkel, und das lässt darauf schließen, dass …

»Ich könnte Ihnen eine Wanderkarte anbieten«, dringt die Stimme des Dirndl-Mädchens in meine Betrachtungen, und ich zucke zusammen. Der Kerl grinst mich an – kein Wunder, ich habe ihn wahrscheinlich angestarrt wie in Trance –, und reflexartig hebe ich das Kinn und setze meinen hochmütigsten Blick auf.

Der soll sich bloß nichts einbilden!

»Nein danke, ich komme auch ohne Ihre Karte zurecht«, versetze ich in dem eisig-höflichen Ton, den sonst bloß penetrante Journalisten zu hören bekommen, die einmal zu oft zweifelhafte Produkte von Pharmedizin kritisiert haben.

Und es wirkt. Das Dirndl-Mädchen zieht den Kopf ein, und der Typ hört schlagartig auf zu grinsen.

Na also, denke ich siegessicher. Geht doch.

Aber als ich davonrausche, um mich auf eigene Faust auf die Suche nach einem Fitnesspfad zu machen, erblicke ich mich unvermutet in dem großen, prächtigen Spiegel, der den Eingangsbereich ziert.

Und mein Triumphgefühl verfliegt.

Denn ich sehe eine schöne Frau von zweiunddreißig Jahren, mit milchweißer Haut und glattem, glänzend rotblondem Haar, das sie zu einem strengen Pferdeschwanz zusammengebunden hat. Sie ist gewandet in teure, blass türkisfarbene Sportkleidung, die ihre Kurven betont und perfekt zu ihren blaugrünen Augen passt. Man sieht der Frau auf den ersten Blick an, wie viel Wert sie auf eine makellose Erscheinung legt … und wie angespannt und unzufrieden sie sich fühlt.

O Mann, denke ich erschrocken. Diese arrogante Zicke – *das* bin ich?

Helene wäre hochzufrieden mit mir.

3.

Noch ein Meter, und noch einer, auf einem holperigen Waldweg, der mit Steinen und hinterlistig hervorlugenden Baumwurzeln gespickt ist. Was gäbe ich nicht alles, denke ich keuchend, für ein schönes Laufband! Mit frei einstellbarer Steigung und stufenlos regelbarer Geschwindigkeit, mit gelenkschonendem Stoßdämpfersystem und eingebauter Multimedia-Anlage, damit ich mir Musikvideos ansehen kann, während ich mich quäle.

Egal, treibe ich mich an, weiter, weiter! Wäre doch gelacht, wenn ich es nicht schaffen würde, eine verdammte halbe Stunde lang zu joggen. Immerhin bin ich in Topform.

Wobei ich zugeben muss, dass es echt anstrengend ist, ständig nur bergauf zu rennen. Langsam wird mir klar, warum die hier alle bloß wandern.

Die Männer und Frauen mit Rucksäcken und Wanderstiefeln, die mir alle paar Minuten entgegenkommen, gucken mich denn auch ziemlich befremdet an. Wahrscheinlich sieht mein Gesicht mittlerweile aus wie ein Radieschen. Sehr unvorteilhaft, wenn man rötliches Haar hat, aber auch das ist … egal. Weiter geht's, Joggen entspannt, und ich werde doch wohl … o Gott, ist das mühsam … diese Steigung bringt mich noch um … *Sei-ten-ste-chen* …

Und dann stolpere ich über eine besonders tückische Wurzel, schreie vor Schreck auf und knalle der Länge nach hin.

Für einige Sekunden sehe ich bloß Sterne. Von wegen weicher Waldboden! Mein Sturz war hart und schmerzhaft, und als ich mich aufrappele, bin ich mir sicher, für den Rest meiner Auszeit mit Dutzenden blauer Flecken herumlaufen zu müssen.

Ich löse meinen Pferdeschwanz, schüttele mir Fichtennadeln und bröselige Erde aus dem Haar und klopfe meinen ramponierten Joggingdress ab. Humpelnd mache ich mich auf den Rückweg ins Hotel, und vor Demütigung brennen mir die Augen.

Ich kann nur hoffen, dass das Dirndl-Mädchen Mittagspause hat, wenn ich mich gleich an der Rezeption vorbeischleichen muss.

Natürlich hat sie *keine* Mittagspause.

Wachsam und ekelhaft adrett sitzt Miss Dirndl hinter dem Empfangstresen – Gott sei Dank ist wenigstens der Typ mit der Strickmütze weg –, und als sie mich in meinem versehrten Zustand erblickt, weiten sich ihre Augen.

Komm schon, fang an zu lachen, knurre ich innerlich. Na los, dann haben wir's hinter uns.

Doch das Dirndl-Mädchen lacht nicht, verkneift sich nicht einmal ein Grinsen, sondern springt auf, rennt auf mich zu und ruft: »Oje, Frau Winter, sind Sie verletzt? Brauchen Sie Hilfe? Kommen Sie, ich stütze Sie! Sind Sie mit dem Fuß umgeknickt?«

»Geht schon«, murmele ich perplex.

Wo bleibt ihre Schadenfreude?

»Wollen Sie nicht doch lieber wandern gehen, Frau Winter?«, fragt sie und blickt mich mitfühlend an. »Es gibt ja auch anspruchsvolle Touren, für Ehrgeizige wie Sie. Ich glaube nicht, dass Sie sich da langweilen werden.«

Ihre unerwartete Fürsorglichkeit entwaffnet mich, oder vielleicht hat beim Sturz auch mein Kopf etwas abbekommen, denn mit einem Mal höre ich mich sagen: »Aber ich bin noch nie gewandert, ich bin doch zum ersten Mal in den Bergen, und möglicherweise habe ich Höhenangst. Ich bin ja nur hier, weil ich … weil ich …«

Den Rest des Satzes schlucke ich hinunter, denn plötzlich kommt es mir absolut bescheuert vor, dass ich nach dem Gespräch mit meiner Mutter unverzüglich ins nächste Reisebüro marschiert bin und irgendetwas gebucht habe, *irgendetwas*, Hauptsache, weit genug weg von zu Hause, mit einem exzellenten Restaurant und für drei Wochen am Stück verfügbar. Denn genau so bin ich in diesem Dolomitenkaff gelandet. Um noch ein paar Wochen Atempause zu haben, bevor ich mich einer Realität stellen muss, die ich nicht ertrage.

»Sie brauchen halt«, sagt das Dirndl-Mädchen beruhigend und legt mir eine Hand auf den Unterarm, »einen Bergführer. Dann müssen Sie keine Angst haben! Den Samuel kann ich Ihnen empfehlen, der ist super, der kennt die Berge wie seine Westentasche, und er hat sogar Zeit! Dem sind nämlich gerade zwei Kunden abgesprungen, weil sie ihren Urlaub abgebrochen haben, irgendein beruflicher Notfall daheim, und … Wenn Sie wollen, rufe ich den Samuel mal für Sie an.«

Das Dirndl-Mädchen starrt mich erwartungsvoll an. Willenlos zucke ich mit den Schultern.

Was sie dummerweise als Zustimmung interpretiert.

»Abgemacht!«, ruft sie und lächelt breit. »Dann gehen Sie jetzt erst mal was essen, die Bergsteiger-Jause ist schon angerichtet, und morgen machen Sie dann eine schöne Bergtour. Das wird Ihnen guttun! Sobald ich den Samuel erreicht habe, gebe ich Ihnen Bescheid, um wie viel Uhr es losgeht, in Ordnung?«

Sie sieht so zufrieden aus mit diesem Plan, dass ich es nicht über mich bringe, ihn ihr auszureden. Also nicke ich und denke, was soll's – ich bin in den Scheißbergen, da kann ich auch eine Scheißbergtour machen. Selbst schuld, Annika Winter. Such dir halt nächstes Mal ein Hotel am Meer aus, wenn du Hals über Kopf davonrennst!

Bevor ich das Dirndl-Mädchen allein lasse, damit sie diesen Samuel anruft, blicke ich noch rasch auf das Namensschildchen an ihrer Brust: Ermelinda. Puh.

Sofort höre ich Helenes Stimme in meinem Kopf: *Armes Ding, muss in Trachtenkleidern herumlaufen und heißt Ermelinda. Das Leben ist schon ungerecht, was?* Vor meinem geistigen Auge sehe ich Helene grinsen.

Und plötzlich bin ich froh, dass sie in der Stadt geblieben ist.

Als ich mich bei Ermelinda bedankt habe und auf mein Zimmer humpele, fasse ich neuen Mut. Ich nehme mir vor, das Beste aus der Situation zu machen. Ja, ich habe schmerzhafte Bekanntschaft mit dem Waldboden gemacht, und ja, ich habe mich dazu verpflichtet, mit diesem Samuel – wahrscheinlich einer südtirolerischen Version des Alm-Öhi –, zum Wandern zu gehen. Aber so uncool das alles auch sein mag, immerhin lenkt es mich hervorragend ab!

Und nur dafür bin ich schließlich hier.

4.

Den Rest des Tages verbringe ich damit, zu viel zu essen und mich zwischendurch davon zu erholen.

Zuerst genehmige ich mir die von Ermelinda angepriesene Bergsteiger-Jause, die sich als üppiges, wenn auch rustikales Buffet entpuppt. Ich schaufele einen gemischten Salat mit Kürbisöl-Vinaigrette, Farfalle mit Thunfisch-Tomaten-Soße, ein Himbeertörtchen, eine Pistazien-Praline und zwei Milchkaffees in mich hinein. Danach sonne ich mich auf der Terrasse, ziehe mich um, frische mein Make-up auf, gehe zum Abendessen, das aus einem reichhaltigen Fünf-Gänge-Menü besteht … und müsste mich eigentlich fühlen, als sei ich geradewegs im Himmel gelandet.

Tue ich aber nicht.

Alles um mich herum schwelgt in müßiger Glückseligkeit, doch ich werde von Stunde zu Stunde bloß deprimierter. Und als ich mir spätabends mein Nachthemd überziehe, würde ich vor Frustration am liebsten heulen, so enttäuscht bin ich von mir selbst.

Warum kann ich mich nicht einfach *zwingen*, mich zu entspannen?!

Im Bett schreibe ich meiner Mutter eine SMS, versichere ihr, dass ich sie liebe, lösche die SMS wieder und schalte das Handy aus. Meine Mutter ist keine Freundin großer Gefühle; selbst als mein Vater gestorben ist, habe ich sie kein einziges Mal weinen sehen.

Zehn Jahre ist das nun her, und bis vor Kurzem schien Mama mit ihrem Leben völlig zufrieden zu sein. Immerhin hat sie ja Frau Kemper, ihre Freundin und Nachbarin, und Bobby, eine grauschwarze Promenadenmischung.

Wer braucht da noch Liebe?

Denk einfach an etwas anderes, Annika.

Wieder liege ich hellwach im Dunkeln, und als mich nach einer gefühlten Ewigkeit doch der Schlaf übermannt, mischen sich böse Erinnerungen mit Vorahnungen voller Angst. Helenes Vorwürfe durchziehen meine Träume, Papa streckt die Arme nach mir aus, und ich werfe mit Schwung seinen Sargdeckel zu. Mama starrt mich an, ihr Mund ist verschwunden, und langsam, ganz langsam löst sich auch ihr Körper auf.

Träume, so viel steht fest, sind nichts für Feiglinge.

Helene ist kein Feigling.

Sie ist stark und selbstsicher, und vielleicht ist das der Grund, weshalb wir uns vor dreizehn Jahren angefreundet haben. Es war im ersten Semester, wir saßen im »Einführungskurs Literaturwissenschaft«, und obgleich sich Dutzende junger Männer und Frauen im miefigen Seminarraum versammelt hatten, fiel Helene mir sofort auf.

Anders als die meisten anderen, die verunsichert wirkten

oder sich betont lässig gaben, war Helene einfach nur sie selbst: interessiert, scharfzüngig und stolz. Sie saß schräg vor mir, und ich beobachtete sie, wie sie schon in der ersten Woche mit dem Professor diskutierte. Alles an ihr war dunkel, die Augen, das schwarze Haar, die Jeans und das Designer-Shirt; selbst ihre Figur, schlank und sehnig, wirkte hart. Trotzdem war sie sowohl schön als auch witzig, und sie brachte nicht nur unsere Mitstudenten, sondern sogar den Prof zum Lachen.

Ich bewunderte Helene glühend.

Sie war alles, was ich nicht war. Ich war bloß eine Streberin, die sich für ihren Ehrgeiz schämte; Helene hingegen war eine Ritterin in schwarz glänzender Rüstung, die das Wort Scham nicht einmal kannte. Sie wollte die Beste sein und stand dazu, und keiner unserer Mitstudenten schaute sie deshalb schräg an – Helene zu kritisieren kam schlichtweg niemandem in den Sinn.

Auf einer Erstsemester-Party lernten wir uns dann kennen. Das heißt, *sie* nahm endlich Notiz von mir; *ich* hatte sie ja schon gründlich aus der Ferne studiert.

Ich war neu in der Stadt und ziemlich einsam, denn zu meinem großen Jammer hatte die Schulfreundin, mit der ich mich gemeinsam beworben hatte, keinen Studienplatz bekommen. Nun stand ich neben Helene am Getränkestand, sie sagte: »Furchtbares Gesöff, oder? Wie wollen die Loser hier es jemals zu etwas bringen, wenn sie *dieses Bier* trinken?«, und ich musste schrecklich lachen. Genaugenommen war die Bemerkung gar nicht lustig gewesen, sondern bloß abfällig, aber drei Flaschen Bier hatten das Ihre getan, und außerdem hätte ich über alles gelacht, solange es nur von Helene kam.

Sie grinste mich zufrieden an.

Vor Aufregung, dass die dunkle Helene mir ihr Lächeln schenkte, hörte ich auf zu gackern.

Prompt bekam ich einen Schluckauf.

»Komm mit, ich kenne einen Trick dagegen«, sagte Helene umstandslos, und ehe ich begriff, wie mir geschah, hatte sie mich auch schon aufs Klo gezogen. Sie schüttete ihr Bier ins Waschbecken, füllte die Flasche mit Leitungswasser auf und befahl mir, mich vornüberzubeugen. Schon spürte ich den Flaschenhals an meinen Lippen, und vornübergebeugt musste ich trinken – was nur möglich war, wenn ich den *hinteren* Flaschenrand an die Lippen setzte statt den vorderen.

Das klingt kompliziert und war es auch, vor allem in meinem beschwipsten Zustand. Aber genau deswegen klappte es: Ich musste mich so sehr aufs Trinken konzentrieren, dass ich nach gerade einmal fünf Schlucken aufhörte zu hicksen.

Verwirrt und erfreut richtete ich mich auf.

»Helene«, sagte meine Retterin überflüssigerweise und streckte mir die Hand entgegen. »Und wie heißt du?«

5.

Als ich am nächsten Morgen aufwache, fühle ich mich wie gerädert.

Leider sehe ich auch so aus, und so benötige ich eine ganze Menge Concealer, Puder, Rouge, Lidschatten, Mascara und Lippenstift, bis ich wieder einigermaßen präsentabel bin.

In gedämpfter Stimmung mache ich mich auf den Weg zum Frühstücksbuffet.

Immerhin werde ich heute nicht nur essen, sondern auch mit diesem Samuel wandern, beruhige ich mich, als ich vor etlichen Tellern sitze und überschlagen habe, auf wie viele Kalorien sich zwei Spiegeleier, drei Scheiben Speck, ein Brötchen mit Butter, ein Rahmjoghurt mit Früchten und ein Croissant mit Aprikosenkonfitüre belaufen. (Es sind *sehr* viele Kalorien!)

Nicht, dass ich Lust darauf hätte, den Wander-Touri rauszukehren, überlege ich weiter und beiße in mein Brötchen. Aber wenn ich diesem Samuel von Anfang an klarmache, dass ich keine Kniebundhosen-Spaziergängerin bin, wird er uns schon eine anständige Tour raussuchen. Apropos: Ich werde zwar ganz sicher keine Kniebundhosen tragen, aber im Sommerröckchen werde ich natürlich auch nicht wandern können, und mein Joggingzeug ist völlig verdreckt. Was also soll ich anziehen?

Mir bleibt wohl nichts übrig, als mir noch schnell ein schickes Wanderoutfit zuzulegen.

Ermelinda hatte mir ausgerichtet, dass mein Treffen mit dem Alm-Öhi um elf Uhr an der Rezeption stattfinden soll, und ich bin ziemlich stolz darauf, dass ich auf die Minute pünktlich bin. Zwar bin ich das immer, doch diesmal war es schon eine Herausforderung, nicht zu spät zu kommen – schließlich musste ich noch diverse Hosen und Oberteile anprobieren, im Sportgeschäft gegenüber dem Hotel. Doch jetzt bin ich optimal ausgerüstet und für alles, was einem auf einer Wandertour so zustoßen kann, gewappnet: Ich trage lange Hosen, die man bei Hitze unterhalb des Knies abzippen kann, ein Shirt, das laut Verkäuferin auch nach stundenlangem Schwitzen nicht stinkt, und einen kleinen, modischen Rucksack, in dem Blasenpflaster, Sunblocker und mein Schminkzeug stecken. Perfekt.

Fehlt nur noch der Alm-Öhi.

Der auch um drei nach elf noch nicht da ist.

Und auch nicht um fünf nach elf.

»Sind Sie sicher, dass Sie sich nicht mit der Zeit vertan haben?«, frage ich Ermelinda zweifelnd.

»Ja, sowieso«, antwortet sie fröhlich, und ich sehe Helene in Gedanken die Augen verdrehen. Dialekte und alles, was sie mit sich bringen – vor allem Grammatikfehler und die eigenwillige Verwendung bestimmter Ausdrücke – sind ihr ein Graus. Ich finde Dialekte eigentlich ganz nett, aber das würde ich vor Helene niemals zugeben.

»Da ist er doch schon, der Samuel«, fügt Ermelinda hinzu.

Erleichtert folge ich ihrem Blick.

Doch meine Freude fällt schlagartig in sich zusammen, als ich sehe, um wen es sich bei meinem Alm-Öhi handelt.

Es ist der überhebliche Typ von gestern.

Der mit dem geschmacklosen lila Funktionsshirt.

Der, der mich ausgelacht hat.

Heute ist er zur Abwechslung in Orange gewandet – was kaum besser ist –, doch er trägt genau die gleiche schwarze Mütze und denselben spöttischen Gesichtsausdruck wie gestern. Innerhalb von Sekunden checke ich gedanklich meine Optionen: Ich kann a) mich weigern, mit jemandem in die Berge zu gehen, der sich nach kaum fünf Minuten Bekanntschaft bereits über mich lustig gemacht hat. Damit würde ich mich allerdings wenig souverän zeigen. Oder ich kann b) mich darauf besinnen, dass der Kerl lediglich dazu da ist, mich sicher auf irgendwelche Gipfel zu bringen. Ob nun *er* vor mir herläuft oder jemand anderes, kann mir im Grunde genommen gleichgültig sein. So farbenfroh, wie der Typ angezogen ist, verliere ich ihn wenigstens nicht aus den Augen.

Ich entscheide mich also für b) und sage mit einem ironischen Lächeln: »Na, wenn das keine Überraschung ist. Nun dürfen Sie also einem Nordsee-Fan Ihre wunderschöne Bergwelt näherbringen.«

»Man wächst an seinen Herausforderungen«, antwortet er kühl. Dann streckt er mir die Hand hin. »Samuel Fillsteiner.«

»Annika Winter.«

Ich schüttele seine Hand und denke dabei missmutig,

dass dieser Samuel ganz und gar nicht so aussieht, als würde er sich über den Job freuen, den ich ihm verschaffe.

Vielleicht hätte ich mich doch für Option a) entscheiden sollen.

»Mir ist natürlich bewusst, dass Sie nicht viel von joggenden Städterinnen halten, Herr Fillsteiner«, sage ich spitz. »Aber wissen Sie was? Wenn Sie mir Ihre Abneigung nicht allzu deutlich zeigen, dann buche ich Sie trotzdem.«

»Wie großzügig.« Samuel hebt eine Augenbraue.

Ein paar Sekunden lang warte ich darauf, dass er meiner Unterstellung widerspricht; dass er hastig erklärt, er habe *über-haupt nichts!* gegen Frauen wie mich. Doch Samuel sagt nichts – kein einziges verdammtes, höfliches Wort.

Meine Lust, mit ihm Gipfel zu stürmen, sinkt in ungeahnte Tiefen.

Aber für einen Rückzieher ist es jetzt zu spät. Denn wenn ich kneife, enttäusche ich nicht nur die fürsorgliche Ermelinda, die das Ganze schließlich angeleiert hat, sondern gebe dem Kerl zudem die Genugtuung, gewonnen zu haben.

Pah! Wollen doch mal sehen, wer hier als Letzter lacht.

So gelassen wie möglich sage ich: »Bringen wir die Formalitäten hinter uns, Herr Fillsteiner. Ich muss doch bestimmt irgendetwas unterschreiben, bevor es losgeht.«

»Ja, es gibt einen Bergschulvertrag.« Samuel blickt mit gerunzelter Stirn auf meine Füße. »So nehme ich Sie allerdings nicht mit.«

»Und was, bitte schön, ist falsch an meinen Turnschuhen? Dass sie nicht lila oder orange sind?« Okay, das war's mit meiner Gelassenheit. Ich klinge eindeutig gereizt.

»Die Dinger sind nicht trittfest. Sie könnten abstürzen«, erklärt Samuel, ohne auf meinen Seitenhieb einzugehen.

»Sie brauchen auf jeden Fall feste Wanderschuhe, Frau Winter. Die sind wichtiger als alles andere.«

»Aber meine Turnschuhe sind nagelneu!«, beharre ich und verschränke die Arme vor der Brust. »Und die Frau im Sportladen hat nichts von Wanderschuhen gesagt.«

Ein paar Sekunden lang starren wir uns schweigend an.

Dann verschränkt auch Samuel die Arme und erklärt barsch: »Gehen Sie noch einmal in den Sportladen, kaufen Sie sich Wanderschuhe, und kommen Sie dann wieder. Ansonsten lassen wir's bleiben.«

Tja. Und *das* wäre der Punkt gewesen, an dem ich mit einem schnippischen »Nichts lieber als das!« hätte aussteigen können.

Stattdessen höre ich mich knurren: »Von wegen, wir lassen es bleiben. In zehn Minuten bin ich wieder da!«

Denn wenn dieser Samuel es darauf anlegt, mich noch vor der ersten Bergtour loszuwerden, dann hat er sich geschnitten. Wenn er mich nicht führen mag, hätte er Ermelindas Anfrage eben abschmettern sollen! Zugesagt ist zugesagt, und deshalb *wird* der Kerl mich auf meinen Gipfel bringen! Auch wenn es wenig schmeichelhaft für mich ist, wie wenig Lust er darauf hat.

Ein wenig erinnert es mich an das, was ich meine Gänseblümchenzeit nenne. Ich presse die Lippen zusammen, drehe mich um und rausche davon.

Nachdem sie mir geholfen hatte, meinen Schluckauf loszuwerden, beschloss Helene, mich unter ihre Fittiche zu nehmen.

Und ich, die blasse Annika, blühte auf.

An der Seite meiner neuen Freundin begann mir das Studentenleben, das mir in den ersten Wochen eher Furcht eingeflößt hatte, endlich Spaß zu machen. Ich war nicht mehr allein, ich hatte eine Freundin, die an jedem Tisch in der Mensa willkommen war, und ich war erwachsen – und all das nutzte ich nun aus.

Mit unerschöpflicher Energie eroberten Helene und ich die Stadt. Jeden Abend gingen wir in eine andere Bar, lernten einen neuen Club kennen oder waren bei irgendjemand Hippem eingeladen. Dabei entschied nur selten ich, was wir unternahmen; Helene war es, die den Ton angab. Aber seltsamerweise machte mir das nichts aus, sondern war mir sogar ganz recht.

Bei aller Lust am Feiern achtete Helene stets streng darauf, dass wir uns nicht gehen ließen. Die Regeln waren klar: Einen Schwips zu haben war in Ordnung; besoffen zu sein hingegen nicht. Lange ausgehen war in Ordnung; am nächsten Tag die erste Vorlesung zu schwänzen nicht. Sich von Mitstudenten umschwärmen zu lassen, war in Ordnung; sich einen Ruf als Schlampe zu erarbeiten nicht. An Helenes Seite konnte ich mich blind darauf verlassen, dass mir nichts passierte, denn sie behielt über alles die Kontrolle.

Ich musste ihr bloß folgen.

Helene sah sexy und düster aus, und diese Kombination zog die Männer in Scharen an. Für mich war das anfangs demütigend, denn ich war nicht Annika, sondern nur »Helenes Freundin«. Doch bei aller Dominanz war Helene feinfühlig genug, um schon bald meinen Verdruss zu bemerken.

Und damit begann mein Aufstieg.

»Wie wäre es mit einer kleinen Renovierung, mein Mäuslein? Streichen, neue Böden, neues Dach, das volle Programm?«, fragte sie mich eines Abends fröhlich, und bevor ich kapierte, dass sie nicht von meiner Wohnung sprach, sondern von meinem Gesicht und meinen Klamotten, hatte sie bereits festgelegt, wann wir zusammen shoppen gehen würden. Außerdem buchte sie ein Schmink-Seminar für mich (bis dato hatte ich nicht einmal gewusst, dass so etwas überhaupt existierte), schleppte mich zu ihrem Friseur und schenkte mir ein Büchlein mit dem peinlichen Titel »So fressen Ihnen die Männer aus der Hand«, das ich pflichtschuldigst durcharbeitete, wenn auch mit einem neutralen Filzumschlag versehen.

Was soll ich sagen? Meine Rundumerneuerung blieb nicht ohne Folgen.

Mit einem Mal bemerkten mich Männer, die bisher gleichgültig durch mich hindurchgeschaut hatten, und mehr noch: Sie gaben mir das ungewohnte Gefühl, begehrenswert zu sein.

Dafür, fand ich, hatte sich sogar das Durchlesen des bescheuerten Büchleins gelohnt.

Nicht, dass ich noch nie einen Freund gehabt hätte, immerhin war ich schon neunzehn, und auch vor Helenes Eingreifen war ich einigermaßen hübsch gewesen. Aber eben auf die Gänseblümchen-Art: Auf den ersten Blick wurde ich übersehen, auf den zweiten für niedlich befunden. Und mal ehrlich, wer will niedlich sein, wenn er das Kindergartenalter schon um vierzehn Jahre überschritten hat?

Also war meine Erfahrung mit dem männlichen Geschlecht zwar vorhanden, hielt sich aber in engen Grenzen. Keiner der wirklich coolen Jungs wollte das Gänseblümchen haben, wenn auch Rosen auf dem Markt waren.

Nun aber *war* ich eine Rose.

Und ein paar Monate lang fühlte sich das richtig gut an.

6.

In den Augen meines Bergführers scheine ich keine Rose zu sein, sondern eher ein Maulesel.

Keuchend frage ich mich, wen ich mehr verfluchen soll: den Folterknecht mit der schwarzen Mütze, dem ich seit zwei Stunden auf höllisch steilen Wegen hinterherstolpere, oder mich selbst, weil ich für diese Schinderei auch noch Geld bezahle. Im Hotel, geht es mir durch den rot verschwitzten Kopf, haben sie gerade die Bergsteiger-Jause angerichtet. Während ich selbst noch nicht mal Zeit für ein Käsebrot hatte.

Verdammt, macht man beim Wandern nicht alle paar Höhenmeter eine Pause? Wo ist die Hütte? Wo die nette Bedienung, die mir Kaiserschmarrn und Apfelschorle bringt? Und quält der Kerl da vorn mich eigentlich mit Absicht?!

»Hey«, japse ich. »Ich bin keine Maschine, okay? Ich kann nicht stundenlang bergauf laufen, ohne zwischendurch mal was zu essen.«

Und etwas zu trinken. Und meine Füße von den Ungetümen zu befreien, die sich Wanderschuhe schimpfen. Und mich flach auszustrecken und nie, nie wieder aufzustehen.

Samuel wirft einen Blick über die Schulter, ohne stehen zu bleiben oder auch nur langsamer zu werden. »Schon müde? Wir haben noch nicht einmal ein Drittel geschafft. Ich dachte, Sie wollten eine anspruchsvolle Tour, Frau Winter. Nichts für Kniebundhosen-Wanderer.«

Dummerweise habe ich vorhin tatsächlich etwas in der Richtung gesagt. Aber doch nur, um dem arroganten Kerl klarzumachen, dass er es nicht mit einem schwachen Prinzesschen zu tun hat! Sondern mit einer Frau, die problemlos eine geschlagene Stunde lang durch den Stadtpark joggt. Hey, ich kriege sogar Bobby müde! Wenn ich auf Besuch bei meiner Mutter bin, ist der Köter nach unseren Laufrunden immer vollkommen erschöpft.

Mit Samuel als Herrchen würde das arme Tier wohl einen Herzinfarkt erleiden.

»Kann sein«, bringe ich stoßweise heraus, »dass ich … eine anspruchsvolle … Tour wollte, Herr Fillsteiner. Aber ›anspruchsvoll‹ … ist nicht das Gleiche … wie ›mörderisch‹.«

Endlich bleibt er stehen und dreht sich zu mir um. Ungerechterweise rinnt ihm nicht der kleinste Schweißtropfen von der Stirn, und seine Gesichtsfarbe ist von einem unangestrengten (und recht attraktiven) Goldbraun. Trotzig streiche ich mir eine feuchte Strähne hinters Ohr.

»Wollen Sie umkehren?«, fragt Samuel, und seine dunkelblauen Augen funkeln siegesgewiss.

»Nein!«, fauche ich. »Lassen Sie mich nur ein wenig verschnaufen. Wir kommen schon noch auf diesen verfluchten Gipfel.«

»Welchen Gipfel?«

» …?«

»Einen Gipfel werden wir ganz sicher nicht erreichen, Frau Winter. Die Steigung ist auf diesem Weg zwar ganz ordentlich, da Sie ja auf keinen Fall die normalen Wanderwege gehen wollten. Aber unser Ziel ist nicht der Gipfel, sondern eine unbewirtschaftete Hütte.« Samuel grinst. »Wer weiß, vielleicht haben Sie dort sogar besseren Handy-Empfang.«

»Sehr witzig.«

Blödmann! Zugegeben, ich habe zwei-, höchstens dreimal mein Handy aus der Hosentasche gezogen, um zu checken, ob meine Vertreterin bei Pharmedizin nicht doch eine Frage hat (denn langsam finde ich es mehr als nur ein winziges bisschen beunruhigend, dass sie sich so gar nicht meldet). Aber warum hat Samuel das überhaupt bemerkt? Er läuft doch ständig vor mir her.

»Sie haben wohl Augen im Hinterkopf?«, frage ich ihn schnippisch.

»Nein, leider nicht. Aber Sie können trotzdem darauf vertrauen, dass ich meine Kunden unterwegs nicht verliere. Ab und zu schaue ich mich nämlich nach ihnen um.«

Ich antworte nichts, denn gerade ist mit einiger Verspätung ein Wort in meinem Gehirn angekommen: unbewirtschaftet. Hat Samuel tatsächlich gesagt, die Hütte, in deren Richtung wir uns quälen, sei *unbewirtschaftet?*

Vor Hunger, Durst und Enttäuschung zieht sich mein Magen zusammen.

Samuel mustert mich, und sein spöttischer Blick wird sanfter. »Geht es Ihnen eigentlich gut, Frau Winter?«

»Ob es ...« Ich blinzele. »Selbstverständlich geht es mir gut. Also, im Moment vielleicht nicht so, weil meine Füße schmerzen, aber grundsätzlich ... klar! Klar geht es mir gut. Richtig gut.«

Leider wird die Lüge durch ihre Wiederholung nicht wahrer, und das sieht Samuel mir wohl an.

»Sie haben recht«, sagt er bestimmt. »Höchste Zeit für eine Pause.«

Von wegen Kaiserschmarrn, denke ich ein paar Minuten später erschöpft. Wer mit Samuel Fillsteiner unterwegs ist, der muss sich mit Luft und Liebe begnügen. Okay, mit Luft.

Wir haben uns in der Nähe eines Bergbachs niedergelassen, und während Samuel mehrere Energy-Riegel aus dem Rucksack fischt, frage ich mich seufzend, was *ich* essen soll. Tja, was isst man in einem Dolomitenwald, wenn man zu blöd war, sich von der Hotelküche ein schönes Lunchpaket schnüren zu lassen? Pilze? Wurzeln? Beeren?

Beeren! Genau. Bestimmt finde ich in der Nähe einen ganzen Strauch voller schwarzer, saftiger, süßer Brombeeren.

Mir läuft schon das Wasser im Munde zusammen, da fällt mir ein, dass Brombeeren im Juni ja noch gar nicht reif sind. Mist. Aber Himbeeren könnten reif sein oder ... Heidelbeeren?

Herrgott, irgendetwas Essbares muss es hier doch geben!

Während ich mir den Kopf zerbreche, nimmt Samuel einen großen Schluck aus seiner Wasserflasche. »Wollen Sie nicht Ihr Vesper auspacken?«, fragt er freundlich, bevor er in seinen chemisch aussehenden Riegel beißt.

»Welches Vesper?«, frage ich müde zurück.

Mit den Augen suche ich die Umgebung nach wilden Himbeeren ab. Nichts. Vielleicht sollte ich meinen Radius mal erweitern, einfach aufstehen und ein bisschen im Wald herumstöbern. Aber leider habe ich meine Wanderschuhe ausgezogen, und so geschwollen, wie meine Füße sind, komme ich da im Moment nicht wieder rein. Barfuß allerdings kann ich unmöglich im Wald herumlaufen. Am Ende gibt es hier noch Schlangen! Bären gibt es in den Dolomiten schließlich auch.

»Haben Sie«, fragt Samuel belustigt, »etwa gar keinen Proviant dabei?«

»Ich dachte, wir rasten auf einer Hütte«, gestehe ich. »Einer *bewirtschafteten* Hütte. Ist das nicht so üblich?«

»Bei Kniebundhosen-Wanderern schon. Aber zu denen zählen wir uns ja nicht.«

Ich werfe ihm einen bösen Blick zu. Wie oft will er mir meine despektierliche Bemerkung über Kniebundhosen denn noch unter die Nase reiben? Man könnte glatt glauben, er habe die Dinger erfunden. Vielleicht sammelt er sie ja auch, daheim auf seiner Alm: Kniebundhosen aus drei Jahrhunderten.

Samuel lacht und reicht mir einen der Riegel. »Kommen Sie, nehmen Sie den. Schmeckt scheußlich, gibt aber Energie.«

Kurz zögere ich. Doch dann siegt mein Hunger.

»Danke.« Mit gesenktem Blick greife ich nach seiner milden Gabe.

»Zu trinken«, fragt er, »haben Sie wohl auch nichts dabei?«

»Nö«, sage ich und kratze den Rest meiner Würde zusammen. »Aber das macht nichts. Wir sitzen schließlich direkt neben einem Bach mit herrlichem, glasklarem Gebirgswasser.«

»Nun ja«, sagt Samuel. »Dieser Bach führt knapp über uns – dort, wo der Wald sich lichtet – durch eine Kuhweide.

Möchten Sie wirklich Wasser trinken, das mit Kuhfladen verschmutzt ist?«

Ich seufze resigniert. Wie es aussieht, kennt dieser jugendliche Alm-Öhi die Gegend tatsächlich wie seine Westentasche, und ich kann es mir sparen, ihm vormachen zu wollen, ich käme prima allein zurecht.

Kapitulierend hebe ich die Hände. »Also gut, Herr Fillsteiner. Sie haben gewonnen, und ich gebe alles zu: Von Bergtouren habe ich keine Ahnung, von Bächen und Kuhweiden auch nicht, Kniebundhosen sind toll, und Sie haben mich vollkommen in der Hand.«

Seine Mundwinkel verziehen sich nach oben. »Habe ich das?«

»Leider ja. Denn wenn Sie mir nicht auf der Stelle etwas von Ihrem Wasser abgeben, werde ich mich dazu erniedrigen müssen, Sie anzubetteln.«

Das hätte flapsig-humorvoll rüberkommen sollen, doch noch während ich die Worte ausspreche, steht mir Helenes Gesicht vor Augen, und ich weiß, dass ich einen Fehler gemacht habe. Einen groben Fehler.

Mir wird heiß vor Schreck. Was, wenn mein Bergführer die Situation nun ausnutzt und mich *wirklich* betteln lässt? Verdammt, ich habe ihm gerade die Steilvorlage dafür geliefert! Helene würde sich eine solche Gelegenheit jedenfalls nicht entgehen lassen. Im Gegenteil: Einen Schwächeren zu demütigen, empfindet meine Freundin als das selbstverständliche Recht des Stärkeren. Und vor allem: als einziges Mittel, nicht selbst als Schwächerer zu enden.

Unwillkürlich schweifen meine Gedanken zurück.

Ich war zur Rose geworden, und Helene fand, dass ich den Männern meine Stacheln zeigen müsse.

Schön zu sein, belehrte mich meine Freundin, reiche definitiv nicht aus. Wer in einer Beziehung die Oberhand behalten wolle, der müsse seine Macht auch ab und zu mal demonstrieren. Und zwar so, dass es wehtat. Den Männern.

Dieser Logik folgend ging Helene selbst ebenfalls nicht allzu gut mit ihren wechselnden Freunden um.

Stirnrunzelnd fragte ich: »Geht es denn um Macht in einer Beziehung? Ich dachte, es geht um Liebe.«

Es war Abend, wir saßen im Schneidersitz auf meinem Bett und tranken Weißwein.

»Du bist ganz schön naiv«, beschied mir Helene. »Um Liebe geht es vielleicht auf den ersten Blick. Aber wenn du tiefer gräbst – wenn du einen zweiten und einen dritten Blick wagst –, dann erkennst du, dass es immer nur um Macht geht.«

Diese Vorstellung fand ich deprimierend.

Helene beugte sich vor und schnippte mit den Fingern gegen mein Glas. »Kein Grund, so traurig aus der Wäsche zu gucken.« Sie lachte. »Hey, wir müssen bloß dafür sorgen, dass wir Königinnen sind statt Sklavinnen!«

Ich blickte sie an. Natürlich wollte auch ich keine Sklavin sein. Aber gab es wirklich nur diese beiden Möglichkeiten?

Zögernd sagte ich: »Könnten nicht beide Partner, äh, Bürger sein statt Sklaven oder Könige? Gleichberechtigt, meine ich. Weil, na ja, ich habe keine Lust, meine Freunde ständig unterbuttern zu müssen.«

Im Stillen ärgerte ich mich über mein unbeholfenes Gestammel, doch Helene hatte nun mal diese Wirkung auf mich: Wenn wir unterschiedlicher Meinung waren, kam ich ins Schwitzen und Schleudern.

Helene hob eine Augenbraue. »Du willst niemanden unterbuttern? Dann lass dich eben herumschubsen und kleinmachen. Deine Entscheidung, Mäuschen.«

»Aber …«

»Nix aber, so läuft's: Du schubst, oder du wirst geschubst, du bist Raubtier oder Opfer. *Ich* werde kein Opfer mehr sein, Annika.«

Zum ersten Mal fragte ich mich, was Helene erlebt haben musste, dass sie so hart und kompromisslos geworden war. Doch ihr verschlossener Blick warnte mich unmissverständlich davor, ihr diese Frage zu stellen.

»Meinst du nicht«, wagte ich stattdessen einzuwerfen, »dass jeder von uns mal das eine ist und mal das andere? Dass es zum Leben gehört, verletzt zu werden und selbst zu verletzen? Ich meine, jeder, der liebt, kann doch auf die Schnauze fallen! Der andere muss es ja nicht einmal böse meinen, aber wenn er einen eben nicht mehr liebt und deshalb verlässt, dann tut das w…«

»Genau deshalb«, unterbrach mich Helene scharf, »sollte man stets dafür sorgen, dass der andere einen mehr liebt als umgekehrt.«

Ich starrte sie an. »Aber das kann man doch nicht steuern!«

»O doch, das kann man. *Ich* kann das. Wenn ich merke, dass ich anfange zu lieben, tief zu lieben, dann mache ich Schluss. Das solltest du übrigens auch tun, wenn's bei dir mal so weit ist.« Sie lächelte zynisch. »Glaub der guten Tante Helene.«

»Ich soll es mir verbieten, zu lieben?«, fragte ich ungläubig. »Meinst du das ernst? Dass man ein Leben lang vor den eigenen Gefühlen davonlaufen soll?«

Helene hielt ihr Glas gegen das Licht meiner alten Lampe und begutachtete die Farbe des Weins. »Im Prinzip könnte man das so sagen, ja.«

Ich schwieg. Vor meinem geistigen Auge tat sich eine Zukunft ohne Gefühle auf. Ohne Schmerzen zwar, aber auch ohne alles Schöne. Ich sah es ganz deutlich vor mir: eine karge, öde Landschaft, eine Geröllwüste, und mittendrin wir selbst, Felsen zwischen Felsen, bleich und erstarrt.

Das fand Helene erstrebenswert?

»Du denkst nicht wirklich so«, sagte ich leise, fast flehend. »Das ist nicht echt. Diese Kälte – du spielst das nur, stimmt's?«

Der Ausdruck in Helenes schwarz umrandeten Augen war unergründlich. »Ich möchte, dass es echt ist. Nur darauf kommt es an.«

»Sie sind schon komisch«, sagt Samuel und holt mich zurück ins Hier und Jetzt. »Kein Vesper, kein Getränk. Ist das irgendeine abgefahrene Crash-Diät?« Ratlos kratzt er sich an seiner schwarzen Mütze, und eine Weile betrachtet er mich, als wüsste er beim besten Willen nicht, was er mit einer wie mir anfangen soll.

Dann reicht er mir sein Wasser.

Gott sei Dank, denn mein Durst ist mittlerweile mörderisch.

Verlegen nehme ich die Flasche aus Samuels Hand, und

als ich sie an den Mund setze, kommt es mir so vor, als hätte ich nie etwas Köstlicheres getrunken als dieses warme, abgestandene Plastikflaschenwasser.

Ich schenke meinem Bergführer ein dankbares Lächeln, dann mache ich mich über den Chemie-Riegel her. Der ist zwar wirklich scheußlich, aber ich verputze ihn bis auf den letzten Krümel, denn ich bin mir sicher, dass rohe Pilze und Wurzeln noch übler schmecken.

Danach geht es mir endlich besser. Ich stütze mich auf meine Ellbogen und gestatte es mir, für einige Momente müde die Augen zu schließen.

Sogleich spüre ich Samuels Blick auf mir ruhen.

Das macht mich nervös.

Ich reiße die Augen wieder auf, und bingo: Mein Bergführer beobachtet mich. Er ist aufgestanden und lehnt an einem Baumstamm, die Füße lässig überkreuzt. Seine Augen sind sehr dunkel und zugleich sehr blau.

Mittsommernachtsblau.

Gott, dieser Blick macht mich … in der Tat nervös.

Außerdem würde es mich langsam ja doch mal interessieren, wie Samuels Haare aussehen oder ob er am Ende eine Glatze hat und deshalb ständig diese schwarze Mütze trägt. Mir schießt durch den Kopf, wie schade das wäre, denn Glatzen finde ich wenig anziehend. Gleich darauf frage ich mich unsicher, ob ich wohl sehr blöd aussehe, wie ich hier barfuß und verschwitzt auf dem Waldboden hocke und von Samuels Haaren träume.

Dann aber fällt mir schlagartig wieder ein, wer ich bin: Annika Winter, bestbezahlte Pressereferentin bei Pharmedizin, außerdem eine Frau mit einer mittlerweile beachtlichen Anzahl an Exfreunden. Äußerst attraktiven Exfreunden. Verdammt, ich brauche mich nicht mehr mit Selbstzweifeln zu quälen! Ich sehe nicht blöd aus! Und vor allem bin ich schon lange kein dummes Ding mehr, das sich von schönen dunkelblauen Augen durcheinanderbringen lässt.

Gerade schiebe ich das Kinn vor und will Samuel fragen, ob es ihm Spaß macht, mich so anzustarren (Angriff ist schließlich die beste Verteidigung), da hebt er die Hand und zieht sich mit einer trägen, fließenden Bewegung die Mütze vom Kopf.

Mein Mund wird trocken.

Denn zum Vorschein kommen wilde hellbraune Locken, weich und widerspenstig zugleich, Locken, in denen ich augenblicklich meine Hände vergraben will.

O Mann. Das ist alles andere als eine Glatze.

»Was ist?«, fragt Samuel, und mir fällt auf, dass mein Mund sich nicht nur staubig anfühlt, sondern zu allem Übel auch noch offen steht.

Schnell klappe ich ihn zu und senke den Blick. Ärgerlich denke ich, dass es einem Bergführer verboten sein sollte, sich derart aufreizend seiner Mütze zu entledigen. Ich meine, wo kommen wir denn da hin?!

»Vor drei Minuten haben Sie noch so zufrieden ausgesehen«, sagt Samuel und wuschelt sich durch seine unanständigen Haare. »Und jetzt schauen Sie drein, als hätte ich Ihnen keinen Energy-Riegel geschenkt, sondern einen vergifteten Apfel. Was ist eigentlich los mit Ihnen?«

Offensichtlich hält er mich für komplett durchgeknallt.

Und vielleicht, durchzuckt es mich, bin ich das ja auch.

Denn wenn ich normal wäre, wäre ich dann nicht mit wehenden Fahnen zu meiner Mutter geeilt? Würde eine normale Frau sich auf einer Tour kasteien, die ihr keinen Spaß macht, in einer Umgebung, die sie kaum wahrnimmt, mit einem Bergführer, der ihr nichts als Verachtung entgegenbringt – nur damit sie zu beschäftigt ist, um nachzudenken?

Definitiv durchgeknallt.

Und trotzdem: Aus irgendeinem Grund möchte ich nicht, dass Samuel mich für seltsam hält.

»Sie haben recht, ich mag etwas … unausgeglichen sein zurzeit«, ringe ich mir ab. »Wie es jeder von uns manchmal ist. Aber das hat nichts mit Ihnen zu tun, Herr Fillsteiner, und es geht … bestimmt bald wieder vorbei.« *Es ist bloß so, dass ich den Gedanken an den Tod meiner Mutter kaum ertragen kann, aber das kann ich Ihnen schlecht erklären, nicht wahr?*

Einige Sekunden lang hört man nichts als das Murmeln des Baches und Vogelgezwitscher.

Dann sagt Samuel freundlich: »Kühlen Sie sich die Füße im Wasser, so kommen Sie besser wieder in Ihre Schuhe rein. Und dann machen wir uns auf den Rückweg, wenn Sie einverstanden sind. Ich berechne Ihnen auch nur die Hälfte des vereinbarten Preises.«

Als ich begreife, was er damit meint, fangen meine Wangen an zu brennen.

Ich habe einen Mann dafür bezahlt, mich durch die Berge zu führen, und jetzt bricht eben dieser Mann unsere Tour ab und verzichtet sogar auf die Hälfte seines Geldes – *nur weil er mich möglichst schnell loswerden will?*

Versagt.

Ich habe versagt.

Genau wie gestern beim Joggen. Wie beim Entspannen

im »Heustadel«. Wie damals bei meinem Vater … und wie jetzt bei meiner Mutter.

Versagt, versagt, versagt!

Da schießt mir Papas Lieblingsspruch durch den Sinn. Hundert-, *tausend*mal habe ich ihn mir anhören müssen, und er hat sich so tief in meiner Seele verankert, dass ich ihn nicht einmal als Demenzkranke vergessen würde: »Wenn du versagst, Annika, dann hast du es schlichtweg nicht entschlossen genug probiert.«

Ich atme tief durch.

Und als ich zum Bach tapse – elegant zu gehen ist schwierig, wenn der Boden von piksenden Nadeln übersät ist –, sage ich über die Schulter zu Samuel: »In Ordnung, gehen wir zurück. Ich gestehe, für heute habe ich genug. Aber morgen werde ich besser in Form sein, das verspreche ich Ihnen.«

Er lehnt immer noch am Baum. Fragend hebt er die dunklen Augenbrauen. »Wieso morgen?«

»Haben Sie keine Zeit?«, frage ich knapp zurück.

»Nun ja … Ich hatte das Gefühl, das Ganze mache Ihnen wenig Spaß, aber … doch.«

»Na also.«

Ich wende mich ab und laufe die letzten Meter zum Bach, ohne mich um Samuels Blick zu kümmern, der sich in meinen Rücken bohrt. Als das Wasser (das trotz der Kuhweide übrigens recht sauber aussieht) gletscherkalt meine Füße umspült, möchte mein Körper zurückzucken.

Doch ich lasse ihn nicht. Ich bleibe stehen, fünf Sekunden, zehn, fünfzehn, auch dann noch, als das heftige Prickeln unter meiner Haut sich zu Schmerzen auswächst und schließlich zu Taubheit. Ich *kann* hier stehen bleiben, und ich *werde* Samuel beweisen, dass ich nicht unerträglich bin. Versagen gilt nicht. Ich muss mich einfach nur ein bisschen mehr anstrengen, nichts weiter.

Nur ein bisschen mehr anstrengen.

Denn wer versagt, wird unsichtbar.

7.

In den folgenden Jahren, während ich mich durch mein Studium powerte, Männer ausprobierte und wieder verwarf und an Helenes Seite zielstrebig auf eine steile berufliche Karriere hinarbeitete, fragte ich mich oft, ob meine Freundin an jenem Abend nicht doch recht gehabt hatte. Konnte man ein Leben führen, in dem man niemandem die Macht zugestand, einen zu verletzen? Verletzt zu werden war mir immer so normal vorgekommen; es war ein unausweichlicher Bestandteil des Lebens. Das jedenfalls hatte ich immer geglaubt.

Aber war es das wirklich?

Hätte es anders laufen können, wenn ich mein Herz zu einem Felsen verhärtet hätte, damals, als ich noch ein Kind war?

Um keine Missverständnisse aufkommen zu lassen: Ich bin nicht geschlagen worden, niemals. Mein Vater hat mich auch nicht missbraucht. Es gab keinen bösen Onkel, keine grausame Oma, keine sadistische Lehrerin, die mir hätten Schaden zufügen wollen. Nein, meine Verletzungen waren völlig unspektakulär. Man konnte sie nicht sehen, und sie kamen mir so alltäglich vor, dass ich es für überflüssig hielt, über sie zu sprechen.

Denn welches Kind bekam *keinen* Ärger, wenn es eine schlechte Note nach Hause brachte? Welches Mädchen wurde *nicht* dafür bestraft, wenn es keine Lust hatte, Klavier zu üben? Meine Eltern bestraften mich ja nicht einmal richtig. Sie schwiegen nur. Und schwiegen.

Und schwiegen.

Und schwiegen.

Tagelang.

Nicht zu funktionieren, aus der Reihe zu tanzen, Unfug zu treiben, in irgendeiner Hinsicht zu scheitern: All das wurde mit Schweigen quittiert. Und wenn ich dann mit fünf, sechs, sieben Jahren abends im Bett lag nach einem dieser Tage, an denen ich für meine Eltern unsichtbar gewesen war, dröhnte mir die Stille in den Ohren. Ich war erschöpft von meinem Kummer und schlaflos vor Sorge, dass sie mich nicht mehr liebten, nie wieder lieben würden, und ich wälzte mich hin und her, sehnte mich danach, zum Einschlafen wenigstens einem Hörspiel lauschen zu dürfen – was meine Eltern mir jedoch mit einem stummen Kopfschütteln verboten hatten –, denn ich brauchte dringend ein beruhigendes Hintergrundgeräusch, ein Zeichen, dass ich überhaupt noch am Leben war. Tatsächlich fühlte ich mich in jenen Nächten wie tot, mein Bettchen ein Kindersarg, mein Zimmer erfüllt von der Lautlosigkeit des Nichts.

Ganz alltägliche Verletzungen.

Doch nun war ich erwachsen.

Ich wollte nicht mehr verletzt werden.

Und ohne dass es mir bewusst gewesen wäre, erreichten Helenes Einflüsterungen ihr Ziel.

Irgendwann erwachte ich neben meinem aktuellen Freund, es war Ulrich, und schlagartig wusste ich: Er konnte mir nichts tun! Niemand konnte mir noch etwas tun, denn ich ließ ja niemanden mehr an mich heran.

War das nun gut oder schlecht?

Auf jeden Fall fühlte es sich bizarr an, als ich mich auf die Seite rollte und Ulrich anblickte, wie er neben mir lag und schlief, schutzlos und scheinbar so ungefährlich. In mir stritten Triumph und eine tiefe Trauer, um ihn und mich und das, was aus mir geworden war.

Helene pflegte zu sagen: »Was wir Liebe nennen, ist sowieso nur ein theoretisches Konstrukt.«

Ich hoffte, dass sie recht hatte, schob die Trauer beiseite und stand auf.

Ob der sanfte Ulrich je auf die Idee gekommen wäre, mir wehzutun, wenn ich es ihm erlaubt und mich vorbehaltlos in ihn verliebt hätte?

Ich würde es niemals herausfinden.

Am nächsten Morgen wartet Samuel wild gelockt und fürchterlich gekleidet an der Rezeption (sein T-Shirt ist heute pink. *Pink!*) und plaudert fröhlich und entspannt mit Ermelinda (die heute ein Dirndl in Sonnenblumengelb trägt).

Diesmal weiß ich, was auf mich zukommt, und bin besser gewappnet als gestern: mit einem großen Fresspaket, einer noch größeren Flasche Wasser und einer beängstigend großen Portion Ehrlichkeit.

»Keine weitere Mördertour, bitte«, sage ich tapfer, als wir aus dem Hotel treten und den schmalen Weg durch die angrenzende Wiese einschlagen. »Heute führen Sie mich einfach nur irgendwohin, wo es schön ist, okay? Keine Gipfel. Ich habe meine Lektion gelernt.«

»Haben Sie das?« Samuel blickt mich von der Seite an.

»Ja, und die Lektion lautet: Nähere dich den Bergen mit Demut.« Ich zucke mit den Schultern. »Oder weniger pathetisch: Die Dolomiten sind kein Fitnessstudio.«

Samuel lacht. »Dann können wir uns ja jetzt duzen. Natürlich nur, wenn es Ihnen recht ist, Frau Winter.«

Überrascht sage ich: »Ja, natürlich, aber … warum so plötzlich? Hab ich was verpasst?«

»Ach, am Berg duzt man sich eigentlich immer«, erklärt Samuel unbekümmert. »›Sie‹ sage ich nur zu meinen allerarrogantesten Kunden.«

»Na, schönen Dank auch.« Ich bin beleidigt. »Du hast mich gestern die ganze Zeit über gesiezt, bis zum bitteren Ende!«

Er grinst. »Da hattest du deine Lektion ja auch noch nicht gelernt.«

Frechheit! Ich setze zu einer empörten Antwort an, doch da treffen sich unsere Blicke, und auf einmal muss ich lachen.

Scheiß drauf, denke ich, während ich gluckse und Samuels dunkelblaue Augen funkeln. Scheiß drauf, dass Annika Winter immer die Oberhand behalten muss! Ich *war* arrogant, und ich *habe* mich benommen wie eine anspruchsvolle Zicke, so ist es nun mal. Aber ich habe es eingesehen, und heute ist ein neuer Tag.

Wir haben den Waldweg oberhalb der Wiese erreicht. Und obwohl ich heftig atme, fühle ich mich innerlich seltsam leicht.

Wir sind für etwa eine Stunde bergauf gewandert, als Samuel vorschlägt, zu rasten.

»Klar, warum nicht«, sage ich und lasse mich an Ort und Stelle auf den Boden fallen. Hunger habe ich, und Durst sowieso. Da kommt mir eine kleine Verschnaufpause gerade recht.

»Gestern hast du dein Vesper mit mir geteilt, heute bin ich dran.« Ich öffne meinen Rucksack und grinse. »Und glaub mir, im Gegensatz zu gestern wird es schmecken.«

Samuels Augen weiten sich, als ich mein Gourmet-Picknick auspacke. Gleich nach dem Frühstück habe ich nämlich eingekauft, und ich muss sagen, der Delikatessenladen im Dorf hat erstaunlich viel hergegeben. Kleine, runde Käselaibe aus Ziegenmilch. Schüttelbrot in knusprigen Scheiben. Weiches, duftendes Dinkelbrot. Hauchdünner zartrosa Speck, samtige Pfirsiche. Und als Krönung: eine Tafel feinherbe Schokolade mit Fleur de Sel.

»Salzige Schokolade?«, fragt mein Bergführer skeptisch. »Und die soll besser sein als meine Energy-Riegel?«

Ich beobachte ihn, wie er sich mir gegenüber ins Gras fallen lässt. »Versuch ein Stück.«

Tatsächlich lässt Samuel seine Chemie-Riegel im Rucksack stecken und greift zögernd nach der Schokolade. Packt sie aus, bricht ein Stück ab, schiebt es sich langsam in den Mund. Ich lecke mir über die Lippen. Oh, ich kann mir so gut vorstellen, wie sich gleich der Geschmack auf seiner Zunge entfalten wird, und zwar genau … jetzt!

»Wow«, sagt Samuel verblüfft. »Das schmeckt sensationell.«

Ein Lächeln breitet sich auf meinem Gesicht aus.

Zufrieden greife ich nach einem der kleinen Käselaibe,

während sich Samuel Speck und Schüttelbrot schnappt. In einträchtigem Schweigen beginnen wir zu essen.

»Hätte ich dir gar nicht zugetraut«, sagt Samuel zwei Minuten später kauend.

»Was denn?«

»Dass du es genießt, gut zu essen. Dass du dir Zeit dafür nimmst. Dass es dir wichtig ist.«

Ich runzele die Stirn. »Hey. Hast du mich etwa für eine von denen gehalten, die es schon für eine Sünde halten, an einer Selleriestange zu knabbern?«

»Das hast jetzt *du* gesagt«, erwidert Samuel diplomatisch.

Verstimmt beiße ich in einen Pfirsich. Seit Jahren macht meine Lust am Essen mir ein schlechtes Gewissen – doch jetzt, wo mir ein Mann erklärt, ebenjene Lust würde sowieso nicht zu mir passen, fühle ich mich gekränkt.

»Ich bin«, sage ich trotzig, »ein sehr genießerischer Mensch!«

Samuel verzichtet höflich auf eine Antwort.

Und so ganz wahr ist es ja auch nicht, schießt es mir durch den Kopf. Was erlaube ich mir denn wirklich?

Wo höre ich auf zu denken, wo lasse ich mich in sinnliches Wohlbefinden fallen, wo spüre ich gar so etwas wie Ekstase? Nirgends, wenn ich ehrlich bin. Selbst beim Sex bemühe ich mich in erster Linie darum, den Bauch einzuziehen und exakt den Grad an Leidenschaft an den Tag zu legen, der mir angemessen erscheint: nicht zu wild (denn ich bin ja keine Schlampe) und nicht zu lahm (denn ich bin ja nicht frigide).

Bisher habe ich mein Bedürfnis, jederzeit alles unter Kontrolle zu haben, nie hinterfragt.

Doch jetzt, mit diesem Bergführer vor mir, der mich unter schweren Lidern aus seinen mittsommernachtsblauen Augen anblickt, komme ich ins Grübeln. Vielleicht ist es ja gar nicht sooo normal, dass man im Bett eher wenig Spaß hat. Vielleicht wäre es verzeihlich, ab und zu die Kontrolle zu verlieren, wenn auch nur … für ein paar Minuten? Wobei ich mir nach wie vor sicher bin, dass die meisten Menschen lügen, wenn sie von ihren tollen Sexerlebnissen schwärmen und dabei verschweigen, wie schrecklich anstrengend …

»Ich hatte bisher das Gefühl«, dringt Samuels Stimme in meine Gedanken, »dass es dir vor allem auf das Ziel ankommt. Nicht auf den Weg dorthin.«

Ich zucke zusammen. Herrje, die Bergluft tut mir echt nicht gut. Ich verliere mich sonst nie in Tagträumen, ich schweife nie gedanklich ab, und vor allem denke ich am helllichten Tag doch niemals an Sex!

Eigentlich.

»Mir kommt es durchaus auf den Weg an.« Höchste Zeit, mich zusammenzureißen und das unvorteilhafte Bild geradezurücken, das Samuel sich offensichtlich von mir gebildet hat. »Ich bin nicht so verbissen, wie du glaubst. Unsere Touren zum Beispiel – das war nicht ernst gemeint gestern, dass ich unbedingt auf einen Gipfel möchte. Im Gegenteil, ich genieße das ruhige Laufen und … und die Aussicht … und … die Landschaft.«

»Tatsächlich.« Samuel legt den Kopf schief. »Und wo waren wir gestern?«

»Na, im Wald.«

»Was für ein Wald?«

Hä? Was ist denn das für eine Frage? Ein Wald ist ein Wald ist ein Wald, so wie eine Rose eine Rose eine Rose ist. Das wissen wir schließlich schon seit Gertrude Stein.

»Es war«, sage ich, »ein ausgesprochen steiler Wald.«

Samuel beißt sich auf die Unterlippe, um nicht zu lachen. Da sein Mund voll und schön geschwungen ist, sieht das leider ziemlich sexy aus, und obwohl ich mich über ihn und seine doofen Fragespielchen ärgere, treiben meine Gedanken sofort wieder in eine absolut unerwünschte Richtung.

Was ist bloß mit mir los?!

»Fichte«, sagt Samuel, als er seine Heiterkeit bezwungen hat. »Gestern waren wir in einem Fichtenwald.«

»Hochinteressant.«

»Ich will dich nicht mit den Feinheiten der hiesigen Flora langweilen. Aber, Annika, möchtest du denn nicht *sehen*, wo du bist?«

Mir liegt eine scharfe Bemerkung auf der Zunge, von wegen er könne sich seine Spielchen sparen und mein Sehvermögen sei ausgezeichnet. Doch da fällt mir das leichte, glückliche Gefühl in meiner Brust ein, vorhin, als mir klar wurde, dass ich nicht immer und überall die Oberhand behalten muss, und ich schlucke die Worte hinunter.

Statt Samuel anzufahren, blicke ich mich um.

Und zum ersten Mal, seit ich in die Dolomiten geflohen bin, registriere ich wirklich, wo ich bin.

Wir rasten nicht auf piekendem Waldboden, sondern auf einer Wiese, die sich endlos zu erstrecken scheint. Ringsum stehen hohe Nadelbäume, und doch wirkt es, als säßen wir in einem sanft gewellten, sonnendurchfluteten Park. Die Bäume haben nicht den düsteren Charakter von Fichten oder Tannen, sie sind hell und frühlingshaft, über und über besetzt mit moosgrünen, weichen Nadelbüscheln.

Es ist zauberhaft.

Staunend lege ich den Kopf in den Nacken. Der Himmel über den lichten Bäumen ist strahlend blau. Hoch oben stößt ein Greifvogel seinen Schrei aus, die Sonne wärmt mein Gesicht, und ich rieche einen süßen, intensiven Wildkräuterduft. Das hohe Gras kitzelt an meinen Beinen und schmiegt sich unter meine Hände.

Ich fühle mich, als hätten alle meine Sinne beschlossen, mit einem Paukenschlag zu erwachen.

Ich blinzele, überwältigt von den Empfindungen, die diese schlichte Wiese in mir auslöst. Tatsächlich bin ich ziemlich erschüttert: Da hat mein Bergführer den perfekten Platz für eine Rast ausgesucht – und ich hätte es um ein Haar nicht einmal bemerkt!

Mit einem Lächeln in der Stimme sagt Samuel: »Die Bäume heißen Lärchen. Sie sind die einzigen Nadelbäume, die im Herbst ihre Nadeln abwerfen, genau wie Laubbäume. Und das Weiße, was so gut duftet, das ist Schafgarbe. Aber die hast du bestimmt selbst erkannt.«

Nee, habe ich nicht. Doch das behalte ich für mich.

Ich schaue Samuel in die Augen, erfüllt von einer eigentümlichen Dankbarkeit. Dafür, dass er mich an diesen Ort geführt hat, und weil er mich gefragt hat, ob ich denn nicht *sehen* will.

»Es ist wunderschön hier«, sage ich mit belegter Stimme.

Samuel nickt, sein Blick ist nachdenklich. Ich scheine ihm immer noch ein Rätsel zu sein, aber seinem leisen Lächeln nach zu urteilen, ist es zumindest kein ganz so fieses und vertracktes mehr.

Aus Gründen, die ich gleich wieder verdränge, freut mich das.

»Wollen wir weiter?«, fragt er und steht auf. »Wir haben noch ein paar Höhenmeter vor uns.«

»Wie du meinst«, sage ich ungewohnt friedfertig, und nachdem wir die Reste meines Gourmet-Vespers zusammengepackt haben, folge ich ihm.

Ohne zu fragen, wohin es geht.

Denn diese Tour hat sich in jedem Fall gelohnt.

8.

Der nächste Morgen ist von drei Merkwürdigkeiten gekennzeichnet:

1. Ich wache auf und habe Lust zu singen.
2. Ich habe wunderbar geschlafen, obwohl es in meinem Zimmer so totenstill war wie jede Nacht.
3. Samuel hat erst morgen wieder Zeit für eine Tour mit mir, weil ihn für heute irgendein doofes Ehepaar gebucht hat, und ich verspüre das starke Bedürfnis, dem Ehepaar eine Keule über den Kopf zu ziehen.

Alles in allem bin ich ein wenig beunruhigt.

Nachdem ich einen Blick auf die Uhr geworfen habe, greife ich nach meinem Handy. Bei Pharmedizin arbeiten sie schon seit einer Stunde, und ich habe das Gefühl, ich brauche dringend ein bisschen Normalität. Mal sehen, ob Jenny, meine Vertretung, immer noch so wunderbar ohne mich auskommt. Oder ob sie nicht doch ein klitzekleines bisschen schwimmt und mich nur aus zarter Rücksichtnahme nicht hier anruft. Ja, sage ich mir, so wird's sein: Jenny will mich schonen, sie will mir den Urlaub nicht verderben!

Eigentlich ist sie echt eine Nette, die Jenny.

Als sie abnimmt, bin ich fest davon überzeugt, dass der Laden brennt und ich gleich ein gekeuchtes »Annika, GOTT SEI DANK rufst du an!« zu hören bekomme. Ich setze ein beruhigendes und zugleich überlegenes Lächeln auf – das spürt man durchs Telefon, habe ich mir sagen lassen –, da sagt Jenny: »Annika? Bist du das? Bist du etwa schon zurück? Du wolltest doch noch zweieinhalb Wochen weg sein!«

Kurz bringt ihre misstrauische Stimme mich aus dem Konzept. Okay, der Laden brennt definitiv nicht.

Und so eine Nette ist die Jenny denn doch nicht, wenn man's recht bedenkt.

»Ich, äh, ich wollte nur, äh … ich meine, wie läuft's denn so bei euch?«

Verdammt, habe ich etwa gerade gestottert? Ich krampfe meine Hand um das Telefon. Ich bin Annika Winter! Die Annika Winter! Die mehr verdient, schneller aufsteigt, freche Journalisten besser im Griff hat als jede andere! Einen verwirrenden Augenblick lang fühle ich mich, als hätte ich diese Annika verloren, irgendwo zwischen hellen Lärchen und einem pinken T-Shirt.

»Es läuft prima«, sagt Jenny befremdet. »Alles bestens hier. Mach dir keine Sorgen.«

Ich werfe einen Blick in den Spiegel.

Da stehe ich, und ich bin immer noch die schöne, kühle Pressereferentin, versichere ich mir selbst, unnahbar sogar im Nachthemd. Ich habe alles im Griff, es ist alles wie immer. Pinke T-Shirts an Männern sind ein unverzeihlicher Stilbruch, und diese pflichtvergessene Jenny werde ich jetzt zusammenfalten, weil sie mich gefälligst auf dem Laufenden zu halten hat!

Denn das ist es, was sie von mir erwartet, wenn ich sie anrufe: nicht, dass ich stottere. Sondern dass ich sie fertigmache.

Ich stoße die Luft aus. »Okay, Jenny. Was ist mit der Kampagne für das neue Kopfschmerzmittel? Hast du dem penetranten Kerl vom Tagblatt die entlastende Studie gemailt? Und warum zum Teufel habe ich keine SMS von dir bekommen, ob die Pressekonferenz gestern gut gelaufen ist oder nicht?«

Ich sehe förmlich vor mir, wie Jenny zusammenzuckt, wie ihre Schultern sich straffen und sie sich kerzengerade aufsetzt (wahrscheinlich auf *meinem* Bürostuhl). Ihre Antwort kommt schnell und unterwürfig, und ich atme auf.

Na also. Die Welt läuft wieder in gewohnten Bahnen, die paar Tage hier haben mich nicht im Geringsten verändert. Alles geht weiter wie bisher. Ich erhole mich ein bisschen, und dann kehre ich zurück, genau wie ich es mir vorgenommen hatte.

Doch als ich Jenny nach einem zähnefletschenden »Mach's gut!« in ihren stressigen Arbeitstag verabschiedet habe, das Telefon sinken lasse und mein Blick ein zweites Mal auf mein Spiegelbild fällt, steigen Zweifel in mir auf.

Ich meine, klar bin das noch ich. Wer auch sonst.

Aber seit wann sehe ich so reuevoll aus, wenn ich jemanden heruntergeputzt habe, um meine eigene Stellung zu festigen? Seit wann presse ich die Lippen zusammen, als würde ich meine Worte am liebsten ungeschehen machen? Seit wann schäme ich mich dafür, mich so verhalten zu haben, wie es bei Pharmedizin nun mal erwartet wird?

Stirnrunzelnd wende ich mich ab und gehe duschen.

Der Tag geht so seltsam weiter, wie er angefangen hat. Denn ich sitze beim Frühstück, vor mir erstreckt sich das herrliche Buffet, und ich habe keinen Hunger. Keinen Hunger! Ich! Dabei ist mir nicht einmal schlecht, ich habe einfach bloß keinen Appetit, und außerdem wird mir gerade bewusst, dass ich besorgniserregend verträumt in meinem »English Breakfast Tea« herumrühre. Abrupt ziehe ich den Löffel aus dem Tee und knalle ihn auf die Untertasse.

Ich schüttele den Kopf über mich selbst und zwinge ein Croissant mit hausgemachter Marmelade herunter. Vielleicht bin ich einfach noch satt von gestern.

Das wird's sein.

Doch eine leise Unruhe bleibt, und nach meinem kurzen Frühstück weiß ich nichts mehr mit mir anzufangen.

Zurück auf dem Zimmer gehe ich meine Möglichkeiten durch. Allein wandern gehen: irgendwie traurig. Dem Spa-Bereich eine zweite Chance geben: frühestens heute Nachmittag, wenn die anderen Wandervögel zurück sind und ich nicht mehr mutterseelenallein dort unten herumliegen werde. Meine Pflicht tun und die längst überfälligen Anrufe bei Helene und Mama erledigen: och, eigentlich …

Ich seufze. Na gut. Wenn ich den Tag schon irgendwie herumbringen muss, kann ich auch tun, was eben getan werden muss. Also verziehe ich mich mit dem Handy auf meinen sonnigen Balkon und wähle nach kurzem Zögern die Nummer meiner Freundin.

»Du sprichst«, sagte ich einmal zu Helene, »nie von deinen Eltern. Warum nicht?«

Helenes Eltern wohnten in einer anderen Stadt, genau wie meine. Helene besuchte sie selten, und wenn sie es tat, war sie danach tagelang schlecht gelaunt.

Sie zuckte mit den Schultern. »Gibt nichts zu erzählen, schätze ich. Und hey, du sprichst auch nie von deinen Eltern. Warum nicht?«

Ich grinste schief. »Gibt nichts zu erzählen, schätze ich.«

Und das gab es ja auch nicht. Ich war erwachsen und meine Eltern Vergangenheit. Ich hatte mich ihrem Einfluss entzogen, rief sie selten an, besuchte sie kaum und schloss sie, wo immer es ging, aus meinem Leben aus. Vage war mir bewusst, warum ich das tat: Mein ganzes Leben lang hatten sie mir eingetrichtert, dass ich nur jemand war, wenn ich funktionierte wie eine gut geölte Maschine, und nach dem Abitur, meiner letzten immensen Kraftanstrengung, hatte ich mit jeder Faser meines Herzens gespürt, dass ich mich davon befreien musste.

Also war ich gegangen.

Tja. Nun war ich zweiundzwanzig, meine Bachelor-Prüfungen standen kurz bevor, und ich sah mich der deprimierenden Erkenntnis gegenüber, dass meine Flucht grandios gescheitert war.

Denn statt in der Freiheit war ich bei Helene gelandet.

Und so war der Druck nicht geringer geworden, sondern hatte sich potenziert. Mein Ehrgeiz, der sich früher auf meine Noten beschränkt hatte, dehnte sich mittlerweile auf alle Lebensbereiche aus. Anders als während meiner Schulzeit hieß erfolgreich zu sein nicht mehr nur, zu den Besten zu gehören – jetzt musste ich auch eine der Schönsten sein. Ich gehörte nun zu denen, die aus der Ferne bewundert wurden und die sich diesen abgehobenen Status täglich neu erkämpfen mussten. Schwäche zeigen galt nicht, eine makellose Fassade war das A und O.

Ich war vom Gänseblümchen zur Rose geworden, und das hatte mir einen kurzen seelischen Höhenflug beschert. Doch nun hatte mein verändertes Dasein seinen Glanz verloren, hatte sich als anstrengend und überfordernd herausgestellt.

Wieder einmal war ich in die Perfektionsfalle getappt.

In meinen vielen schlaflosen Nächten grübelte ich, ob es an mir lag, nur an mir selbst. Vielleicht hatte ich ja ein Leistungs-Gen in mir, eines, das mich auf ewig daran hindern würde, mein Leben ein bisschen entspannter anzugehen. Konnten meine Eltern und der Druck, den sie stets auf mich ausgeübt hatten, gar nichts dafür? Machte ich es mir zu leicht, wenn ich die Schuld für mein verkorkstes Ich meiner Mutter und meinem Vater in die Schuhe schob?

Und Helene … Konnte ich ihr wirklich vorwerfen, dass sie mich antrieb? Ich hätte mich nicht mit ihr anfreunden, sie nicht so glühend bewundern müssen. Niemand hatte mich dazu gezwungen, ihr ähnlich zu werden. Niemand zwang mich, bei ihr zu bleiben.

Und trotzdem blieb ich und spielte gehorsam die Rolle, die Helene von mir verlangte.

In jenen mit der bitteren Wahrheit getränkten Nächten hasste ich mich. Doch ich konnte nicht aus meiner Haut heraus. Männer ließ ich kaum mehr an mich heran, und andere Freundinnen als Helene hatte ich nicht. Ohne sie würde ich allein sein, vollkommen allein.

Alles war besser als das!

Denn seit ich als Kind in der absoluten Stille in meinem

Bett gelegen und mich wie tot gefühlt hatte, fürchtete ich nichts so sehr wie die Einsamkeit.

»Na, bereust du es schon?«, fragt Helene bissig.

Ich stehe auf meinem sonnigen Balkon und betrachte das Bergpanorama. Fichten, denke ich, jetzt weiß ich, dass es Fichten sind, die sich an die felsigen Hänge schmiegen, und die helleren Bäume weiter oben sind lindgrüne Lärchen. Komisch, dass mich dieses Wissen beruhigt.

»Nein«, sage ich laut zu Helene. »Ich bereue es nicht. Es war richtig, dass ich gegangen bin. Ich muss … zu mir kommen.«

Für einen Moment ist es still in der Leitung.

Dann sagt Helene gefährlich leise: »Du hast es so sehr bereut, deinen Vater vor seinem Tod nicht mehr gesehen zu haben. Du wirst das niemals wiedergutmachen können, Annika. Und jetzt, wo deine Mutter krank ist, haust du einfach ab?«

Schmerz brandet in meiner Seele auf. »Ich werde meine Mutter noch oft sehen, wir haben noch viel Zeit. Keine Jahre mehr, aber … genug. Ich muss die Nachricht bloß erst verarbeiten, für mich allein, und dann kann ich … dann kann ich …«

Sag es.

Sag es!

Ich schlucke hart. »Dann kann ich sie begleiten. Bis sie stirbt.«

Sofort spüre ich, wie sich mir der Magen umdreht. Das Croissant, zu dem ich mich beim Frühstück gezwungen habe, droht mir wieder hochzukommen, und ich presse die Hand auf meinen Mund und denke krampfhaft an etwas anderes, etwas Schönes, an Greifvögel vor sommerblauem Himmel und an Samuel, wie er sich mit seinen braungebrannten Fingern die salzige Schokolade in den Mund schiebt.

Die Übelkeit flaut ab.

»Ich«, sagt Helene, »würde meine Mutter auf diesem Weg nicht begleiten, und ich bin mir ziemlich sicher, dass du das auch nicht tun wirst. Es ist ekelhaft, jemandem beim Sterben die Hand zu halten. Mach dir nichts vor, Annika, für so was bist du viel zu schwach.«

Ich antworte nicht, denn ich weiß weder, was sie von mir will, noch ob sie recht hat. Ich bin verunsichert, und wahrscheinlich hat Helene genau das bezweckt.

»Aber ich würde meine todkranke Mutter zumindest einmal besuchen«, fährt Helene kühl fort. »Dann hätte ich meine Schuldigkeit getan, und niemand könnte mir vorwerfen, dass ich weggelaufen bin wie ein dummes, verängstigtes Kind. Wie du, Annika.«

Wie ich. Das dumme, verängstigte Kind.

Ich stelle mir Helene vor, wie sie an ihrem Schreibtisch sitzt, den Hörer zwischen Ohr und Schulter geklemmt, damit sie weiterschreiben kann, während sie mich fertigmacht. Unwillkürlich lausche ich auf das Klicken der PC-Tastatur, und da höre ich es auch schon, ganz leise im Hintergrund.

Mein Gott, denke ich. Wir sprechen über den Tod meiner Mutter, und Helene arbeitet dabei.

Helene arbeitet für das Feuilleton einer großen, intellektuellen Wochenzeitung. Ich finde, die Rolle der Kritikerin passt perfekt zu ihr: Helene analysiert, seziert und zerreißt in der Luft, was ein anderer geschaffen hat, ein Theaterstück, ein Buch, einen nachdenklichen Essay. Danach lehnt sie sich zurück und beobachtet neugierig, wie der Zusammengeknüppelte reagiert. Kann er sich noch verteidigen, oder hat er den Mund schon voller Blut?

Zwischendurch übt sie das Zusammenknüppeln in ihrem Privatleben, bevorzugt an ihren Männern – und an mir. Zum Beispiel in diesem Moment.

Meine Übelkeit kehrt mit Macht zurück.

»Bist du noch da?«, fragt sie sanft. »Ach Mensch, ich hätte dich nicht an deinen Vater erinnern dürfen! Das war gemein von mir. Tut mir leid.«

Tja, und das wäre dann Schritt drei. Nach Zusammenknüppeln und Blutspucken folgt die gnädige Hand, die dem am Boden Liegenden wieder aufhilft.

»Annika? Sag doch was. Es tut mir wirklich leid.«

»Schon in Ordnung«, stoße ich aus. »Aber ich muss jetzt aufhören. Mein Akku ...«

Und mit dieser lahmsten aller Ausreden lege ich auf.

Schließe die Augen.

Spüre die Sonne auf meinen Lidern, Tränen auf meinen Wangen. Die Erinnerung an Helenes Stimme dröhnt mir in den Ohren.

Ich hätte meine Schuldigkeit getan, und niemand könnte mir vorwerfen, dass ich weggelaufen bin wie ein dummes, verängstigtes Kind.

Aber ich möchte nicht meine Schuldigkeit tun!, denke ich voller Verzweiflung. Ich möchte mich mit meiner Mutter auseinandersetzen, ich möchte Frieden mit ihr schließen!

Doch das kann ich nur, wenn ich zuvor meine Seelenruhe gefunden habe.

Zumindest einen Hauch davon.

9.

Momentan bin ich von Seelenruhe weit entfernt, und so verschiebe ich den Anruf bei Mama auf den Nachmittag und gehe stattdessen zur Rezeption. Dort frage ich Ermelinda kurzentschlossen nach der Adresse von Samuels Bergschule.

»Wollen Sie, dass ich für Sie anrufe?«, erbietet sich Ermelinda. »Um eine weitere Tour zu buchen, müssen Sie nicht extra zur Bergschule laufen.«

Das ist mir auch klar. Trotzdem will ich hingehen, denn ich habe Lust, zu sehen, in welcher Umgebung Samuel arbeitet, wenn er nicht gerade in der freien Natur unterwegs ist. Irgendwie habe ich das Gefühl, ich lerne ihn auf diese Weise ein Stückchen besser kennen.

»Ein kleiner Spaziergang entspannt mich«, sage ich zu Ermelinda und lächele so überzeugend wie möglich. »Also, geben Sie mir bitte die Adresse?«

»Ja, sowieso.« Ermelinda kramt in einer Ablage hinter dem Rezeptionstresen, dann reicht sie mir eine Karte und grinst. »Nett ist er, der Samuel, gell? Buchen Sie ihn doch gleich für den Rest Ihres Urlaubs.«

»Das geht?«, frage ich erfreut, bevor ich mir – leider zu

spät – auf die Zunge beiße und ein gleichgültiges Gesicht aufsetze. »Ich meine, ähm, wird es dann günstiger? Das wäre eventuell ein Grund für mich, es mir zu überlegen.«

»Gehen tut alles, und einen Rabatt gibt's wahrscheinlich auch«, sagt Ermelinda augenzwinkernd. »Der Samuel müsste halt die Touren, für die er schon gebucht wurde, mit einem Kollegen tauschen. Ein bisschen umständlich ist das schon. Aber probieren Sie's doch einfach aus, Frau Winter.«

»Das werde ich. Danke, Ermelinda.«

Sie lächelt. »Wissen Sie was? Die Erholung steht Ihnen gut.«

Unwillkürlich greife ich mir an die Frisur.

Die heute gar keine Frisur ist, sondern offenes Haar, so wie meine Kleidung kein Outfit ist, sondern aus Jeans (meiner einzigen) und einem schlichten T-Shirt besteht (das ich eigentlich für den Fitnessraum eingepackt hatte, aber der existiert ja nicht).

»Danke«, murmele ich beschämt.

Denn was Ermelinda in Wirklichkeit gemeint hat, ist doch: »Schön, dass Sie so schlampig herumlaufen, Frau Winter, da sieht man Ihnen gleich auf den ersten Blick an, dass Sie im Urlaub sind!«

Eine Annika Winter läuft nie schlampig herum.

Und so fliegt, als ich das Hotel verlasse, mein Blick zu dem prächtigen Spiegel, der mir vor drei Tagen schon einmal die Wahrheit gezeigt hat – eine verkniffene, wenngleich top gestylte Stadtzicke.

Und plötzlich muss ich lächeln. Denn ich begreife, dass Ermelinda gar nicht »schlampig« gemeint hat.

Ihr ist bloß aufgefallen, dass die Zicke heute auf dem Zimmer geblieben ist.

Die Bergschule, für die Samuel arbeitet, liegt am anderen Ende des Dorfes – also gerade mal fünfhundert Meter entfernt – und ist im Erdgeschoss eines Gästehauses untergebracht. Mein Herz fängt albern an zu klopfen, als ich durch die niedrige Tür ins Büro trete.

Ein bärtiger Hüne mit Lachfältchen um die Augen blickt mir entgegen. Er muss an die sechzig sein, doch seine Unterarme sind sehnig, und er trägt, genau wie Samuel, ein pinkes T-Shirt. Ach du Schande. Möglicherweise ist Farbenblindheit ja ansteckend.

»Grüß Gott«, sage ich höflich und, wie ich finde, sehr landestypisch.

»Moin moin«, grüßt der Hüne zurück.

Offensichtlich kann man auch als Nordlicht Bergführer in den Südtiroler Dolomiten werden. Ich muss grinsen, der Hüne grinst zurück, und das Eis zwischen uns ist gebrochen.

Während ich ihm mein Anliegen vortrage und er in seinen Unterlagen herumblättert, bedächtig Namen ausstreicht und auf anderen Blättern wieder einträgt, vor sich hin brummt und mir ab und zu ein faltiges Lächeln zuwirft, blicke ich mich um.

Das Büro ist zweckmäßig und nüchtern eingerichtet, doch an den Wänden hängen Fotos und Plakate mit alpinen Motiven: ein Kletterer, der wie eine Eidechse an einer Steilwand klebt; ein rasanter Skifahrer in unberührtem Pulderschnee; ein Gruppenbild strahlender Bergsteiger auf irgendeinem Gipfel.

Was mag Samuel empfinden, wenn er dort draußen unterwegs ist, nicht mit mir, sondern mit Kunden, die tatsächlich Ahnung vom Bergsport haben?

Ich verschränke die Hände hinter dem Rücken und

schlendere umher. Allzu neugierig möchte ich nicht wirken, doch die Tür zum Hinterzimmer steht halb offen, und ich riskiere einen beiläufigen Blick hinein. Es handelt sich wohl um den Materialraum, denn die Wände sind von langen Metallregalen gesäumt, in denen sich alles stapelt, was man in den Bergen so zu brauchen scheint: Helme in verschiedenen Größen und schreienden Farben. Dicke und dünne Seile, zu ordentlichen Schlangen aufgerollt. Klettergurte und Eispickel. Stirnlampen, Gamaschen, unzählige Karabiner …

Uff. Und ich habe mich gut ausgerüstet gefühlt, weil man meine Hosen unterhalb des Knies abzippen kann!

»Ja, ja, Samuel ist unser Bester«, dringt die norddeutsch näselnde Stimme des Hünen in meine Gedanken. »Ich kann schon verstehen, dass Sie nur mit ihm losziehen wollen.«

Er kommt zu mir und reicht mir einen Vertrag, den ich unterschreiben soll. Als ich die Gesamtsumme sehe, zucke ich zusammen. Heilige Scheiße. Für die nächsten zwei Urlaube ist dann wohl Balkonien angesagt.

»Was genau Sie zusammen unternehmen«, sagt der Hüne ungerührt, »machen Sie dann mit Samuel persönlich aus, würde ich vorschlagen.«

Ich greife nach dem Kuli, den er mir hinhält, und meine Hand zittert, als ich unterschreibe. Immerhin gebe ich gerade ein paar Tausend Euro aus, einfach so.

Außerdem … Was Samuel wohl dazu sagen wird, dass ich ihn für ganze siebzehn Tage gebucht habe? Siebzehn Tage! Mit einem Mal fühle ich mich wie eine Stalkerin. Oder wie ein irrer, zu allem bereiter Fan.

Aber nein, ich buche lediglich einen Bergführer, erinnere ich mich im Stillen streng. Das ist weder verboten noch ungewöhnlich, wenn man Urlaub in den Dolomiten macht.

Zugegeben, es ist schweineteuer. Aber wofür arbeite ich so viel und so hart, wenn ich mir dann nicht mal einen Bergführer leisten darf? Na eben!

Alles im grünen Bereich.

Ich gebe dem Hünen den Vertrag zurück und sage im Plauderton: »Wissen Sie, es ist gar nicht so wichtig, was genau wir machen. Ich möchte einfach die Umgebung kennenlernen. Gipfel stürmen werde ich als Anfängerin wohl nicht.«

»Och, wenn Sie sich gut anstellen …« Der Hüne zwinkert mir zu. »In siebzehn Tagen kann man so einiges lernen. Vor allem mit Samuel.«

Daran zweifle ich nicht.

10.

Am Nachmittag starte ich meinen zweiten Versuch, im Spa-Bereich zu relaxen.

Diesmal bin ich nicht allein, und das Entspannen fühlt sich gleich viel weniger beklemmend an. Ich schwitze in der finnischen Sauna, betrachte den künstlichen Sternenhimmel im Dampfbad, schwimme ein paar Runden und verziehe mich schließlich in den »Heustadel«. Die Liegen rechts und links von mir sind heute ebenfalls belegt. Buchseiten rascheln, Zeitschriften werden durchgeblättert, Tee wird geschlürft, und ich schließe mit einem tiefen Seufzer die Augen. Die Hintergrundgeräusche beruhigen mich. Schmeichelnd steigt mir der Duft des Heus in die Nase. Ehe ich mich versehe, dämmere ich weg.

Im Halbschlaf weht mir eine Erinnerung durch den Sinn.

Es war mein Geburtstag, wenige Wochen ist das erst her. Ich telefonierte mit Mama, und sie war irgendwie komisch; doch ich wusste noch nicht, warum.

Am Tag danach habe ich es dann erfahren.

»Ich wollte dir den Geburtstag nicht verderben, Annika. Man wird nur einmal zweiunddreißig. Warum hätte ich es dir gestern sagen sollen? Heute reicht es doch auch.«

»Ich glaube das einfach nicht, Mama!« Ich zitterte am ganzen Körper, meine Fingerknöchel waren weiß, so fest umklammerte ich den Hörer. »Du hast mich angerufen und mit mir geplaudert, eine geschlagene halbe Stunde lang, und dabei wusstest du die ganze Zeit über, dass du Bauchspeicheldrüsenkrebs hast?!«

»Ach, Kind. Das Leben muss weitergehen.« Eine unangenehme kleine Pause entstand. »Also, dein Leben zumindest.«

»Wie nach Papas Tod, meinst du?«, rutschte mir heraus.

»Ja.« Mamas Stimme klang hart. »Wie nach Papas Tod.«

Ich kniff die Augen zusammen.

Es half nichts, die Tränen suchten sich ihren Weg nach draußen, aber immerhin heulte ich still, und meine Mutter konnte mich durch das Telefon ja nicht sehen. Sie hasst es nämlich, wenn ich meine Gefühle nicht unter Kontrolle habe.

»Wie lange … ich meine, was sagen die Ärzte, wie lange wirst du …«

»Ein paar Monate«, unterbrach sie mich. »Wenn ich Glück habe.«

Papa war zweiundfünfzig, als er starb, schoss es mir durch den Kopf, Mama ist siebenundfünfzig. Zu jung zum Sterben, so viel zu jung! Sie sollten noch Jahrzehnte vor sich haben, beide, sollten in aller Ruhe alt werden, graue Haare bekommen und runzelige Haut, das wäre normal! Das wäre gerecht.

Unter mir brach der Boden weg.

Ich weinte vollkommen lautlos. Mama durfte meine

Schwäche nicht sehen, nicht hören, nicht spüren. Sie hatte immer von mir verlangt, dass ich stark war, mich durchbiss, Haltung bewahrte, sogar früher, wenn ich mir als kleines Kind das Knie aufschlug.

»Gejammert wird nicht«, pflegte sie zu sagen. »Wer jammert, bringt es zu nichts.«

Doch jetzt fiel und fiel und fiel ich, musste stark sein und fühlte mich doch so zerbrechlich, so ungenügend, so unvorbereitet auf das, was auf uns zukam, auf mich und Mama.

Deshalb rannte ich nach unserem Telefongespräch wie von Furien gehetzt ins Reisebüro.

Deshalb verließ ich meine Mutter, anstatt mich auf der Stelle ins Auto zu setzen und zu ihr zu fahren.

Besser fortlaufen, dachte ich fiebrig, als mich meiner Mutter so zu zeigen, wie sie ihre Tochter nie hatte haben wollen: kläglich und schwach.

Bleich und schwitzend schrecke ich auf, Mamas Gesicht steht mir geisterhaft vor Augen.

»Kreislaufprobleme?«, fragt die ältere Dame neben mir mitfühlend. »So eine finnische Sauna kann einem schon mal zu viel werden, wenn man's nicht gewöhnt ist, nicht wahr?«

Ich nicke und raffe meine Handtücher zusammen. Nichts wie weg hier.

Mit Samuel zu wandern tut mir eindeutig besser als diese verdammte Entspannung.

Den restlichen Tag verbringe ich in der Sonne auf meinem Balkon. Ich lümmele auf dem grün-weiß gestreiften Liegestuhl herum, höre Musik auf dem iPod, zwinge mich, nicht bei Pharmedizin anzurufen, und wähle stattdessen endlich die Nummer meiner Mutter.

Als sie sich meldet, erkenne ich sie fast nicht. Ihre Stimme ist dünn und müde. Keine Spur ihrer sonstigen Forschheit.

»Mama?«, frage ich vorsichtig. »Bist du das?«

»Wer soll es denn sonst sein, Schneckchen?«

Ich ziehe scharf die Luft ein. Seit mindestens zwanzig Jahren hat Mama mich nicht mehr Schneckchen genannt! Das Kosewort aus meiner Kindheit, in Kombination mit Mamas deprimierter Stimme, treibt mir die Tränen in die Augen.

Und plötzlich habe ich das drängende, unaufschiebbare Bedürfnis, mich zu entschuldigen, für alles, was zwischen Mama und mir jemals schiefgelaufen ist. Dafür, dass ich weggelaufen bin. Dass ich mich so selten gemeldet habe. Dass ich schlechte Noten hatte, als ich in die Pubertät gekommen bin. Dass ich »Ich hasse dich!« geschrien habe, als Mama mir meinen ersten Freund verboten hat, dass ich ihr mit fünf Jahren Geld für Gummibärchen aus dem Portemonnaie gestohlen habe, dass ich … o Gott. O Gott. Bald ist sie tot, und ich werde es nicht geschafft haben, mich für alles zu entschuldigen, was ich falsch gemacht habe, und sie wird sich auch nicht entschuldigt haben, und ich habe Papa nicht mehr gesehen, bevor er starb, ich war zu spät, ich war zu spät, zu spät, zu …

»Was ist denn mit dir, Annika?«

»Nichts«, stoße ich hervor, und die Schluchzer schütteln meine Brust.

»Tief durchatmen«, sagt Mama. »Tief durchatmen und an etwas Schönes denken, und in einer halben Minute geht es wieder.«

Sie wartet ab, geduldig und im unerschütterlichen Glauben daran, dass ich ihr gehorche. Und ich tue es, atme tief durch, denke an Lärchen und Wiesen voller Schafgarbe und Samuels wilde hellbraune Locken.

»Geht wieder«, sage ich mit dünner Stimme, und Mama antwortet: »So ist's recht«, und dann sind wir wieder Roswitha und Annika Winter, siebenundfünfzig und zweiunddreißig Jahre alt, erwachsen und beherrscht.

»Habe ich dich eigentlich geweckt?«, frage ich mit einem letzten Schniefen.

»Nein. Ich bin bloß müde. Bin ich gerade immer. Sehr nervig.« Sie lacht, ein gedämpfter, unfroher Laut. »Kennst mich ja, im Sessel sitzen und die Hände in den Schoß legen ist nichts für mich. Aber zurzeit bleibt mir gar nichts anderes übrig.«

So schnell geht es also. So schnell zwingt der Krebs sie nieder.

Meine Mutter ist nicht im Krankenhaus. Die Ärzte, hatte sie mir beim letzten Mal erklärt, könnten sowieso nichts mehr für sie tun. Also dürfe sie zu Hause bleiben, so lange sie wolle und so lange sie sich selbst versorgen könne. Schmerzen habe sie ja kaum, gottlob sei sie an der schmerzarmen Variante des Bauchspeicheldrüsenkrebses erkrankt, das sei doch mal Glück im Unglück, nicht wahr?

»Der arme Bobby langweilt sich zu Tode«, höre ich sie jetzt sagen. »Buchstäblich. Ich frage mich, was aus ihm werden soll, wenn ich … Im Tierheim geht er doch ein wie eine Topfpflanze! Bobby ist unsere langen Spaziergänge gewohnt, du weißt ja, wie viel ich mit ihm laufe, und dann noch unsere Stunden auf dem Hundeplatz … Hatte ich dir erzählt, dass wir gerade erst den Hundeführerschein gemacht haben? Bobby war super, er hat sämtliche Prüfer schwer beeindruckt.«

»Das ist toll«, flüstere ich, und am liebsten würde ich mich in dem grün-weißen Liegestuhl zusammenrollen, den Kopf zwischen den Beinen verstecken und die Welt aussperren.

Bis alles wieder gut ist.

Nur dass das nie der Fall sein wird.

»Wenn mein Urlaub zu Ende ist, besuche ich dich, Mama. Ich gehe nur schnell bei Pharmedizin vorbei und schaue, ob alles gut läuft, und dann … dann komme ich.«

»Schneckchen, die Arbeit geht vor.«

Der Spruch, den ich in meiner Kindheit so unendlich oft gehört habe, kommt meiner Mutter ganz automatisch über die Lippen. Mein Vater war Abteilungsleiter einer großen Firma, meine Mutter zuerst Sekretärin und später Hausfrau. Beide waren ununterbrochen beschäftigt. Irgendetwas gab es immer zu tun, und stets war dieses Irgendetwas wichtiger als ich, das um Aufmerksamkeit bettelnde Kind.

Bitter frage ich: »Tut sie das?«

»Ich denke schon«, sagt meine Mutter. Doch mit einem Mal klingt sie verunsichert.

Ich gebe mir einen Ruck und schlage vor: »Ich könnte auch gleich zurückkommen. Meinen Urlaub abbrechen. Wenn du das gern möchtest.«

»Nein«, sagt meine Mutter sofort. »Nein, das wirst du nicht tun. Annika, es …«

Sie stockt, sucht nach den richtigen Worten.

»Es wird Zeiten geben, bald, da werde ich dich brauchen. Du bist mein einziges Kind, die einzige nahe Verwandte, und ich werde auf deine Hilfe angewiesen sein.«

Mama spricht nun hastig und gepresst, und ich kann mir

nur allzu gut vorstellen, wie sie sich fühlt: Sie, deren Motto ihr Leben lang lautete »Bloß keine Schwäche zeigen!«, muss nun ihre Bedürftigkeit eingestehen. Wie schwer muss ihr das fallen.

»Deshalb«, fährt sie etwas gefasster fort, »möchte ich, dass du deinen Urlaub genießt. Es wird noch anstrengend genug für uns beide. Versprichst du mir das, Annika? Dass du es dir gut gehen lässt. Versprich mir das.«

Ich soll es mir gut gehen lassen?

Das sind völlig ungewohnte Töne von jemandem wie meiner Mutter, und mehr als alles andere lassen diese Worte mich erahnen, wie sehr die Krankheit Mamas Seele aufgewühlt hat.

»Ich versuche es«, sage ich, bevor meine Stimme bricht und ich wieder an etwas Schönes denken muss, mir verzweifelt Samuels mittsommernachtsblaue Augen vorstelle, majestätische Greifvögel am weiten Himmel, Avocado-Creme auf Knoblauchbrot, den unvergleichlichen Geschmack eines Château Lafite Rothschild …

Und dann geht es wieder, zumindest für den Rest des Gesprächs.

Dass ich mich nach dem Auflegen wimmernd im Liegestuhl zusammenrolle, kriegt ja niemand mit.

11.

Wenn es mir als Kind schlecht ging, hat mein Vater gern gesagt: »Schlaf eine Nacht drüber, Annika. Morgen sieht die Welt ganz anders aus.«

Mir kam diese Aussage stets wie ein billiger Trost vor, einer, mit dem Papa es sich leicht machte. Denn wenn es der Schlaf war, der mir half, konnten sich meine Eltern bequem zurücklehnen. Doch heute Morgen gebe ich Papa recht. Der erwachende Tag ist hell und frisch, und mein Kummer hat sich zum Kraftschöpfen in einen entfernten Winkel meines Herzens verzogen. Ich bin nicht glücklich, und ich strotze nicht vor Energie.

Aber ich bin bereit, der Welt ins Auge zu blicken.

Samuel erwartet mich vor dem Hotel.

Bei seinem Anblick spüre ich, wie mir Hitze ins Gesicht steigt. Vielleicht, weil mir plötzlich einfällt, dass ich von ihm geträumt habe. Zwischen all den Särgen, schwarzen Sternen und verlassenen Kindern, die meinen Schlaf bevölkert haben, war der Traum von Samuel der einzige, der schön war.

Wunderschön.

Zu schön, wenn man es genau nimmt, denke ich alarmiert. Warum träume ich solche, äh … Dinge von ihm? Von uns?

Zwar weiß ich mit Sicherheit, dass ich nicht in Samuel verliebt bin. Ich meine, ich kann gar nicht in ihn verliebt sein! Ich lasse dieses Gefühl nämlich grundsätzlich erst dann zu, wenn der Mann meiner Wahl mir bereits hechelnd und liebestoll hinterherläuft, und auch dann nur wohldosiert.

Und doch muss ich zugeben … Heute Nacht hat es sich beinahe so angefühlt, als hätte es mich erwischt. Und wie.

Absolute Überdosis.

Ach was, beruhige ich mich schnell, wenn man im Traum jemanden mag, attraktiv findet, begehrt, dann heißt das keineswegs, dass man all dies auch bei Tage empfindet! Keineswegs, wirklich.

An diesen Gedanken klammere ich mich, während ich auf Samuel zugehe.

Er lächelt mir zu, knapp und professionell, die Hände hat er in den Hosentaschen versenkt. Sein enges weißes Funktionsshirt spannt über seinen Brustmuskeln, und verdammt, er sieht so gut aus! Trotz der schwarzen Mütze, die wieder einmal sein Haar verbirgt.

Kein Wunder, dass ich von ihm geträumt habe. Wahrscheinlich träumen alle seine Kundinnen von ihm, selbst die verheirateten.

Samuel sieht leider nicht so aus, als habe er von mir geträumt, denn sein Blick ist gelassen und distanziert. Das wurmt mich, obgleich es mich nicht wundert, und um das Kräfteverhältnis zwischen uns wieder ins Gleichgewicht zu bringen, greife ich auf die altbewährte Strategie des Spottes zurück.

»Na, so was.« Ich hebe eine Braue. »Du bist nicht in Warnfarben gekleidet? Was ist passiert?«

Samuels Augen blitzen belustigt auf. »Auch dir einen schönen guten Morgen«, sagt er trocken. »Zu deiner Frage: Ich trage das, was ich eben tragen muss.«

Er trägt, was er tragen muss? Wohnt er etwa noch daheim, und Mutti legt ihm abends seine Kleidung raus?

»Unsere Bergschule wird gesponsert«, erklärt Samuel. »Wir bekommen Kleidung und Ausrüstung gestellt, dafür verpflichten wir uns, sie auf allen Touren mit unseren Kunden zu tragen. Und im Übrigen haben die Warnfarben ihren Sinn. Vielleicht nicht auf leichten Anfängertouren wie denen, die ich mit dir unternehme. Aber im Hochgebirge, bei Nebel und Schnee, ist es ganz gut, wenn man nicht gerade Weiß trägt.« Er blickt an sich hinunter und zupft abfällig an seinem Shirt.

Bin ich blöd! Am liebsten würde ich mir vor die Stirn schlagen. Deshalb hatte der Hüne in der Bergschule das gleiche Modell an wie Samuel – alle Bergführer tragen während der Arbeit gesponserte Kleidung! Das hätte ich mir auch denken können.

Kleinlaut frage ich: »Wenn ihr gesponsert werdet, dann ist eure Bergschule wohl ziemlich gut?«

»Wir sind«, sagt Samuel, »nicht schlecht.«

Ich lächele höflich und mache mich auf eine lange Geschichte gefasst. Denn gleich wird Samuel von seinen Erfolgen erzählen, vom ausgezeichneten Ruf, den er und seine Kollegen genießen. Davon, wie sie regelmäßig die ersten Plätze im Ranking der beliebtesten Südtiroler Bergschulen belegen, und davon, wie die Kunden ihnen in der Hauptsaison die Bude einrennen.

Doch nichts davon kommt über seine Lippen. Er steht einfach nur da und wartet darauf, dass ich ihm meine Wünsche für den heutigen Tag kundtue.

Ungläubig runzele ich die Stirn. Samuel möchte nicht angeben, nicht mal ein kleines bisschen? Keiner der Männer, die ich kenne, hätte sich diese Gelegenheit entgehen lassen!

Samuel jedoch scheint das Prahlen tatsächlich nicht nötig zu haben, denn als ihm mein Schweigen zu lang wird, fragt er ungeduldig: »So, und wie hast du dir unsere nächsten Touren gedacht? Möchtest du, dass wir einfach nur wandern, oder willst du richtig was lernen? Immerhin haben wir siebzehn Tage vor uns. Das ist ganz schön lang.«

Er bedenkt mich mit einem eindringlichen Blick, einem von der Sorte »Die-Frau-ist-mir-ein-Rätsel«, und prompt fühle ich mich wieder wie eine Stalkerin. Eine, die das Objekt ihrer Begierde dazu zwingt, ganze zweieinhalb Wochen mit ihr zu verbringen.

Peinlich.

»Ich … na ja, ich dachte, wir machen einfach da weiter, wo wir vorgestern aufgehört haben«, sage ich und knete meine Finger. »Du führst mich irgendwohin, wo es schön und einsam ist, und ich … ich mache die Augen auf.«

Samuel verzieht den Mund zu einem warmen Lächeln, und gleich fühle ich mich etwas mehr wie eine nette Kundin und weniger wie ein irrer Fan.

»Klingt nach einem entspannten Plan«, sagt er. »Okay, lass mich nachdenken, wo es dir gefallen könnte.« Er geht ein paar Schritte auf und ab, reibt sich dabei mit der Hand den Nacken, zieht konzentriert die dunklen Brauen zusammen.

Und das sieht fast so heiß aus, wie wenn er sich seine Mütze auszieht.

Ich schlucke trocken. Plötzlich kommt mir die Idee, meinen gesamten Urlaub mit einem dermaßen attraktiven, an mir als Frau völlig desinteressierten Bergführer zu verbringen, ziemlich masochistisch vor.

Samuel bleibt stehen, lässt den Arm sinken und schaut mich an. »Ich hab's. Magst du Ruinen?«

Für eine ganze Weile glaube ich, wir würden zu den Überresten einer mittelalterlichen Burg wandern. Doch nachdem wir an der Bergschule vorbeigegangen sind, ein blühendes Tal durchquert haben und zwei Stunden lang durch dichten Fichtenwald bergauf gestapft sind, erreichen wir einen Ort, der hundertmal verwunschener ist, als es eine Burgruine je sein könnte.

»Unser ehemaliges Grand Hotel«, sagt Samuel stolz. »Gefällt es dir?«

Angesichts der morbiden Schönheit des Gebäudes, das sich auf der Lichtung vor uns erhebt, kann ich nur sprachlos nicken.

»Um 1900 war diese Ruine ein berühmtes Kurhotel«, erzählt Samuel. »Leider ist das Hotel im ersten Weltkrieg teilweise zerstört worden, und seitdem lässt man es verfallen. Das ist natürlich schade, aber dennoch … Ich liebe es. Ich bin wahnsinnig gern hier.«

»Das verstehe ich.«

Fasziniert lasse ich meinen Blick über das Grand Hotel schweifen. Überall sind Mauern eingebrochen, das Dach fehlt ganz, die Fenster sind leere, dunkle Höhlen ohne Glas, und wo es noch intakte Wände gibt, bröckelt der Putz. Hinter einer mit Säulen bestandenen Veranda sieht man heruntergekrachte Deckenbalken. Keine der Türen, die es einst gegeben haben muss, existiert mehr. Doch trotz des extremen Verfalls schimmert überall die frühere Eleganz durch: Jeder Erker, jedes Türmchen kündet von vergangener Größe. Ich sehe verschnörkelte Holzgeländer und hohe, zu einem hellen Rot verblichene Fensterläden. Verspielte Vorsprünge, bogenförmige Durchgänge. Und dort, sind das nicht …

»Schafe?!«

Samuel lacht. »Die beiden sind immer da. Keine Ahnung, wem sie gehören. Aber es scheint ihnen hier zu gefallen.«

»Mir auch«, sage ich aus tiefstem Herzen. »Es ist ein unglaublicher Ort, Samuel.«

»Und er bietet sich sogar für ein Picknick an. Hinter der Ruine gibt's nämlich einen Tisch und zwei Bänke, und einen Brunnen mit Heilwasser.« Samuel grinst. »Schmeckt fast so grässlich wie meine Energy-Riegel, ist aber wesentlich gesünder.«

Ich lächele zurück. »Wirst du trotzdem etwas von meinem Proviant annehmen? Oder beschränkst du dich diesmal auf eine Heilwasserkur?«

»Das hättest du wohl gern«, neckt er mich. »Aber keine Angst, ich esse dir nicht wieder alles weg. Heute habe ich auch etwas Leckeres mitgebracht.«

»Und was?«

»Toast mit Fleischwurst. Wir können gern teilen.«

Brrrr! Innerlich schüttele ich mich. Samuel mag ja die Berge wie seine Westentasche kennen, und er führt mich zu bezaubernden Orten. Aber an seinen Fähigkeiten als Gourmet lässt sich definitiv noch arbeiten.

»Wofür soll das eigentlich gut sein?«, frage ich angeekelt.

Gerade habe ich einen Schluck des Heilwassers probiert, das aus dem Brunnen hinter der Ruine sprudelt. Ganz ehrlich: Wüsste ich nicht, dass es gesund ist, würde ich sagen, es schmecke faulig bis giftig.

»Traditionell trinkt man dieses Wasser gegen Nierensteine und Magenbeschwerden«, klärt Samuel mich auf, während wir zu unserem Picknickplatz schlendern.

»Dann ist es ja gut, dass meine Nieren und mein Magen einwandfrei funktionieren.« Ich hieve meinen Rucksack auf den groben Holztisch und ziehe eine Flasche heraus, die gut gekühlt in einer schicken Thermohülle steckt. »Mein Kreislauf hingegen macht mir manchmal zu schaffen. Und traditionell trinkt man dagegen ein Schlückchen Champagner.«

Samuel lässt sich auf eine der Bänke fallen. Fassungslos blickt er zu mir hoch. Dann fängt er an zu lachen. »Annika, du bist echt speziell, weißt du das?«

»Weil ich Champagner trinke?«

»Weil du auf einer Bergtour Champagner trinkst. Aber was soll's. Wir machen ja bloß bessere Spaziergänge, da kann nicht viel passieren. Und wenn du taumelst, dann stütze ich dich halt.«

Nach ein, zwei Gläschen Champagner werde ich ganz sicher nicht taumeln. Schade eigentlich, bedenkt man Samuels Angebot, mich zu stützen.

»Dir ist hoffentlich klar«, sage ich streng, »dass ein Glas Champagner kein Saufgelage ist, sondern kultivierter Genuss!«

Ich greife wieder in den Rucksack und hole – der Minibar sei Dank – ein Sektglas heraus, das ich in schützende Servietten gewickelt habe. Bedächtig stelle ich es auf den Holztisch. Dann setze ich mich Samuel gegenüber.

Unsere Blicke treffen sich.

»Du hast«, fragt Samuel, »nicht zufällig ein zweites Glas eingepackt?«

12.

Eine halbe Stunde später liegen wir auf der Bank.

Leider nicht auf derselben, denn jeder von uns bleibt brav auf seiner Seite des Tisches.

Trotzdem ist es schön, mit hinter dem Kopf verschränkten Armen auf dem Rücken zu liegen und in den Himmel zu schauen. Schäfchenwolken tupfen weiße Flecken ins Blau, der Wind streicht durch die Ruine und bringt einen blassroten Fensterladen zum Klappern, und das Nieren-Magen-Heilwasser plätschert in seinem Brunnen munter vor sich hin. Samuel und ich haben gegessen – Feigentörtchen mit Zitronenthymian, Auberginenröllchen mit Paprikaragout und Toast mit Fleischwurst –, und wir haben die Hälfte des Champagners getrunken. Und weil meine Seele endlich anfängt, sich ein bisschen zu entspannen, habe ich Samuel dazu überredet, noch ein Stündchen Pause dranzuhängen.

Das Leben ist schön.

Samuels Stimme ist auch schön. Das fällt mir jetzt, wo ich ihn beim Zuhören nicht anschaue, sondern in den Himmel blicke, erst so richtig auf: Sie ist tief und ruhig und ein bisschen rau.

Ich könnte ewig hier liegen und einfach nur seiner Stimme lauschen.

Gerade habe ich Samuel gefragt, wie lange er schon Bergführer ist (Antwort: elf Jahre), ob er schon immer Bergführer werden wollte (zögernde Antwort: im Grunde schon) und ob ihn Touren mit Anfängern wie mir nicht entsetzlich langweilen (Antwort: ertapptes Zusammenzucken).

Jetzt sagt er nachdenklich: »Touren sind das streng genommen ja nicht, die wir beide unternehmen, sondern leichte Wanderungen. Langweilen tut mich so was nicht, es gehört auch zum Job. Aber klar, das Herz hängt an etwas anderem.«

»Und woran hängt es?«, frage ich und denke an die Plakate, die ich in der Bergschule gesehen habe, an ihre Botschaft von Freiheit, Wildnis und Triumph. »Was gehört nicht nur zum Job, Samuel, sondern macht dich glücklich?«

»Die großen Touren«, antwortet er wie aus der Pistole geschossen, »die ins Hochgebirge. Expeditionen. Unsere Kletterwochen, vor allem Eisklettern. Und die Freeride-Kurse.«

»Freeride?«

»Tiefschnee-Abfahrten«, sagt er, und in die dunkle Rauheit mischt sich ein träumerischer Unterton. »Skitouren weit weg von jeder Hüttengaudi. Weißt du, wenn du nichts um dich herum hast als Puderschnee, steile Hänge und ein paar konditionsstarke Gleichgesinnte, dann gehört die Welt wirklich dir. Zumindest für ein paar Stunden.«

Ich drehe den Kopf und blicke ihn an. Die Sehnsucht und Leidenschaft, die in seiner Stimme lagen, spiegeln sich in seinem Lächeln, in seinen Augen, und plötzlich wünsche ich mir glühend, einmal, nur einmal im Leben etwas Ähnliches fühlen zu dürfen wie er.

Ich hatte nie eigene Träume, eigene Leidenschaften, etwas, das nur ich selbst wollte. Eigentlich waren es stets die Ziele anderer, für die ich mich ins Zeug gelegt habe: gut in der Schule sein, damit ich eine Tochter bin, auf die Mama und Papa stolz sein können. Zum Vamp werden, um meiner Freundin zu gefallen. Die skrupellose Pressereferentin geben, um meinen Chef zu beeindrucken und Pharmedizin vor Kritik zu schützen.

Was für ein armseliges Leben.

»Ich kann mir nicht vorstellen, dass die Welt jemals mir gehört«, sage ich leise, »schon gar nicht während der Arbeit. Nicht mal für eine lumpige Minute.«

»Dann hast du den richtigen Beruf vielleicht noch nicht gefunden.«

»Oh, ich bin sehr gut in meinem Job!«

»Zweifellos.« Samuel schaut mir in die Augen. »Aber das meinte ich nicht.«

»Ich weiß.«

Ich weiß das, und ich brauche unbedingt noch einen Schluck Champagner.

Hastig rappele ich mich auf und schenke mir nach.

»Auch noch was?«, frage ich und fülle Samuels Glas, ohne seine Antwort abzuwarten.

Er setzt sich ebenfalls auf, zieht sich die Mütze vom Kopf und wuschelt sich durch die Locken. Unbehaglich lässt er seinen Blick zwischen mir, der Flasche und den beiden Gläsern hin- und herschweifen. »Sven würde mir nie wieder einen Kunden vermitteln, wenn er das hier sehen könnte.«

Sven? Das muss der norddeutsche Hüne sein, der Samuels Touren für mich getauscht hat. Dann gehört die Bergschule also ihm.

»Er wird es nicht erfahren«, sage ich schulterzuckend und kippe meinen Champagner hinunter. Das ist eines Gourmets zwar völlig unwürdig, aber was soll's. Wenn ich die Welt vor wenigen Minuten noch schön fand, dann nur in Verkennung einiger grundlegender Wahrheiten: Ich führe ein hohles Leben, habe eine todkranke Mutter, eine psychopathische Freundin und den falschen Job, einen, der mich verdirbt statt mich zu beflügeln.

Da kommt es auf mein blödes gutes Benehmen auch nicht mehr an.

»Also dann.« Samuel kippt seinen Champagner ebenfalls auf ex, greift nach der Flasche und füllt unsere Gläser erneut. »Wer braucht schon kultivierten Genuss, wenn er auch ein Saufgelage haben kann?«

Zugegeben, so richtig betrinken kann man sich zu zweit mit einer Flasche Champagner nicht. Aber der Alkohol reicht aus, um meine Zunge zu lockern, und so höre ich mich schon bald sagen: »Es ist ein Haifischbecken, weißt du? Pharmedizin im Allgemeinen und die Presseabteilung im Besonderen.«

»Du bist Pressesprecherin?«

Ich lache auf. Ohne Champagner hätte ich wohl eher grimmig geschnaubt. »Nö. Ich bin bloß eine von fünf Pressereferentinnen, wenn auch die bestbezahlte. Der Pressesprecher ist unser Chef, und wir wollen alle nur das eine: ihn vom Thron stoßen und selbst draufklettern. Unsere Assistentinnen und Volontäre haben exakt das Gleiche mit uns im Sinn. Tja, und so mordet man sich dann von einer Ebene auf die nächste.«

Ups. So ehrlich hatte ich eigentlich gar nicht sein wollen.

Samuel stützt das Kinn auf die Faust. »Kriegt man da nicht Magengeschwüre?«

»Meine Kolleginnen schon. Ich hab bloß Schlafstörungen. Aber hey, wofür arbeite ich bei Pharmedizin? Ich kriege alle Sorten Schlaftabletten umsonst, sogar die, die gar keine Zulassung haben!«

Samuel blinzelt, und ich lache. »War ein Witz. Zumindest das mit der Zulassung.«

Offensichtlich weiß Samuel nicht, was er nun glauben soll. Mann, was sieht der Kerl sexy aus, wenn er mich so dunkel anschaut!

»Danke für das Kompliment«, sagt er, und seine Mundwinkel zucken.

O Gott. Habe ich das gerade etwa gar nicht gedacht, sondern laut gesagt?!

Scheint so, denn er fügt hinzu: »Du bist heute übrigens auch sehr hübsch. Gefällt mir, wenn du kein Make-up trägst.«

Mein Magen macht einen Purzelbaum.

»Ich trage durchaus Make-up. Das ist der … der Nude-Look«, stottere ich. »Aber du brauchst nicht solche Sachen zu sagen, bloß weil wir Champagner getrunken haben und ich … mir … da was rausgerutscht ist. Glaub mir, morgen bereust du es, weil du es ja gar nicht so meinst.« Aaaah! Hör auf zu reden, Annika!!!

Unter halb gesenkten Lidern fixiert er mich. »Ich sage niemals etwas, das ich nicht so meine. Und den Champagner spüre ich überhaupt nicht.«

Ich schon. Doch ob es nun wirklich am Champagner liegt oder an der Art, wie Samuel mich ansieht … an der einsamen Ruine … daran, dass mein gewohntes Ich mir sehr weit entfernt erscheint … woran auch immer: Mit einem Mal möchte ich die Ehrlichkeit zwischen uns noch weiter treiben, möchte mir die Maske vom Gesicht reißen und mich endlich so zeigen, wie ich bin, ich, Annika, tief in mir selbst.

Tu es nicht, flüstert eine warnende Stimme in meinem Hinterkopf.

Doch Samuel schaut mir immer noch in die Augen, unverwandt und interessiert und fast so, als fände er mich süß, und die Worte sprudeln aus mir heraus, gesund und übelschmeckend zugleich wie das grässliche Heilwasser.

»Ich wünschte, ich wäre nicht, wie ich bin. Ich mag meinen Job eigentlich gar nicht. Es gibt Tage, da würde ich am liebsten alles hinschmeißen.« Ich schlucke, die warnende Stimme wird lauter, doch ich kann nicht aufhören zu reden. Es ist, als hätte ich einen Virus und müsste alles ausspeien, was mich krank macht, seit Wochen, Monaten, Jahren. Also rede ich weiter, wider jede Vernunft, und Samuel hört zu, ohne mich zu unterbrechen. Seine Augen werden bloß immer dunkler, und ich halte mich an seinem Blick fest, während ich rede und rede und rede.

»Ich habe mein Leben lang funktioniert. Ich kenne gar nichts anderes als zu funktionieren, ich kann nicht aus meiner Haut heraus, ich kann doch nicht einfach einer Laune nachgeben und kündigen! Eigentlich hätte ich gern Kinder, stell dir das mal vor, ist das nicht total hausbacken? Aber so ist es. Natürlich kommt es nicht infrage, denn dann könnte ich nicht mehr Vollzeit arbeiten, und was ist, wenn ich mich von einem Mann abhängig mache und er verlässt mich, dann stehe ich ganz schön blöd da, Gott, was würde Helene mich fertigmachen! Sie ist meine Freundin, aber weißt du, manchmal habe ich regelrecht Angst vor ihr. Noch mehr Angst habe ich allerdings davor, dass sie irgendwann mal genug von mir hat, denn allein sein … niemanden haben … ist das nicht furchtbar, Samuel? Ist das nicht ganz entsetzlich? Allein zu sein ist schlimmer als der Tod.« Erschöpft halte ich inne.

Samuel schweigt.

Dann steht er auf und umrundet den Tisch. Setzt sich neben mich und legt mir den Arm um die Schultern.

Einfach so.

Stocksteif sitze ich da. Spüre seine kräftige Hand auf meinem Oberarm. Und lehne mich langsam, vorsichtig gegen ihn, bereit, mich sofort kerzengerade aufzurichten, sollte Samuel mich zurückstoßen.

Doch das tut er nicht. Er küsst mich nicht, er streichelt mich nicht, er erlaubt sich nichts, was ein guter Freund sich nicht auch erlauben würde. Aber er ist da, neben mir, und als ich anfange zu weinen, umfasst er mich fester.

Vorhin konnte ich nicht aufhören zu reden – jetzt kann ich nicht aufhören zu heulen. Aus Kummer über mein verkorkstes Ich, aus Ärger über mein Selbstmitleid und weil ich mich an manchen Tagen zum Kotzen finde. Ich weine, weil ich bald, sehr bald, keine Eltern mehr haben werde. Und ich weine, weil ich mich nicht von meinem Vater verabschiedet habe, womit ich mir eine Schuld aufgeladen habe, von der ich mich niemals werde reinwaschen können.

Irgendwann rückt Samuel zur Seite und drückt mich sanft nieder, und ich lege mich auf die Bank, bette den Kopf in Samuels Schoß wie ein unglückliches Kind. Seine Hand ruht auf meinem Haar, schwer und tröstlich.

Langsam versiegen meine Tränen.
Ich atme tiefer.
Und tiefer.
Und schlafe ein.

13.

Als wir uns etliche Stunden später wieder der Bergschule nähern, fühle ich mich nicht nur verkatert, sondern alles in allem so schlecht, wie man sich nach einem Heulanfall vor dem Objekt seiner Begierde nur fühlen kann. Ich bin davon überzeugt, dass Samuel nie wieder eine Tour – nein, einen »Spaziergang« – mit mir machen wird und dass er alle Hebel in Bewegung setzen wird, um mich loszuwerden.

Denn wer spielt schon gern den Therapeuten für neurotische Städterinnen, wenn er auch zum Eisklettern oder ins Hochgebirge kann?

Nachdem ich vorhin auf seinem Schoß erwacht bin, hat Samuel mich freundlich gefragt, ob es mir besser ginge, und in diesem Moment hat mich die Erkenntnis, dass ich nach gerade mal drei Gläsern Champagner total die Kontrolle über mich verloren habe, getroffen wie ein Schlag ins Gesicht. Der leichte Rausch war vorüber, meine Maske lag zerbrochen vor Samuels Füßen, und ich musste mir eingestehen, dass die toughe Annika Winter mittlerweile jeden! Tag! in Tränen ausbricht.

Die ganze restliche Tour über habe ich kaum noch ein

Wort herausbekommen. Wie auch? Ich war vollauf damit beschäftigt, mich in Grund und Boden zu schämen. Es ehrt Samuel, dass er trotzdem mehrere Versuche startete, sich mit mir zu unterhalten. Doch irgendwann gab er es auf und ließ mich in Ruhe.

Was fast noch schlimmer war.

Tja, und so schleiche ich nun neben ihm her, fühle mich wie ein getretener Hund und sehe wahrscheinlich auch so aus. Da hebt es meine Laune nicht wirklich, als Samuel hocherfreut »Maria!« ausruft und ich seinem Blick folge.

Zu einer schönen jungen Frau, die vor der Bergschule steht.

Sie lächelt und winkt ihm zu.

»Sam! Na endlich! Ich warte schon seit einer Ewigkeit«, schreit sie fröhlich.

Wir sind noch mindestens fünfzig Meter von ihr entfernt, und mal ehrlich, muss sie so herumbrüllen? Muss sie sich Samuel an den Hals werfen, noch bevor dieser Hals auch nur in Reichweite ist? Und warum in aller Welt nennt sie ihn Sam?! Er ist Südtiroler, Samuel passt viel, viel besser zu ihm!

Böse mustere ich sie, während Samuel seinen Schritt beschleunigt, um möglichst rasch von mir fort und zu dieser Maria hinzukommen. Klar, die sieht dermaßen gut gelaunt aus, die muss er bestimmt nie trösten.

Neidvoll gestehe ich mir ein, dass alles an Maria anziehend wirkt, hübsch, beschwingt und besonders. Die dunklen, fransig geschnittenen Haare. Das elfenhafte Gesicht mit den riesigen Augen. Die feingeschwungenen Brauen. Wir sind nun nah genug, dass ich voller Widerwillen nach ihrer Augenfarbe forschen kann – und irritiert erkenne ich die Parallelen.

Ihre Iris sind von einem tiefen, mittsommernachtsdunklen Blau.

Genau wie Samuels.

Heißt das etwa …

»Darf ich vorstellen: meine Schwester Maria«, sagt Samuel. »Maria, das ist Annika, meine Kundin für die nächsten zwei Wochen. Wir kommen gerade vom Grand Hotel.«

Vor Erleichterung werden meine Knie weich.

Maria ergreift meine Hand und schüttelt sie. Obwohl Samuels Schwester schmale, feingliedrige Finger hat, ist ihr Händedruck erstaunlich kräftig.

»Freut mich, Annika. Auch wenn ›Kundin für die nächsten zwei Wochen‹ wohl heißt, dass ich meinen Bruder kaum zu sehen bekommen werde, was?«

»Du musst dir halt mal angewöhnen, deine Besuche vorher anzukündigen, kleine Schwester.« Samuel lächelt ihr liebevoll zu. »Dann kann ich mir auch für dich freinehmen.«

Ich bin so froh, dass Maria nicht Samuels hinreißende, unkomplizierte Freundin ist, dass ich das merkwürdige Bedürfnis habe, auf der Stelle etwas Gutes zu tun. Ohne nachzudenken, schlage ich vor: »Du kannst mitkommen, Maria! Wirklich, das stört mich überhaupt nicht. Wir machen sowieso nur Spaziergänge, wenn auch steile, also, wenn du Lust hast …«

Samuel sieht mich erstaunt an.

Marias Mund verzieht sich zu einem Lächeln.

»Sehr gern!«, sagt sie herzlich. »Sam, was meinst du dazu? Störe ich euch?«

Als er nicht gleich antwortet, suche ich verunsichert seinen Blick. Habe ich schon wieder etwas falsch gemacht? Vielleicht möchte Samuel sein Privatleben, zu dem ja auch seine Familie gehört, lieber von seiner Arbeit, also mir, trennen?

Doch ich entdecke keinen Vorwurf in seinen Augen. Nur leise Verwunderung und …

»Das ist großzügig von dir, Annika«, sagt er ruhig.

… Zuneigung.

Zuneigung?

»Nicht der Rede wert«, hauche ich. »Dann hole ich euch morgen hier ab, ja? Ihr braucht nicht extra zum Hotel zu kommen. Gleiche Uhrzeit?«

»Gleiche Uhrzeit«, nickt Samuel. »Ich freu mich.«

Er freut sich! Auf mich! Mein Herz macht einen Sprung.

»Ich freu mich auch.« Unwillkürlich lecke ich mir über die Lippen.

»Seid ihr sicher, dass ich nicht störe?«, fragt Maria grinsend.

»Absolut«, sage ich hastig. »Bis morgen also.«

Ich drehe mich um und stiefele davon, doch nach wenigen Schritten halte ich inne. Zögernd werfe ich einen Blick zurück.

Ich muss es sagen.

Ich möchte es sagen.

»Ach, und – danke für vorhin.«

»Jederzeit wieder«, sagt Samuel.

In meinem Bauch beginnt es zu kribbeln, und ich mache, dass ich davonkomme.

14.

In dieser Nacht liege ich lange wach.

Ich umkreise eine Erinnerung, taste mich vorsichtig an sie heran. Sie hervorzuholen, sie anzuschauen, sie nochmals zu durchleben wird wehtun, dessen bin ich mir bewusst. Ganz still liege ich in meinem Bett. Ich denke an Samuel, stelle mir vor, ich ruhte wieder auf seinem Schoß und seine Hand berührte mein Haar.

Dann öffne ich mich dem Schmerz.

»Herzrhythmusstörungen? Papa hat Herzrhythmusstörungen? Aber … seit wann denn?«

Es war die Woche vor meiner ersten Abschlussklausur, und ich büffelte Tag und Nacht. Bei meinen Eltern hatte ich in der letzten Zeit noch seltener angerufen als sonst. Sie verstanden das, schließlich waren meine Prüfungen wichtiger als alles andere. Das hatten Mama und Papa jedenfalls immer gesagt. Doch jetzt ging mir auf, dass ich wohl einiges verpasst hatte.

»Nun werde doch nicht gleich hysterisch«, sagte meine Mutter streng. »Papa arbeitet viel, in seiner Position sind Herzrhythmusstörungen fast normal. Nenn mir einen Abteilungsleiter, der keine hat!«

Ich kannte keine Abteilungsleiter außer Papa, aber ich war mir sicher, dass Mama die Sache nicht ernst genug nahm.

»Ich komme nach Hause«, sagte ich. »Scheiß auf die Prüfungen. Ich komme nach Hause zu Papa.«

»Den Teufel wirst du tun!«, sagte meine Mutter scharf. »Deinem Vater geht es hervorragend, lediglich sein Herz stolpert ab und zu. Das ist kein Grund, hörst du, kein Grund, dich vor deinen Prüfungen zu drücken!«

»Aber …«

»Hast du Prüfungsangst? Ist es das?«

»Nein, ich … Gib mir Papa, hol ihn ans Telefon. Ich will mit ihm sprechen.«

»Auf keinen Fall! Wenn er hört, dass du seinetwegen die Flinte ins Korn werfen willst, regt er sich bloß auf. Und das ist wirklich schlecht für sein Herz!«

»Aber wenn Papa etwas passiert …«

»Das wird es nicht. Wir sollten aus einer Mücke keinen Elefanten machen, dein Vater ist in Behandlung, und alles ist in Ordnung. Herrje, Annika, nächstes Mal halte ich lieber meinen Mund und erzähle es dir gar nicht erst, dann kannst du auch nicht überreagieren!«

Ich schwieg.

»Annika«, sagte meine Mutter eindringlich. »Dein Vater möchte, dass du bei deinen Prüfungen gut abschneidest. Also tu mir den Gefallen, reiß dich zusammen und lerne!«

Meine Unterlippe zitterte.

»Also gut, Mama«, sagte ich. »Also gut. Für Papa.«

Dann legte ich auf, setzte mich an meinen Schreibtisch und lernte.

Drei Tage später ging mein Vater zum Bäcker und erlitt einen Herzinfarkt.

Mit der Brötchentüte in der Hand brach er zusammen.

Er starb noch im Laden.

»Annika, du schon wieder?«, fragt meine Mutter am nächsten Morgen irritiert. »Was gibt es denn?«

»Nichts gibt's. Ich wollte anrufen, weil du krank bist und ich das Bedürfnis hatte, mich ein bisschen zu kümmern.«

Schweigen.

»Du sollst doch deinen Urlaub genießen«, sagt Mama dann.

»Tu ich auch! Ehrlich. Aber Mama, können wir nicht einfach ein bisschen miteinander plaudern? Erzähl mir, wie es dir heute geht. Was du vorhast oder … oder ob Bobby ein neues Kunststück gelernt hat.«

»Bobby ist doch kein Zirkushund«, sagt Mama. »Er lernt keine Kunststücke, sondern Tricks.«

»Und wo ist da der Unterschied?«

»Nun«, Mamas Stimme wird lebhafter, »ein Kunststück wäre es zum Beispiel, wenn er auf den Vorderpfoten gehen würde. Ein Trick hingegen ist es, wenn ich ihm beibringe, in Form einer Acht um zwei Kisten zu laufen. Übrigens habe ich gestern angefangen, diesen Trick mit ihm zu üben, geht ja auch in der Wohnung. Er macht das schon ganz prima!«

Wofür es gut sein soll, wenn ein Hund es beherrscht, in

Form einer Acht um zwei Kisten zu laufen, erschließt sich mir zwar nicht, aber okay. Mama und ich haben ein Thema gefunden, über das wir reden können, ohne uns zu streiten. Und ohne dass es um den Beruf geht, um Karriere, um Leistung. Das ist ein Anfang, finde ich.

Und es trägt uns durch das ganze Gespräch, durch eine lange, behagliche Viertelstunde, in der wir uns beide wohlfühlen.

»Stört es dich, wenn ich mich morgen früh wieder melde?«, frage ich sie zum Abschied.

»Im Gegenteil«, sagt Mama.

Ich spüre, dass sie lächelt.

Als ich auflege, lächele auch ich.

15.

Samuels schöne Schwester ist, nun ja … sonderbar.

Wir fahren mit der Seilbahn auf einen Ausflugsberg, wie Samuel ihn nennt, und sogar in der Kabine bleibt Maria keine zwei Minuten am selben Platz. Sie geht umher, genießt den Blick nach unten, genießt den Blick nach oben, setzt sich neben Samuel, steht wieder auf. Merkwürdigerweise wirkt Maria dabei aber nicht hektisch: Ihr Blick ist nicht unruhig, sondern schlicht an allem interessiert, und ihre Bewegungen sind nicht fahrig, sondern anmutig wie die einer Tänzerin. Als wir die Bergstation erreichen, ist Maria ausgestiegen, noch bevor sich die Türen ganz geöffnet haben.

Amüsiert folge ich ihr. Langweilig, das ahne ich schon, wird es einem mit Maria nicht.

»Diese herrliche, herrliche Luft!« Sie breitet die Arme aus, schließt die Augen und atmet tief ein. »Wenn es etwas gibt, das ich in Bozen vermisse, dann das.«

»Du wohnst in Bozen?«, frage ich neugierig.

»Ich studiere dort«, nickt Maria. »Am Musikkonservatorium.«

Samuel grinst. »Wenn du nicht gerade schwänzt und deinen unmusikalischen Bruder besuchst.«

»Ich schwänze nicht«, sagt Maria unbekümmert, »ich mache gewissermaßen eine Solo-Exkursion. Schließlich habe ich meine Querflöte dabei, und wir sind hier umgeben von Musik, oder nicht?«

Unwillkürlich sehe ich mich um. Musik? Wo? Ich sehe die Seilbahnstation, einen hölzernen Wegweiser zu verschiedenen Aussichtspunkten, einen verwaisten Spielplatz und Gras, viel Gras. Was zum Henker meint Maria?

Unsere Blicke treffen sich, und sie lächelt.

»Die Berge singen«, sagt sie geheimnisvoll. »Überleg doch mal, Annika: Wie könnte ich den Klang durch mich hindurchfließen lassen, wie komponieren, wie jemals ohne Noten spielen, wenn ich die Natur nicht singen hörte?«

Die ist ja total durchgeknallt, denke ich.

Und bin überrascht, dass meine Mundwinkel sich wie von selbst nach oben verziehen. Marias Erklärung ist haarsträubend. Aber irgendwie gefällt sie mir trotzdem.

»Du hast recht«, höre ich mich sagen. »Das würde wohl nicht funktionieren.«

Maria legt den Kopf schief wie ein hübsches Vögelchen. »Die Welt funktioniert nicht, Annika. Die Welt schwingt.«

Und obwohl ich diese Aussage ebenso wenig verstehe, wie ich die Berge singen höre, nicke ich.

Wo genau unser Ziel liegt, will Samuel uns nicht verraten, und so stapfen Maria und ich einfach hinter ihm her. Zum Plaudern ist der Aufstieg zu anstrengend, ich habe also viel Zeit, mich dem Gedankenkarussell in meinem Kopf zu widmen.

Und es dreht sich schnell: Ich frage mich, ob Samuel meine Anwesenheit ebenso bewusst ist wie mir die seine oder ob er sich ganz auf die Natur konzentriert, aufs Laufen, aufs Atmen; ich frage mich, was er nach meiner gestrigen Heulattacke von mir hält; und vor allem frage ich mich, ob das, was ich in seinem Blick zu erkennen glaubte, wirklich Zuneigung war. Vielleicht war es ja auch bloß Dankbarkeit, weil ich seiner Schwester erlaubt habe, uns zu begleiten. Oder er hat an das jämmerliche Häufchen Elend gedacht, in das ich mich an der Ruine verwandelt hatte, und in seinem Blick lag … Mitleid?

Oh, Himmel. Bitte kein Mitleid!

Samuel danach zu fragen ist selbstverständlich ausgeschlossen. Eher würde ich mir die Zunge abbeißen und für den Rest meines Lebens stumm bleiben! Aber ganz interessant fände ich es schon, ob er mich mittlerweile ein bisschen mag.

Ach, verdammt, denke ich grimmig. Wem will ich hier eigentlich was vormachen? Ich fände es nicht ganz interessant, ob Samuel mich mag. Ich brenne auf die Antwort!

Gar nicht gut.

Maria summt etwas, das sie »Das innere Lied der Alpenrosen« nennt. Samuel, der mit ruhigen, gleichmäßigen Schritten vor mir hergeht, fährt sich mit der Hand durch seine schönen Locken. Aufgebracht starre ich auf seinen Hinterkopf. Hätte er nicht wenigstens seine schwarze Mütze aufsetzen können? Ich meine, er muss doch wissen, wie dieses Durch-die-Haare-Fahren auf mich wirkt!

Nö, weiß er nicht. Und seien wir mal ehrlich: Wenn er es wüsste, wäre es ihm wahrscheinlich piepegal.

Den restlichen Weg über bin ich still und niedergeschlagen. Im Geiste sehe ich es bereits vor mir, in peinigender Deutlichkeit: Ich mache mich mit einem verruchten Lächeln an Samuel heran, woraufhin er mir auf verschiedenste Art und Weise zu verstehen gibt, dass er seinen ungünstigen ersten Eindruck von mir kein bisschen revidiert hat. Mal weist er mich mit höflichem Bedauern zurück, mal spöttisch grinsend, mal befremdet und grob.

Als wir schließlich auf eine bewirtschaftete Hütte zusteuern, habe ich so viele grässliche Szenarien durchgespielt, dass ich ganz erschöpft bin.

»Du brauchst eine Pause«, sagt Samuel und legt mir leicht die Hand auf den Rücken.

Die Berührung ist fast nicht zu spüren, trotzdem bin ich wie elektrisiert. Doch schon lässt er die Hand wieder sinken, und das Summen in meinem Körper verstummt.

Ich bin so dumm, denke ich zornig, so dumm! Wie konnte das nur passieren? Jahrelang hatte ich alles unter Kontrolle, meine Emotionen, meine Gedanken, meine Seele und meinen Körper. Warum in aller Welt entgleitet mir diese Kontrolle ausgerechnet jetzt? Warum kocht dieses dumme Verzücken in mir hoch, sobald Samuel auch nur ein Wort sagt, mir einen einzigen forschenden Blick zuwirft? Ich kenne ihn doch praktisch gar nicht, weiß nur von ihm, dass er das Hochgebirge und Toast mit Fleischwurst mag. Also wirklich!

Er kann gut zuhören, flüstert es in mir. Er hat mich ohne Maske gesehen. Er hat mich auf seinem Schoß schlafen lassen. Er hat mir geholfen, die Augen zu öffnen und meine Blindheit abzustreifen.

Und außerdem finde ich Samuel so heiß, dass ich zum ersten Mal im Leben vollkommen hemmungslosen Sex hatte, wenn auch nur im Traum.

Panik steigt in mir auf. Ich will das nicht! Ich will mich nicht überfallen lassen, weder von unbeherrschter Lust noch von einer Vernarrtheit, die keine Zukunft hat und die mir nichts als Leid einbringen wird. Ich will das nicht!

»Kommt ihr?«, schreit Maria. »Ich habe einen super Platz gefunden!«

Samuel steht neben mir und wartet auf mich, darauf, dass ich mich aus meiner seltsamen Erstarrung löse. Ich spüre seinen Blick auf mir ruhen, wende den Kopf und schaue ihm in die Augen. Und mein Mut sinkt. Denn ob ich es will oder nicht, macht keinerlei Unterschied: Der Kerl bringt mich total durcheinander.

»Ernsthaft?«, fragt Maria mich ungläubig. »Du bist schon fast eine Woche lang hier und warst noch kein einziges Mal auf einer Hütte?« Sie wendet sich ihrem Bruder zu. »Sam, du bist echt ein lausiger Bergführer!«

»Annika mag keine Kniebundhosen-Wanderungen«, verteidigt sich Samuel. »Sie liebt das Besondere.«

Ja, denke ich und betrachte sein Profil. O ja. Ich liebe das Besondere.

Wir sitzen auf der Terrasse vor der Hütte, trinken Apfelschorle und essen Kaiserschmarrn, und mir schießt durch den Kopf, dass ich beim letzten Mal, als ich von Apfelschorle und Kaiserschmarrn geträumt habe, noch gar nicht viel von Samuel gehalten habe.

Sofort weise ich mich im Stillen zurecht. Kann ich denn an gar nichts anderes mehr denken als an ihn? Ich bin schließlich nicht zum Schaf geworden, ich bin nur kurzzeitig, vorübergehend, bedauerlicherweise … ein klitzekleines bisschen neben der Spur.

»Verstehe.« Maria zwinkert ihrem Bruder zu. »Wenn sie das Besondere liebt, sind wir wegen der Sonnenuhr hier, was?«

»Als Dessert«, antwortet Samuel.

Hä?

Ich frage mich besorgt, ob meine Mutation zum wolligen Nutztier schon so weit fortgeschritten ist, dass ich normalen menschlichen Unterhaltungen nicht mehr folgen kann. Sonnenuhr? Als Dessert? Ist das irgendeine Geheimsprache aus Kindertagen?

Maria springt auf, um uns Kaffee zu holen – bei der Bedienung zu bestellen, dauert ihr zu lange –, und Samuel lehnt sich zurück und schenkt mir ein Lächeln.

Wie es wohl wäre, wenn wir beide ein Paar wären? Wenn ich mich einfach so über den Tisch lehnen und ihn küssen dürfte? Meine Hände in seinen Locken vergraben, meine Zunge über seine Lippen … stopp, stopp!

Ich muss mich mehrmals räuspern, bevor ich mit einigermaßen gleichgültiger Stimme sagen kann: »Wo befindet sich denn diese Sonnenuhr? Es wäre nämlich Zeit fürs Dessert, ich meine, ich, äh … ich habe aufgegessen.«

Ich habe aufgegessen? Ganz toll. Weniger eloquent könnte auch ein echtes Schaf nicht sein.

»Wirf einen Blick auf die Berge«, sagt Samuel, und sein Lächeln vertieft sich. »Das ist die Sonnenuhr. Die größte steinerne Sonnenuhr der Welt, Annika.«

Ich betrachte das Panorama und kapiere immer noch nichts.

Maria kommt mit zwei Kaffeetassen zurück, die Bedienung folgt ihr deutlich langsamer mit der dritten.

»Hat er's dir schon gesagt?«, fragt Maria mich strahlend

und stellt die Tassen so schwungvoll auf den Tisch, dass die Hälfte des Kaffees überschwappt.

»Ja, aber … ehrlich gesagt …«

»Pass auf, ich erklär's dir.« Maria setzt sich neben mich und deutet mit ausgestrecktem Arm auf die fernen Gipfel. »Von hier oben kannst du fünf Dolomiten-Gipfel sehen: den sogenannten Neuner, den Zehner, den Elfer, Zwölfer und Einser. Von einem bestimmten Punkt im Tal aus betrachtet, steht die Sonne zur Wintersonnenwende um zwölf Uhr genau über dem Zwölfer und um dreizehn Uhr auf der Spitze des Einsers. Für Neuner und Zehner gilt dasselbe Prinzip, man kann sie von unten allerdings nicht sehen, weil ein Bergrücken vorgelagert ist. Deshalb ist die Sonnenuhr am schönsten von hier oben, da hast du alle Gipfel im Blick.« Sie lacht. »Ist das nicht fantastisch, Annika? Wir blicken auf die Uhr eines Riesen!«

Und obwohl ich diese Vorstellung kindisch finden sollte – obwohl Helene sie kindisch fände –, bin ich vollkommen verzaubert. So verzaubert, dass ich nur schweigen und schauen kann, auf den Neuner, den Elfer, den Einser.

»Gefällt es dir?«, fragt Samuel vorsichtig.

Ich antworte, ohne auch nur eine Sekunde zu überlegen. »Und wie! Ich habe das Gefühl, als könnte ich bald selbst die Berge singen hören, so wunderbar ist das alles hier.«

»Dieses Privileg bleibt wohl meiner verrückten kleinen Schwester vorbehalten.« Samuel lacht.

»Das Wörtchen ›verrückt‹ habe ich überhört«, sagt Maria gut gelaunt und nippt an ihrem Kaffee. »Aber weißt du was, Annika? Auf die nächste Wanderung bringe ich meine Querflöte mit. Dann suchen wir uns ein verwunschenes Plätzchen im Nirgendwo, und du kannst sehen und hören, wie du noch niemals gesehen und gehört hast. Manchmal mache ich das mit meinem Freund, wir hauen aus Bozen ab und verbringen eine zauberhaft musikalische Nacht in der Natur, das ist so romantisch, Bartolo will dann immer sofort mit mir …«

»Too much information«, knurrt Samuel. Das Lachen ist ihm schlagartig vergangen. »Was Bartolo in romantischen Nächten in freier Natur mit dir anstellt, will ich als großer Bruder definitiv nicht wissen.«

Maria knufft ihn mit ihrer zarten Faust gegen die Schulter. »Singen, du Idiot. Er möchte mit mir singen! Schließlich will er mal als Tenor seine Brötchen verdienen, wenn ich erst eine berühmte Musikerin bin. Ach, darauf freue ich mich schon! Wir werden gemeinsam um die Welt jetten und sämtliche Konzerthallen und Opernhäuser füllen.«

Sie lächelt verträumt, doch eine Sekunde später nimmt ihr Gesicht einen zerknirschten Ausdruck an. »Oje. Habe ich mich eigentlich gerade selbst eingeladen? Dann tut es mir leid. Auf die nächste Wanderung geht ihr beiden selbstverständlich allein!«

Ich blicke in ihre riesigen Augen, stelle mir vor, dass wir uns heute Abend voneinander verabschieden, und mir wird klar, dass ich Maria nie wiedersehen werde. Ich werde sie niemals Querflöte spielen hören, werde nie mehr dem Geplänkel zwischen ihr und ihrem Bruder lauschen. Stattdessen werde ich ebenso schnell aus ihrer liebenswert verschrobenen Welt hinauskatapultiert, wie ich hineingezogen wurde. Bald schon werde ich Helene anrufen, werde ihr von Maria erzählen, und weil Maria alles ist, was Helene nicht ist, wird Helene sie gründlich niedermachen.

Und ich bin wieder die alte Annika und lästere mit.

Will ich das?

»Und wenn ich dich darum bitte, dass du mitkommst?«, frage ich leise. »Ich würde mich so freuen, Maria. Bitte, begleite uns noch mal!«

»Annika, du musst das nicht tun«, sagt Samuel mit zusammengezogenen Brauen. »Wir müssen sie nicht mitnehmen! Du bezahlst schließlich für diese Wanderungen, und nicht zu knapp. Meine Schwester kommt tagsüber sehr gut allein zurecht.«

»Aber es nimmt mir doch nichts weg, wenn sie uns begleitet!«, antworte ich hitzig. Plötzlich ist es mir unglaublich wichtig, dass ich Maria nicht sofort wieder verliere. »Im Gegenteil, es gibt mir etwas.«

Maria ist ganz still, während Samuel und ich uns mit Blicken einen stummen Kampf liefern.

»Also gut«, sagt er schließlich. »Unter einer Bedingung: Wenn Maria dabei ist, bezahlst du für unsere Ausflüge keinen Cent, Annika.«

»Was?! Aber der Hüne, ich meine, dieser Sven, er wird verlangen, dass ich den vereinbarten Tagessatz …«

»Das regele ich schon.« Samuels Tonfall lässt keine Widerrede zu.

Und damit ist es abgemacht.

16.

Maria wird uns zwei weitere Tage begleiten und am dritten nach Bozen zurückkehren. So machen wir es aus, als wir uns am Abend trennen, nicht mehr als Kundin, Bergführer und dessen Schwester, sondern als … ja, als was?

Ich frage mich, ob Samuels Weigerung, sich in den nächsten Tagen von mir bezahlen zu lassen, wohl bedeutet, dass wir Freunde geworden sind. Oder sogar mehr. Oder ob es sich lediglich nicht mit seiner Berufsehre verträgt, auf bezahlte Touren seine Schwester mitzunehmen und somit Arbeit und Privatleben zu vermischen.

Ich weiß keine Antwort auf diese Fragen, aber etwas in mir hofft, und als ich Samuel und Maria am nächsten Morgen vor der Bergschule treffe, flattert in meinem Bauch ein ganzer Schwarm der berühmt-berüchtigten Schmetterlinge auf. Samuel blickt mir entgegen, und sein Lächeln hat nichts Professionelles mehr, sondern ist warm und echt. Was die eigenartige Hoffnung in meinem Herzen sofort wieder anheizt. Auch Maria freut sich, sie winkt mir mit der linken Hand und deutet dann auf die rechte, mit der sie einen langen, schwarzen Kasten trägt.

»Meine Querflöte«, sagt sie zur Begrüßung. »Ich habe sie mitgebracht, wie ich es dir versprochen habe, und ich werde dir an einem wunderbaren, wunderbaren Ort vorspielen! Wir fahren allerdings mit dem Auto und wandern nur das letzte Stück vom Parkplatz aus, denn ich muss ja die ganze Zeit den Kasten schleppen. Aber keine Sorge, es gibt keinerlei Rummel dort, die Zufahrtsstraße ist winzig, und auf dem Parkplatz steht eigentlich nie jemand, stimmt's, Sam? Er liegt nämlich mitten im Wald.«

»So viel Gequatsche am frühen Morgen«, brummt Samuel, »das hält ja kein Mensch aus. Damit das mal klar ist: Du sitzt hinten, Maria.«

»Das macht mir überhaupt nichts aus. Ich kann genauso gut reden, wenn ich auf der Rückbank sitze.«

»Möglich. Aber wenn ich vorne das Radio aufdrehe, höre ich davon nichts.«

»Das Radio?«, quietscht Maria. »Willst du mich foltern? Ich studiere Musik, ich kann mir doch nicht diese ganze Pop-Kacke anhören!«

»Hey, seit wann bist du so elitär? Das ist ja grässlich.« Samuel wendet sich an mich. »Bist du sicher, dass wir Maria mitnehmen wollen?«

Ich grinse. »Wo sie doch nun extra ihre Querflöte eingepackt hat …«

»Da hast du's, Brüderchen.« Maria hakt sich bei mir unter. »Na los, worauf warten wir? Sams Kiste steht hinterm Haus.«

Wir umrunden die Bergschule, und als ich »Sams Kiste« erblicke, weiten sich meine Augen. »Das glaube ich jetzt nicht«, gluckse ich.

»Was ist so lustig?« Samuel hebt die Brauen.

»Dein Auto ist allen Ernstes orange?« Ich deute auf den uralten VW-Bus und muss schon wieder lachen. »Die Kiste wird wohl auch gesponsert, was?«

Kurz sieht Samuel beleidigt aus, doch dann zuckt es um seine Mundwinkel.

»Dass unsere Kleidung gesponsert wird«, sagt er hoheitsvoll, »heißt nicht, dass ich grelle Farben nicht auch freiwillig tragen würde. Ich mag orange!«

»Ja, das ist offensichtlich.« Ich kichere haltlos.

»Pass besser auf, was du sagst«, witzelt Maria, »sonst verbannt Sam dich noch zu mir auf die Rückbank.«

Ich darf dann aber doch vorne Platz nehmen.

Und obwohl ich mich selbst mal wieder ein Schaf schelte, verursacht mir die schlichte Tatsache, dass ich neben Samuel in seinem orangen VW-Bus sitze, heftiges Herzklopfen. Ich habe nämlich das starke Gefühl, dass dieses Auto seine Privatzone ist, fast so privat wie seine Wohnung: Im Kofferraum fliegen Seile, Klettergurte, zwei Paar Schuhe, Wandersocken und ein Schlafsack herum; sogar einen Gaskocher und eine Kletter-Zeitschrift habe ich entdeckt, als ich vor dem Einsteigen durch die Heckscheibe gelugt habe. Alles in allem bin ich mir ziemlich sicher, dass Samuel seine Kundinnen mit diesem Auto nicht herumzukutschieren pflegt.

Was mich zu der Frage zurückbringt: Was bin ich für ihn? Und wie wird es nach den beiden Tagen, an denen Maria uns begleitet, eigentlich weitergehen? Kehren wir dann auf die rein geschäftliche Ebene zurück?

Samuel lenkt den VW-Bus auf die Straße, und wir verlassen das Dorf. Alles klappert und vibriert, die Türen, der Rückspiegel, der Unterboden, und mir schießt durch den Kopf, dass ich noch nie in einem derart abgefuckten Auto mitgefahren bin. Ich selbst besitze einen schicken Spider, und all meine Exfreunde legten größten Wert darauf, dass ihre Autos etwas hermachten, dass sie als Statussymbole taugten und dazu, Frauen zu beeindrucken.

Samuel sind solche Gedanken offensichtlich fremd. Er scheint sich kein bisschen für sein altes Auto zu schämen.

Und verdammt, sogar das finde ich attraktiv!

Das Radio schaltet Samuel entgegen seiner Ankündigung nicht ein, vielleicht, weil Maria auf dem Rücksitz nicht quatscht, sondern gedankenverloren aus dem offenen Fenster blickt und leise vor sich hin summt.

Die Stimmung ist ruhig und entspannt, bis Maria plötzlich sagt: »Indie mochte den Klang von Querflöten nicht. Weißt du noch, Sam?«

Samuels Augen werden schmal. »Indie mochte vieles nicht.«

»Dich mochte sie schon.« Maria kichert. »Sie wollte ja sogar, dass du zu ihr ziehst!«

Augenblicklich horche ich auf.

»Wer ist denn diese Indie?«, frage ich Samuel beiläufig. »Deine Ex?«

Er nickt knapp, und getrieben von Neugierde und etwas, das sich verdächtig nach Eifersucht anfühlt, bohre ich weiter: »Eine Amerikanerin?«

»Engländerin«, knurrt Samuel.

»Indie war auf einer von Sams Hochgebirgstouren dabei«, mischt Maria sich von hinten ein. »Dabei haben sie sich ineinander verliebt. Nach der Tour waren sie dann zwei Jahre lang ein Paar.«

Samuels Miene wird immer finsterer.

Aber von der Rückbank aus sieht Maria das nicht, und so

plappert sie weiter: »Leider war Indie recht besitzergreifend. Sie wollte Sam ständig sehen und war sauer, dass er nicht jedes Wochenende zu ihr nach London fliegen wollte. Na ja, eigentlich bist du fast nie zu ihr geflogen, was, Sam? Es war immer sie, die gekommen ist.«

»Weil ich nun mal Bergführer bin! Ich habe keinen Nine-to-five-Job mit freien Wochenenden«, verteidigt sich Samuel genervt. »Und könntest du jetzt bitte aufhören, über meine Exfreundinnen zu reden?!«

»Schon gut, schon gut«, sagt Maria erstaunt. »Ich wusste ja nicht, dass dir das noch so nahegeht, Sam.«

»Tut es auch nicht. Ich sehe nur wenig Sinn darin, Annika mit irgendwelchen alten Geschichten zu langweilen.«

Ich blicke ihn von der Seite an, den harten Kiefer, die zusammengezogenen Augenbrauen, und verkneife mir die Bemerkung, dass seine Vergangenheit mich keineswegs langweilt – schon gar nicht, wenn es um sein Liebesleben geht.

Wir parken unter einem riesigen Nadelbaum. Ich steige aus, strecke mich und blicke mich dann aufmerksam um. Richtig märchenhaft sieht es hier aus, die Vegetation ist dicht und dunkel, die Felsen feucht und überzogen von Moos. Es ist deutlich kühler als im Tal; die Sonnenstrahlen schaffen es nur an wenigen Stellen, sich durch die Zweige zu kämpfen.

»Kommt, es ist nicht weit«, sagt Maria. »Wir müssen nur dem Geräusch des Wassers folgen.«

Mit ihrem Querflötenkasten in der Hand geht sie voran, und nach kaum fünf Minuten auf schmalen Pfaden haben wir ein wild rauschendes Flüsschen erreicht.

Maria dreht sich strahlend zu uns um. »Hier ist es. Setzt euch irgendwohin, gleich geht's los.«

Samuels Ärger ist verflogen. Nun betrachtet er seine Schwester mit einer Mischung aus Zärtlichkeit und Nachsicht, als sei es unmöglich, ein solch sonderbares Wesen wie sie jemals vollständig zu verstehen; als bliebe einem nichts anderes übrig, als Maria in all ihrer Versponnenheit einfach zu lieben.

Ich wünschte, er würde mich so ansehen, denke ich. Vor Sehnsucht zieht sich mein Herz zusammen, und ich kann mich nicht entscheiden, ob sich das gut anfühlt und süß oder ob es doch eher schmerzt. Oder beides zugleich.

Während Samuel und ich uns nebeneinander auf den schattigen Waldboden setzen, streicht Maria herum wie eine Fee, sie berührt Felsen, lässt ihre Finger über Baumrinde gleiten und positioniert sich schließlich in der Sonne, zwischen zwei großen, flachen Steinen am Ufer des Flüsschens.

Andächtig packt sie ihre Querflöte aus, steckt sie zusammen, hebt das Instrument an den Mund und … spielt.

Und wie sie spielt!

Maria hat keine Noten mitgebracht. Doch die braucht sie auch nicht, denn ich bin mir sicher, die Melodie entsteht in ihr selbst, hier und jetzt.

Alles, was sie spürt, verwandelt Maria in Musik.

Den Lufthauch, der durch ihr fransiges Haar streicht, die Sonne auf ihrem Gesicht, das Gurgeln und Zischen des Flusses, den würzigen Geruch des feuchten Holzes – alles nimmt Maria in sich auf, verwebt es mit ihrem Atem und gibt es der Welt zart und neu zurück. Und so ist es zwar ein Musikstück, das aus ihrer Flöte fließt, es sind Töne und Rhythmen, aber gleichzeitig ist es unendlich viel mehr.

Wie in Trance lausche ich ihrem Spiel, lasse mich davontragen und verzaubern, und mit einem Mal begreife ich, wie Maria ihre Umgebung wahrnimmt, dass das Singen der Berge für sie absolut real ist, dass auch der Bach für sie singt und die kleinen gelben Blumen an seinem Ufer. Das goldene Glitzern der Sonne singt auf dem Wasser, der Schnee singt auf den Gipfeln hinter den Bäumen. Der Stein und die Erde unter Marias Füßen singen, und die Kiesel und die winzigen Fische im Fluss, alles ist lebendig und voller Glück, und deshalb muss Maria sich ständig bewegen … weil sie es fühlt, das ewige Schwingen der Welt.

Mann, wie abgefahren! Meine Gedanken stürzen mich in Verwirrung, und ich kratze mich heftig am Arm, einfach nur, um die Realität wieder zu spüren. Wenn ich nicht aufpasse, denke ich mit nervösem Spott, werde ich in diesem Wald noch zur New-Age-Jüngerin. Und was Helene dazu sagen würde, will ich mir lieber nicht vorstellen!

Die letzten Töne verklingen.

Maria lässt die Querflöte sinken und blickt uns an, mit einer Scheu, die ich von ihr nicht erwartet hätte. Ich öffne den Mund, will sie loben und mich bedanken, aber dann klappe ich den Mund wieder zu.

Denn wie soll ich erklären, was ihr Spiel in mir ausgelöst hat, ohne dass es sich anhört, als sei ich reif für die Psychiatrie?

Maria kommt auf mich zu und sieht mich aufmerksam an. »Ja«, sagt sie bewegt. »Für diesen Gesichtsausdruck spiele ich.«

Da weiß ich, dass Worte gar nicht nötig sind.

17.

Zum ersten Mal, seit ich hier bin, esse ich abends nicht im Hotel.

Ein bisschen schade ist das schon, denn es hätte getrüffelte Suppe vom Blumenkohl und danach gegrillten Adlerfisch auf Krebs-Sößchen gegeben, aber andererseits – was ist ein Adlerfisch schon gegen den Genuss, neben Samuel in einer Pizzeria zu sitzen?

Ab und zu schließe ich für einen Moment die Augen, versuche, zwischen all den Aromen von Holzofen, geschmolzenem Mozzarella, Oregano und gegrilltem Gemüse Samuels Duft auszumachen. Wie riecht er? Wir waren uns noch nie so nahe, dass ich das wüsste – lediglich beim Grand Hotel, und da war mir vor lauter Heulerei alles egal.

Wäre ich seine Freundin, würde ich seinen Geruch ganz genau kennen, denke ich wehmütig.

Da schießt mir ein weiterer Gedanke durch den Kopf, und mir wird siedend heiß. Denn viel wichtiger als Samuels Duft ist doch: Genießt vielleicht eine andere das Privileg, an Samuel schnuppern zu dürfen? Indie, die Engländerin, ist zwar Vergangenheit, aber das heißt ja noch lange nicht, dass

Samuel keine Neue gefunden hat. Hat er im Moment eine Freundin? Und warum, verdammt, habe ich mich um die Beantwortung dieser Frage aller Fragen nicht schon längst gekümmert?!

Als ich mir vorstelle, wie Samuel eine andere Frau in den Armen hält, ist von der Vernunft und Nüchternheit, die mich normalerweise in Beziehungsdingen auszeichnen, nicht mehr viel übrig. Gar nichts, wenn ich ehrlich bin: Meine Hände werden feucht, mein Herz rast, und als sich Samuel kurz entschuldigt und zur Bar geht, um einen Kollegen zu begrüßen, atme ich auf.

Denn nun bin ich für ein paar Minuten allein mit seiner Schwester, und ich verliere keine Zeit.

So cool wie möglich sage ich: »Es muss hart gewesen sein für Indie, dass Samuel so viel unterwegs war und kaum Zeit für sie hatte. Ist seine aktuelle Freundin da weniger anspruchsvoll?«

Ich merke, dass meine Finger einen Zipfel des Tischtuchs zerknüllen. So viel zu meiner Coolness.

Maria lächelt. »Mein Bruder ist Single, falls du das wissen wolltest.«

Ich werde rot, gleichzeitig bin ich zutiefst erleichtert. Samuel ist frei!

»Unsinn, ich wollte gar nichts wissen«, widerspreche ich, während mein Blick unwillkürlich zur Bar gleitet, wo Samuel mit seinem Kollegen lacht und scherzt. »Ich wollte wirklich nur …«

Maria legt ihre Hand auf meine. »Netter Versuch. Aber ich bin nicht blind, Annika.«

Verlegen reiße ich meinen Blick von ihrem Bruder los.

»Im Übrigen hast du recht, es war hart für Indie, Sams

Freundin zu sein«, fährt Maria fort. »Und du solltest dir nichts vormachen: Das, was für ausnahmslos alle seine Exfreundinnen schwer war, wäre für dich nicht leichter. Sam lebt für die Berge. Er wird immer unterwegs sein, und sein Beruf immer gefährlich. Hat er dir schon Bilder von seinen Hochgebirgstouren gezeigt?«

Ich schüttele den Kopf, unsicher, ob ich ein weiteres Mal leugnen soll, dass sich Samuel in mein Herz geschlichen hat. Normalerweise würde ich das tun. Würde schnippisch erklären, dass seine Hochgebirgstouren mich einen feuchten Dreck interessieren und dass ich es ganz bestimmt nicht nötig habe, mich im Urlaub zu verlieben, noch dazu in meinen Bergführer, also bitte!

Doch ich sage nichts. Vielleicht, weil die wenigen Tage mit Samuel mich bereits verändert haben – und mir zumute ist, als drängte etwas in mir mit aller Macht an die Oberfläche. Ehrlichkeit? Der Mut, zu meinen Gefühlen zu stehen?

Mut, denke ich höhnisch, ich und Mut! Ich traue mich doch nicht einmal, meiner besten Freundin am Telefon zu erzählen, dass es Samuel überhaupt gibt! Vom Mut, mich dem Sterben meiner Mutter zu stellen, ganz zu schweigen.

Maria seufzt. »Weißt du, warum ich Sam so oft besuche? Weil keine Woche vergeht, ohne dass ich Angst um ihn hätte. Keine Woche, Annika. Nicht einmal ein Tag.«

Sie beugt sich vor und sieht mich eindringlich an. »Erst vor einem halben Jahr ist einer seiner Kollegen abgestürzt, und vor zwei Jahren ein weiterer. Das, was Sam mit dir unternimmt, ist Pipifax, es ist nicht das, was er sonst tut. Sam leitet Expeditionen, besteigt Fünftausender, stapft zehn Stunden am Stück irgendwelche Schneefelder hoch, klettert ohne Seil und doppelten Boden. Als ich ihn das erste Mal so gesehen habe, in fünfzig Metern Höhe, völlig ohne Sicherung in einer Felswand hängend … Mir ist fast das Herz stehen geblieben, das kannst du mir glauben.«

Fünfzig Meter über dem Erdboden, ohne Seil! Ist der Kerl verrückt?

»Warum macht er das?«, frage ich schwach.

»Autofahren sei genauso gefährlich, hat er mir erklärt.« Maria lässt die Schultern fallen. »Er ist schon vorsichtig, weißt du, aber eben auf seine Art. Sam würde sich nie überschätzen. Er nimmt einen Berg oder eine Wand nur in Angriff, wenn er sich sicher ist, dass sein Können dafür ausreicht.«

Ich schlucke. »Wie beruhigend.«

»Wenn du weißt, worauf du dich einlässt«, sagt Maria ernst, »und Sam trotzdem haben willst, dann wünsche ich dir Glück. Aber versuch nicht, ihn zu ändern, Annika. Daran sind schon andere gescheitert, allen voran unsere Eltern, und sie haben so viel damit kaputtgemacht. Sam braucht das Bergsteigen, es gehört zu seinem Wesen, so wie die Musik zu meinem. Nimmst du es ihm weg, dann ist er nicht mehr er selbst.«

»Tut mir leid, hat ein bisschen länger gedauert.« Samuel tritt wieder an unseren Tisch und lässt sich auf den Platz neben mir fallen.

»Wer war das denn eben?«, fragt Maria.

»Bernd, ein Kollege, mit dem ich in Kalifornien war, im Yosemite Valley. Leider ist Bernd nach unserer Kletterreise eine Zeit lang ausgefallen, denn am letzten Tag hatte er einen kleinen Unfall – ist ein paar Meter abgestürzt und hat sich einen Wirbel gebrochen. Davon abgesehen war die

Tour aber echt grandios.« Samuel lächelt, ganz so, als sei ein gebrochener Wirbel nichts Schlimmeres als ein Schnupfen.

»Und jetzt geht es deinem Kollegen wieder gut?«, will Maria wissen.

Samuel nickt. »Er hat keine bleibenden Schäden davongetragen. Hat in der Zwischenzeit auch schon wieder richtig coole Touren gemacht. Gerade hat er mich gefragt, ob ich nicht irgendwann mal Lust auf Grönland hätte.«

Maria zieht scharf die Luft ein. »Grönland?«

»Yep. Da muss es unzählige Hänge geben, die sich absolut perfekt für Skitouren eignen.« In seine Augen tritt ein sehnsüchtiger Ausdruck. »Bernd sagt, man schläft auf einem Schiff, einem Frachter. Der schippert einen durch die Fjorde und setzt einen jeden Tag an einer anderen Stelle ab. Ich stelle mir das großartig vor: nichts als Wildnis, keine Häuser, keine Menschen, kein Geräusch. Die meisten der Gletscher und Gipfel in der Gegend haben noch nicht einmal einen Namen!«

»Bisschen unpraktisch, wenn einem was passiert, oder?«, meint Maria trocken. »Oder glaubst du, der Rettungshubschrauber findet dich, wenn du durchgibst: ›Ich liege mit gebrochenem Bein und ausgerenkter Schulter auf dem siebenundzwanzigsten Gipfel von rechts‹?«

»Das könnte ich gar nicht durchgeben«, erwidert Samuel grinsend. »Dort hätte ich garantiert kein Handynetz!«

Maria stöhnt und schüttelt den Kopf. »Du bist echt ein Irrer, weißt du das?«

Samuel lacht. Er sieht aufgekratzt und glücklich und verdammt attraktiv aus, und als unsere Blicke sich treffen, zieht sich mein Herz zusammen. Denn ich begreife, dass man sich nur in Samuel verlieben darf, wenn man die Angst um ihn akzeptiert – die Todesgefahr, die über allem schwebt, was er tut, Tag für Tag.

Vielleicht, denke ich benommen, kommt es ja gar nicht darauf an, ob Samuel meine Zuneigung erwidert.

Vielleicht bin ich für einen Mann wie ihn schlichtweg zu schwach.

18.

Ich schlafe schlecht, träume noch schlechter, und dummerweise geht es mir auch nach dem Erwachen nicht besser.

Denn die diffuse, nicht zu greifende Unruhe, die mich die ganze Nacht lang gequält hat, bleibt.

Sie begleitet mich ins Bad, zum Frühstück und zurück aufs Zimmer. Sie wacht über mich, während ich meinen Laptop aus dem Koffer hole. Sie sitzt mir im Nacken, als ich meine Mails abrufe und widerwillig überfliege, was Jenny mir geschickt hat: Infos über die Kopfschmerzmittel-Kampagne, die Antwort des kritischen Journalisten vom Tagblatt, eine Einschätzung der letzten Pressekonferenz.

Genau das, was ich angefordert hatte.

Es interessiert mich nicht.

»Sam braucht das Bergsteigen, es gehört zu seinem Wesen, so wie die Musik zu meinem,« hat Maria so eindringlich gesagt.

Was, grübele ich, gehört eigentlich zu meinem Wesen? Mein Job? Die Rechtfertigung von Medikamenten? Von Pillen und Kapseln, die teilweise hilfreich sind, teilweise überflüssig und teilweise gefährlich, die ich aber alle mit der gleichen bedingungslosen Loyalität verteidige und anpreise? Ganz toll, Annika. Hundert Punkte auf der Sinn-Skala.

Meine Unruhe schwillt bedrohlich an.

Ich schalte den Laptop wieder aus und greife nach dem Handy.

Mama freut sich, als sie meine Stimme hört. Dieses Mal fragt sie nicht, ob es etwas Besonderes gebe, sondern erzählt gleich von Bobby und davon, dass ihre Nachbarin herübergekommen und zwei Stunden lang Schach mit ihr gespielt habe.

»Schach, wie schön«, sage ich zerstreut und denke an Samuel, wie er auf dem Gipfel eines Fünftausenders steht. Ich stelle mir vor, dass golden-orange umrandete Wolken die Welt unter ihm verbergen, dass er die Arme weit ausbreitet und für ein paar Sekunden etwas Größeres spürt, etwas Unendliches voller Harmonie.

Scheiße, Annika, was soll denn das!, fahre ich mich im Stillen an. Du sprichst mit deiner kranken Mutter, also sei in Gedanken gefälligst bei ihr und nicht bei deinem Kerl!

Der ja noch nicht einmal mein Kerl ist.

Die Unruhe wächst und wächst, vernebelt meine Gedanken und drückt mir die Luft ab.

Ich muss hier raus.

Mit dem Handy am Ohr springe ich auf, schlüpfe in meine Sportschuhe und schnappe mir die Schlüsselkarte. Als ich die Treppe hinunterjogge, redet Mama gerade von dem Buch, das sie liest, wenn sie die erzwungene Untätigkeit nicht mehr erträgt. Wieder einmal spricht sie davon, dass sie Glück im Unglück habe, weil ihr immerhin die Schmerzen erspart bleiben. Doch während ich an Ermelinda vorbeitrabe, gibt sie zu, dass sie wohl trotzdem nicht mehr lange allein in ihrer Wohnung bleiben kann. Sie sei schrecklich matt, habe keinen Appetit mehr, und eine Gelbsucht bahne sich auch an, wenn man sich ihre Gesichtsfarbe so ansehe. Krankenhaus oder Hospiz? Sie habe sich noch nicht so ganz entschieden, wo sie ihre letzten Wochen verbringen wolle, erklärt Mama, und mir dreht es den Magen um.

Im Laufschritt verlasse ich das Hotel, blicke über die Wiese, rieche warmes Gras, doch es hilft nichts, die Panik erfasst mich wie ein Wirbelsturm, bringt meine Welt durcheinander und lässt kein Gefühl, keine Gewissheit an ihrem angestammten Platz. Alles vermischt und verknotet sich – meine Verliebtheit, der Tod, alte und neue Ängste, mein beschissener Alltag in Deutschland, Samuels gefährliches, aber glückliches Leben, mein Widerwillen gegen Helenes Kälte, der endgültige Abschied von Mama –, bis ich kaum mehr atmen kann, egal wie angestrengt ich Luft hole.

Wäre *ich* todkrank, hämmert es in meinem Kopf, dann stünde ich in diesem Moment vor der Erkenntnis, dass ich mein Leben vergeudet habe.

Mir wird schwindelig.

Ich brauche Luft!

Aber ich brauche keine Luft, und tief in mir weiß ich das auch. Ich brauche ein anderes Leben. Dann kann ich wieder atmen. Keine Sekunde früher.

»Annika«, sagt meine Mutter, »du röchelst so, bist du auf irgendetwas in deinem Hotel allergisch? Oder hast du neuerdings Heuschnupfen?«

Ich brauche ein anderes Leben.

Tief und zittrig atme ich ein und wieder aus, und die Gedanken toben in meinem Kopf.

Ein anderes Leben. Ich bin noch jung, ich kann es besser

machen, es ist noch nicht zu spät. Ich muss nicht alle um mich herum zufriedenstellen, meinen Chef, Helene, Mama, den Geist meines Vaters. Es ist mein Leben, ich allein muss am Ende dafür geradestehen, vor Gott, wenn es ihn denn gibt, und vor mir selbst.

Es ist mein Leben.

»Nein«, höre ich mich wie von ferne sagen, »ich hab keinen Heuschnupfen, Mama.«

Ich sehe nur endlich klar.

So wie bisher kann es nicht weitergehen.

Tief in Gedanken versunken gehe ich einkaufen. Der Besitzer des Feinkostladens kennt mich mittlerweile, er grüßt mich wie eine alte Bekannte, und ich grüße geistesabwesend zurück. Kaum merke ich, was ich in meinen Einkaufskorb werfe, um mich für den heutigen Ausflug zu rüsten. Es soll zu einem malerischen Bergsee gehen – Maria hat in der Pizzeria davon geschwärmt –, doch statt in freudiger Erwartung zu schwelgen, rotiert in meinem Kopf unablässig die Erkenntnis, dass ich so nicht weitermachen kann, dass ich mein Leben verschwende, dass ich etwas ändern muss.

Dringend.

Vor allem mich selbst.

19.

Wir nehmen wieder Samuels VW-Bus, schrauben uns über schmale Straßen einen Bergrücken hoch, bis die Landschaft offener und karger wird und wir einen Parkplatz erreichen.

Er liegt an einem Baggersee.

»Das ist es?«, frage ich beim Aussteigen, und wider Willen bin ich enttäuscht. »Das ist sehr … hübsch.«

Maria lacht. »Ach was, dieser See ist grottenhässlich. Kann man eine Wasseransammlung mit Betonufer überhaupt See nennen? Ich wäre mir da nicht so sicher.«

Zögernd stimme ich in ihr Lachen ein.

Samuel tritt neben mich und legt mir die Hand auf den Arm. »Vertrau mir, Annika, ich werde dich immer nur zu schönen Orten führen. Für hässliche ist mir unsere gemeinsame Zeit viel zu schade.«

Ich wende den Kopf, und unsere Blicke treffen sich. Samuels Tonfall war scherzhaft, doch der Ausdruck in seinen Augen ist ernst.

Und unversehens wird das wirbelnde Karussell in meinem Kopf langsamer, schälen sich erste Konturen, erste Spuren der Wahrheit heraus, auch wenn ich sie noch nicht fassen kann. Es ist schon merkwürdig: Wir befinden uns auf einem öden Parkplatz an einem grässlichen Baggersee, der Ort ist kein bisschen romantisch, und Maria lehnt aufmerksam neben uns am VW-Bus, doch mit einem Mal fühlt sich alles genau richtig an. Samuels Hand liegt noch immer auf meinem Arm, wir stehen dicht, sehr dicht beieinander, und plötzlich bin ich mir sicher, dass er sich gleich vorbeugen und mich küssen wird.

Stattdessen blinzelt er und tritt einen Schritt zurück. Er wendet sich von mir ab, reibt sich ratlos mit der Hand den Nacken. Was da gerade zwischen uns passiert ist, ohne Worte und nur für ein paar Sekunden, bringt Samuel sichtlich aus der Fassung.

Mich auch, denke ich sehnsüchtig, und trotzdem hätte ich ihn geküsst. Ohne nachzudenken und ohne zu zaudern.

Wie ein Misston aus meinem bisherigen Leben schrillt mein Handy. Ich schrecke zusammen, werfe einen raschen Blick aufs Display und unterdrücke ein Stöhnen.

Helene.

Ich bemühe mich, leise zu sprechen, während ich hinter Samuel und Maria hertrotte, das Handy ans Ohr gepresst. Wir steigen bergan, auf einem von Farnen gesäumten Pfad, und viel lieber würde ich die wunderschöne Umgebung in mich aufnehmen, als zu telefonieren.

Doch Helene lässt sich nicht abwimmeln.

Ich antworte einsilbig auf ihre Fragen. Im Grunde sind es sowieso bloß versteckte Vorwürfe: ob ich nicht langsam mal erholt sei, sodass ich zurückkehren und bei Pharmedizin auf den Tisch hauen könne, bevor Jenny, die alte Schlange, sich meinen Platz geschnappt habe. Hätte ich Helene nicht mal erzählt, Jenny schlafe mit dem Chef? Ach, und ob ich mich endlich überwunden und meine Mutter angerufen habe? Und ob ich eigentlich wisse, dass Moritz aus Helenes Redaktion, der doch seit der letzten Party so auf mich stehe, schon fünfmal bei Helene angerufen habe, um meine Handynummer aus ihr herauszukitzeln? Das nerve!, sagt Helene, und sie fände schon, dass es meine Aufgabe sei, den armen Kerl entweder zu erhören oder ihm entschieden das Messer in die Brust zu rammen. Am besten Letzteres, denn um Gottes willen, wer wolle schon eine solche Nervensäge als Lover?!

Die Atemnot von heute Morgen macht sich wieder bemerkbar.

Ein anderes Leben, denke ich und greife mir an die Kehle, als könne ich mir damit Luft verschaffen. Es ist noch nicht zu spät. Sei mutig, Annika. Sei mutig!

»Helene«, stoße ich aus. »Es passt gerade wirklich nicht. Ich rufe dich in den nächsten Tagen an, ja? Ganz in Ruhe. Ich glaube, wir … wir müssen sowieso mal miteinander reden.«

»Tun wir das nicht gerade?«, fragt Helene spitz.

Ich schlucke. »Richtig reden, meine ich. Über unsere Freundschaft.«

Einige Atemzüge lang herrscht Stille zwischen uns.

Dann sagt Helene eisig: »Wenn du dich über irgendetwas beschweren willst, dann bitte jetzt gleich. Ich hasse es, zu warten.«

Mein Mut sinkt, kaum dass er aufgeflackert war. Möchte ich das, möchte ich hier und jetzt mit Helene streiten?

Und möchte ich wirklich das Risiko eingehen, meine

einzige Freundin zu verlieren? Denn Helene hat dafür gesorgt, dass sie die einzige ist. Und sie ist niemand, mit dem man vernünftig sprechen kann, wenn sie sich angegriffen fühlt.

Wie ein Film spult sich vor mir ab, was geschehen wird, sobald ich sie oder unser Verhältnis kritisiere: Helene wird mich abkanzeln, mir ihre Freundschaft aufkündigen, mir den Krieg erklären und mir dann die Friedensbedingungen diktieren – sofern ich mich reuig unterwerfe und alles zurücknehme, was ich gesagt habe. Sofern ich zugebe, dass jegliche Mäkelei an ihr oder unserer Freundschaft falsch und dumm war. So ist es schon einmal gelaufen, als ich es gewagt hatte, aufzubegehren, und ich bin sicher, Helene ist seitdem nicht gnädiger geworden.

Einsam, flüstert es angstvoll in mir, ich werde so schrecklich einsam sein!

Aber du willst ein anderes Leben, oder nicht?, hält eine zweite Stimme ruhig und bestimmt dagegen. Dies ist nicht nur ein Ende, sondern auch ein Anfang!

Ich bin hin- und hergerissen. Helenes Schweigen ist absolut, ich höre nicht einmal das Klacken ihrer Tastatur. Sie arbeitet also nicht, während wir telefonieren, und seltsamerweise macht mir ihre ungeteilte Aufmerksamkeit noch mehr Angst. Schon will ich zurückrudern, will mich entschuldigen für etwas, das ich noch gar nicht ausgesprochen habe, als ich Samuels Blick auffange.

Er ist stehen geblieben, ebenso wie ich. Unter schweren Lidern betrachtet er mich, die Hände in die Hüften gestützt, und mir fällt ein, dass ich ihm von Helene erzählt habe, in meinem Champagnerrausch beim Grand Hotel. Ob Samuel spürt, welchen inneren Kampf ich ausfechte? Wenn ja, dann weiß er auch, dass ich gerade im Begriff war, einen kleinen, aber wichtigen Schritt in die richtige Richtung zu machen. Einen Schritt, vor dem ich bereits wieder zurückzucke.

Und in diesem Moment begreife ich, dass ich alles besser ertragen werde als die Enttäuschung in Samuels Augen.

Ich atme tief durch, dann sage ich fest: »Ich rufe dich an, wenn es mir besser passt. Wir brauchen Zeit und Ruhe für unser Gespräch. Heute Abend, okay?«

»Nicht okay!«, sagt Helene beleidigt.

Und dann legt sie auf. Einfach so.

Ich lasse das Handy sinken, schließe gequält die Augen. Warum ist es nur so verdammt schwer, sich gegen Helene zu behaupten? Warum riskiert man immer gleich, sie zu verlieren?

Da höre ich schnelle Schritte, und plötzlich finde ich mich in Samuels Armen wieder. Ich bin so überrascht, dass ich mich nicht bewege, nichts sage, ganz stillhalte an seinem Körper. Meine Nase in seiner Halsbeuge vergraben, atme ich vorsichtig ein.

Samuel riecht betörend. Männlich, ein wenig harzig, nach frischem Holz und nach etwas, das nur er selbst ist, und ich kann gar nicht aufhören, seinen Geruch in mich aufzunehmen. Mein Jammer verblasst, meine Ängste sind nur noch eine ferne Erinnerung. Hier stehe ich, in Samuels Armen, und alles ist gut.

»Annika«, raunt er.

Ich hebe den Kopf. Sein Mund ist nur wenige Zentimeter von meinem entfernt.

Doch da lässt er mich los und weicht zurück, genau wie vorhin. Mit beiden Händen fährt er sich durch die Haare, seine schönen Locken … die ich hätte anfassen können, vor wenigen Sekunden, verdammt, warum habe ich es nicht getan? Ich bin völlig durch den Wind, sehe ihn nur an.

Samuel räuspert sich. »Entschuldige«, sagt er. »Ich wollte dich nicht überfallen, ich wollte nur … du sahst so traurig aus, und … Deine Freundin scheint ja echt schwierig zu sein. O Mann, sorry, ich möchte deine Freunde nicht schlechtmachen, ich … Okay. Ich halte dann wohl besser meinen Mund.«

Wir starren uns an.

»Hey«, bringe ich schließlich hervor. »Das Herumstottern ist mein Part, nicht deiner.«

Samuel lacht kurz auf. Er fährt sich wieder durch die Haare, und ich sehe, dass seine Finger ein wenig zittern.

Ich mag Maria sehr, sehr gern, aber Himmel, was würde ich dafür geben, wenn sie jetzt nicht da oben stünde und uns beobachtete, nur zwanzig Meter von uns entfernt! Denn dann würde ich auf Samuel zutreten, würde sein Gesicht in meine Hände nehmen und ihn küssen, bis ihm Hören und Sehen verginge.

Sein Blick wandert zu meinem Mund. Wünscht er sich das Gleiche wie ich? Mein Herz donnert gegen meine Rippen.

»Geht's bald mal weiter, oder was?«, schreit Maria.

Samuel und ich zucken synchron zusammen.

Er schiebt die Hände in die Hosentaschen und sagt mit einem schiefen Grinsen: »Schlimmer als jede Anstandsdame, meine kleine Schwester, was?«

»Viel schlimmer«, bestätige ich matt.

Die ganze nächste Stunde über umkreisen wir uns.

Ich beobachte Samuel mit verstohlenen Blicken, während wir auf felsigen Wegen zum See wandern.

Er lächelt mich ziemlich intensiv an, wenn er mich dabei ertappt.

Ich frage mich, wie seine Lippen wohl schmecken, und mir wird heiß.

Er berührt mich alle paar Minuten scheinbar absichtslos am Arm, bevor er seine Hand zurückzieht, als habe er sich verbrannt.

Ich ertappe mich dabei, dass ich mit meinem Haar spiele, obwohl ich so ein kokettes Getue stets für unter meiner Würde gehalten habe.

Er kehrt den Gentleman heraus, hilft mir und seiner Schwester bei jeder noch so unproblematischen Kletterei.

Ich bedanke mich dafür in einem so lieblichen Tonfall, dass ich drei Sekunden später über mich selbst die Augen verdrehe.

Als wir endlich den See erreichen, bin ich von der Flirterei regelrecht erschöpft.

Zur Ablenkung gönne ich mir einen langen Blick über das Wasser.

Tiefgrün liegt der See zwischen Sumpfwiesen und Nadelwäldern, und als ich näher ans Ufer gehe, sinken meine Füße im feuchten Boden ein. Nicht weit von mir taucht blitzschnell ein dunkles Federbällchen unter Wasser. Eine kleine Ente? Ein anderer Wasservogel?

Vor einer Woche, denke ich, wäre mir das noch völlig schnuppe gewesen.

Maria tritt neben mich.

»Ein Zwergtaucher«, sagt sie leise und deutet auf die Stelle im See, wo eben noch das Federbällchen war. »Zwergtaucher sieht man ganz selten. Du hast Glück.«

»Glück hat man nicht«, antworte ich mit einem der Lieblingssprüche meines Vaters, »Glück muss man sich erarbeiten.«

Entgeistert starrt Maria mich an.

»Was ist?«, frage ich unbehaglich.

»Glück«, sagt sie langsam, »muss man sich doch nicht erarbeiten! Glück wird einem geschenkt! Genau wie die Schönheit der Musik oder ein rosaroter Sonnenuntergang oder das Bauchkribbeln, wenn man verliebt ist.«

Mein Blick fliegt zu Samuel.

Er lächelt und streckt die Hand nach mir aus. »Komm, Annika. Lass uns um den See wandern.«

Ich verschränke meine Finger mit seinen, und er zieht mich zurück auf den Weg. Dort lässt er mich los. Augenblicklich sehne ich mich danach, dass er mich wieder berührt.

Glück wird einem geschenkt.

Marias Worte hallen in mir nach, und plötzlich weiß ich, dass es sich mit der Liebe ebenso verhält, dass auch sie ein Geschenk ist. Ich kann mir Samuels Zuneigung nicht erarbeiten, und ich kann sie nicht mit meinem Willen erzwingen.

Ich kann nur vor ihm stehen und warten, mit leeren, offenen Händen.

Als wir am späten Nachmittag zurückfahren, bin ich sehr nachdenklich.

»Alles in Ordnung mit dir?«, erkundigt sich Samuel, nachdem ich minutenlang aus dem Fenster geschaut und geschwiegen habe.

»Klar! In bester Ordnung.« Außer dass ich mich viel zu sehr danach sehne, ihn zu küssen, und dass ich verwirrt bin und dass ich ein grässliches Telefonat mit meiner beleidigten Freundin vor mir habe. Ich seufze, und dann lenke ich sowohl mich selbst als auch Samuel mit dem nüchternsten Thema ab, das mir einfällt: Geld.

»Was hat Sven eigentlich dazu gesagt, dass du beschlossen hast, ein paar Tagessätze sausen zu lassen?«

»Er war nicht begeistert.« Samuel lacht. »Und noch weniger begeistert wird er sein, wenn ich ihm erzähle, dass ich von dir überhaupt kein Geld mehr annehmen werde.«

»Was?!« Ich starre ihn an. »Du kannst doch nicht … ich meine … das ist absurd, warum solltest du mich umsonst herumführen?«

»Weil es mir Spaß macht.«

»Aber das geht doch nicht! Nein, nein, wenn wir wieder allein sind, werde ich dich selbstverständlich für deine Dienste bezahlen.«

Die Fröhlichkeit ist aus Samuels Gesicht gewichen. Er sieht mich flüchtig an, dann schaut er wieder auf die Straße. »Für meine Dienste.«

Ich werde rot. »Du weißt schon, wie ich das meine.«

»Ja, das weiß ich«, sagt er ruhig. »Aber bezahlen lasse ich mich trotzdem nicht mehr von dir.«

Mein Blick fliegt durch sein Auto, registriert die abgewetzten Sitze, das uralte Radio, die altmodischen manuellen Fensterheber. Keine Frage, im Geld schwimmt Samuel nicht. Ich weiß zwar nicht, wie groß das Loch ist, das zwei Wochen ohne Bezahlung in sein Portemonnaie reißen werden. Aber ich ahne, dass es groß genug sein wird, um Anlass für ein schlechtes Gewissen zu sein.

»Willst du es dir nicht noch mal überlegen?«, starte ich einen weiteren Versuch. »Ich möchte dich nämlich auf keinen Fall schröpfen. Ich meine, zwei Wochen! Das ist wirklich lang, und ich fühle mich wie ein Schmarotzer, wenn ich …«

»Mach dir keine Sorgen, Annika«, unterbricht er mich kühl. »Anders als du kann ich mir zwar weder Feinkost noch Champagner leisten. Aber ich komme schon zurecht. Auch ohne dein Geld.«

Meine Wangen fangen an zu brennen. »Ich wollte dich nicht beleidigen.«

»Dann tu mir den Gefallen und akzeptiere einfach, dass ich meine Zeit mittlerweile freiwillig mit dir verbringe. Gratis, kostenlos, geschenkt. Okay?«

»Okay«, sage ich kleinlaut.

Für ein paar Minuten herrscht Stille im VW-Bus.

Doch zu meiner Erleichterung ist Samuel nicht ernsthaft verstimmt. Als wir auf den Parkplatz der Bergschule einbiegen, albern er und Maria bereits wieder herum, und ich selbst habe den Entschluss gefasst, das Thema Geld nicht noch mal anzusprechen.

Auch wenn ich mir immer noch nicht sicher bin, wie Samuel und ich zueinander stehen: Er hat mir ein Geschenk gemacht.

Und dieses Geschenk werde ich annehmen.

20.

Am Abend löse ich mein Versprechen ein: Mit gemischten Gefühlen melde ich mich bei Helene.

»Sieh an, die vielbeschäftigte Urlauberin«, begrüßt sie mich ätzend. »Passt es jetzt, ja?«

Ich spüre, wie mein Widerwillen erwacht.

»Also, was ist los?«, fragt Helene. »Ich habe nicht den ganzen Abend Zeit.«

Wie du willst, denke ich zähneknirschend. Dann eben ohne Vorgeplänkel.

»Ich habe nachgedacht. Helene, ich finde, unsere Freundschaft läuft nicht mehr besonders gut. Vielleicht sollten wir versuchen, eine neue Basis …«

»Du hast jemanden kennengelernt«, unterbricht sie mich.

»Ich … na ja, das … das stimmt«, stottere ich überrascht. »Woher weißt du das?«

»Dafür braucht man kein Sherlock Holmes zu sein«, antwortet Helene bitter. »Du hast dich verliebt, und prompt bin ich dir nicht mehr gut genug. Vielen Dank auch, Annika.«

Für einen Moment bin ich sprachlos.

»Wie kommst du denn auf diesen Quatsch?«, frage ich

schließlich perplex. »Und seit wann hast du ein Problem damit, wenn ich einen Freund habe? Bei diesem Typen aus deiner Redaktion zum Beispiel, diesem Moritz, warst doch du diejenige, die mir gesagt hat, ich solle ihn endlich in mein Bett holen!«

»Ohne Gefühl zu vögeln, meine liebe Annika, ist nicht das Gleiche, wie sich zu verlieben. Das solltest sogar du inzwischen kapiert haben.«

Sogar du. Hat Helene mich eigentlich schon immer so abfällig behandelt? Ruhig bleiben, beschwöre ich mich selbst. Ganz ruhig bleiben.

»Wie auch immer«, sage ich mit gezwungener Freundlichkeit, »darum geht es jetzt nicht. Helene, ich habe das Gefühl ... dass ich mich verändern muss. Dass ich nicht mehr die sein kann, als die du mich sehen willst.«

»Ach, du bist auf dem Selbstverwirklichungs-Trip?« Helene lacht. »Oder sollen deine schönen Worte die Tatsache, dass du mich wegen dieses Unbekannten abservierst, einfach nur weich und warm verpacken?«

»Herrgott, versteh doch, es geht nicht um ihn! Und ich serviere dich nicht ab!«

»Das sehe ich anders. Aber gut, lass dir halt das Herz brechen!«

Ich atme tief durch.

Und noch einmal.

Dann sage ich: »Wenn du unbedingt über ihn sprechen willst: Ich bin gar nicht mit ihm zusammen, okay? Und selbst wenn ich es wäre – wer sagt denn, dass jede Liebe mit einem gebrochenen Herzen enden muss? Vielleicht ist er ja genau der Richtige für mich! Kannst du mir nicht einfach Glück wünschen?«

»Viel Glück, liebe Annika«, sagt Helene verächtlich.

O Mann.

Frustriert schließe ich die Augen. Dieses Gespräch geht total in die Hose, und ich habe keine Ahnung, wieso. Warum benimmt sich Helene wie ein eifersüchtiger Liebhaber statt wie eine Freundin? Und warum scheine ich selbst permanent das Falsche zu sagen?

»Weißt du was?« Helenes Stimme ist frostig. »Du kannst dich bei mir melden, wenn deine kleine Identitätskrise vorüber ist und du wieder bei Sinnen bist. Bis dahin würde ich es ehrlich gesagt vorziehen, nichts von dir zu hören. Ich habe nämlich überhaupt keine Lust, dich dabei zu beobachten, wie du von deiner rosaroten Wolke purzelst und dir das Genick brichst. In diesem Sinne: Mach's gut, Mäuschen.«

Und schon wieder legt Helene einfach auf.

Kopfschüttelnd werfe ich das Handy aufs Bett.

Später sitze ich im Sternenlicht auf meinem Balkon. Ich habe mir an der Bar ein Glas Rotwein geholt – einen herrlichen Cabernet, der nach reifen Brombeeren und einem Hauch Pfeffer schmeckt –, und obwohl der Barkeeper mich dreimal gefragt hat, ob ich nicht doch lieber bei ihm unten bleiben wolle (»In Gesellschaft ist es doch viel netter, hm?«), habe ich mich in mein Refugium verzogen.

Denn nur hier kann ich ungestört nachdenken.

Dreizehn Jahre lang war Helene alles für mich. Sie war mir wichtiger als jeder Mann, wichtiger sogar als meine Eltern. Sie war meine beste Freundin, mein Vorbild, mein Halt, mein Guru. Jetzt ist sie Vergangenheit, und ich habe nur noch mich selbst – denn darauf, dass ich auf dem Bauch kriechend zu ihr zurückkehre, kann Helene lange warten.

Diese Zeiten sind vorbei.

Die Nacht ist kühl und klar. In eine Decke gewickelt, blicke ich in den glitzernden Himmel. Ich habe meine Freundin verloren, aber komischerweise fühle ich mich gar nicht so schlecht. Im Gegenteil, etwas in mir hat aufgeatmet.

Ich trinke einen Schluck Wein, schließe die Augen.

Und während die dunklen, komplexen Aromen meinen Geschmackssinn streicheln, schweifen meine Gedanken in die Vergangenheit.

Mein Vater war tot.

Und ich, seine gehorsame, kreuzunglückliche Tochter, bestand die Bachelor-Prüfungen mit Bravour.

Die Beerdigung wehte in einem Nebel aus Trauer und Selbstbeherrschung an mir vorbei. Als alles vorüber war, brach ich für drei Tage sozialverträglich – nämlich einsam und allein in meinem Studentenzimmer – zusammen. Danach nahm ich mir ein Beispiel an meiner Mutter und zwang mich, das Leben weitergehen zu lassen.

Oder besser: mich weiter durch das Leben hetzen zu lassen. Denn mein Studium war zwar beendet, doch während Helene ihren Master draufsetzte, hatte ich ein Volontariat bei einer PR-Agentur ergattert. Ich zog aus meinem Studentenzimmer in eine kleine, billige Wohnung und arbeitete mich fortan für ein paar Hundert Euro pro Monat krumm und buckelig.

Was eine hervorragende Strategie war, um meine Trauer nicht fühlen und über mein Leben nicht nachdenken zu müssen.

Doch am ersten Todestag meines Vaters versagte diese Taktik. Anders als bei der Beerdigung ein Jahr zuvor war ich nun klar bei Bewusstsein und mein ungefilterter Kummer viel schwerer zu ertragen. Ich versteckte mich auf dem Klo der Agentur, weinte die Tränen, die ich mir monatelang verboten hatte, und als auch dem Zerstreutesten meiner Kollegen mein rot verquollenes Gesicht auffiel, meldete ich mich für den Rest des Tages krank.

Zu Hause lag ich auf dem Bett und heulte weiter. Irgendwann rief ich meine Mutter an, merkte jedoch rasch, dass meine Hoffnung auf Trost vergeblich gewesen war: Meine Mutter war ernst, aber gefasst, und dasselbe erwartete sie von mir.

In meiner Herzensnot spielte ich mit dem Gedanken, Helene anzurufen. Doch nach dem Tod meines Vaters hatte sie ziemlich gefühllos reagiert, und so erwartete ich im Grunde keine Anteilnahme von ihr.

Ich fühlte mich unglaublich einsam.

Also griff ich nach dem schlechtesten aller Seelentröster – Alkohol –, setzte mich an den Küchentisch und fing an, mich zu betrinken.

Als es klingelte, war ich schon ganz gut dabei.

»Hey, Mäuslein«, sagte Helene und hielt zwei Flaschen Wein hoch. »Ich dachte, heute brechen wir mal alle unsere Regeln und geben uns hemmungslos die Kante. Du säufst dir den Todestag deines Vaters einfach schön! Wie wär's?«

Auf diese glorreiche Idee war ich ja schon selbst gekommen, doch es erstaunte mich, sie aus Helenes Mund zu hören. »Warum?«, fragte ich, und mein Alkoholpegel war hoch genug, dass ich schwankte, als sich Helene an mir vorbei in die Wohnung schob.

»Was, warum?«, fragte sie zurück und stöckelte in die Küche. Sie trug ein schwarzes Etuikleid und knallrote High Heels, und sie sah erotischer aus denn je.

»Warum hast du dich so schick gemacht?«, wollte ich wissen. »Und warum erinnerst du dich daran, dass heute der Todestag meines Vaters ist?«

Helene stellte ihre vollen Flaschen neben meine fast leere, setzte sich und schlug die langen Beine übereinander. »Zu Punkt eins: Ich war gerade bei Benedikt. Ich habe mit ihm Schluss gemacht, und dafür wollte ich so schön wie möglich sein, schließlich soll er mich in guter Erinnerung behalten. Zu Punkt zwei: weil ich mir für das heutige Datum eine Handy-Erinnerung eingetragen habe.«

Ich glotzte sie an. Alles, was Helene tat, war so außerordentlich gut geplant und organisiert. Sogar das Schlussmachen und das Trösten.

Manchmal fand ich meine Freundin richtig gruselig.

»Wie ich sehe, hast du mit dem Saufen schon angefangen«, sagte Helene missbilligend. »Du hättest ruhig auf mich warten können.«

Ich verzichtete darauf, mich zu verteidigen, es war mir zu anstrengend. Stattdessen holte ich ihr wortlos ein Glas.

Eine Stunde später war Helene beschwipst und ich total blau. Das war mir nur recht, denn seit den letzten beiden Gläsern konnte ich wieder an meinen Vater denken, ohne in Tränen auszubrechen, und das versetzte mich in eine eigenartige, verzweifelt-überdrehte Hochstimmung.

Aber dann sagte Helene: »Du mochtest ihn doch sowieso nicht. Da finde ich es ehrlich gesagt ziemlich verlogen, jetzt dermaßen zu trauern.«

Meine Hochstimmung verpuffte.

»Natürlich mochte ich ihn«, wehrte ich mich mit schwerer Zunge. »Er war mein Vater!«

»Na und? Dass man miteinander verwandt ist, heißt gar nichts. *Ich* liebe meine Eltern jedenfalls nicht.«

Mit dieser harten Aussage war mein alkoholisiertes Gehirn eindeutig überfordert.

»Wie kannst du so etwas sagen?«, lallte ich. »Deine Eltern haben vielleicht ihre Fehler, aber sie bleiben trotzdem deine Eltern.«

»Na und?«, wiederholte Helene.

»Kapier ich nicht«, sagte ich ratlos. »Benedikt, deine Eltern … Liebst du denn überhaupt niemanden?«

Unsere Blicke trafen sich.

Mit einem Mal war es in meiner kleinen Küche sehr still.

»Vielleicht«, sagte Helene, »liebe ich ja nur dich, Annika. Und du nur mich.«

Ich war so betrunken, dass ich trotz ihres ernsten Tonfalls lachen musste. »Hey, wenn ich dich daran erinnern darf – ich stehe nicht auf Frauen. Und du auch nicht.«

Helene legte die Hände um ihr Glas, verschränkte haltsuchend die Finger, und zum ersten Mal, seit ich sie kannte, wirkte sie verletzlich. »Nein. Tu ich nicht«, sagte sie mit belegter Stimme. »Tu ich eigentlich nicht.«

Ich hörte auf zu lachen.

Die Unterlippe meiner starken, arroganten Freundin zitterte. »Es ist nur so, dass Männer einem so schrecklich viel antun können. Solange man schwach ist.«

»Was meinst du damit?«, fragte ich schwerfällig. »Was meinst du damit, dass Männer einem etwas antun können? Ist dir das schon passiert?«

Niemals, niemals hätte ich Helene so etwas zu fragen gewagt, wenn ich nüchtern gewesen wäre. Meine Freundin hatte mir oft genug zu verstehen gegeben, dass mich nur die Teile ihrer Biografie etwas angingen, von denen sie mir von sich aus erzählte, und ich hatte mich stets gehorsam an diese Vorgabe gehalten.

Doch jetzt blickte sie mich an, mit dieser zitternden Unterlippe, diesen großen dunklen Augen, und ich begriff, dass sie mit sich rang. Es fehlte nur noch ein kleiner Schritt, nur noch eine winzige Ermutigung, dann würde sie sich öffnen und mir ihr Vertrauen schenken.

Ich fasste mir ein Herz.

»Wer war es?«, fragte ich.

Helene flüsterte: »Lange her.«

Ihr Vater, waberte es durch meinen Kopf. Es war ihr Vater. Deshalb geht sie so ungern auf Besuch nach Hause, deshalb liebt sie ihre Eltern nicht. Was zum Teufel hat er ihr angetan?

»Bist du geschlagen worden?«, stieß ich aus.

Helene schwieg.

Mir kam ein neuer, noch schlimmerer Gedanke, und ich schlug mir die Hand vor den Mund. »O Gott, Helene, oder hat er dich … hat er dich etwa …«

»Sei still!«, fuhr sie mich an und sprang auf. »So ein Quatsch! Wie kannst du so etwas auch nur andeuten? Was glaubst du eigentlich, wer du bist?«

Wie der Blitz war sie bei mir, erschrocken duckte ich mich, und einen Augenblick lang fürchtete ich, Helene würde mich schlagen. Doch stattdessen riss sie mir den Wein aus der Hand und schleuderte ihn quer durchs Zimmer gegen die Wand. Klirrend zerbarst das Glas, blutrot spritzte der Wein auf Tapete und Teppich. Halb keuchte, halb schluchzte

Helene, während sie auf die Bescherung starrte, die sie angerichtet hatte, und ich kauerte auf meinem Stuhl und konnte mich nicht rühren, so erschüttert war ich, vom Ausraster meiner Freundin und von der Wahrheit.

Helene richtete sich kerzengerade auf, drehte sich um und ging.

Am nächsten Tag hatte ich einen Kater und Helene eine partielle Amnesie. Jedenfalls erwähnte sie den Vorfall in meinem Zimmer mit keinem Wort. Weder bat sie um Verzeihung für die Sauerei, die sie angerichtet hatte, noch war sie bereit, sich meine Entschuldigung anzuhören.

»Wir waren beide betrunken. Lass uns kein Drama daraus machen«, sagte sie und lächelte, beherrscht wie immer.

Und ich nickte, gehorsam wie immer.

Im Handumdrehen waren wir wieder in unsere gewohnten Rollen geschlüpft.

Dabei hätte ich mich wirklich gern mit Helene ausgesprochen. Nüchtern war mir schnell klar geworden, dass ich etwas falsch gemacht hatte. Ich hatte sie viel zu unsensibel mit meinem Verdacht konfrontiert. Und vielleicht hatte ich ja auch die falschen Schlüsse gezogen, und sie war nur deshalb so sauer geworden?

Ich wusste es nicht – und Helene gab mir deutlich zu verstehen, dass ich es auch nie erfahren würde.

So oft ich ihr in der folgenden Zeit vorsichtig meine Hilfe, meinen Beistand, meinen Trost anbot, so oft wies sie mich zurück.

Und irgendwann, nach Wochen und Monaten, gab ich es auf.

Helene wollte meine Hilfe nicht, und mir blieb nichts anderes übrig, als das zu akzeptieren. Wir lebten unsere Leben weiter, schwiegen den bösen Verdacht tot, und ich begriff, dass Helene mir immer fremd bleiben würde, zumindest der Teil ihres Wesens, der mit der Vergangenheit verbunden war.

Doch da war ja noch dieses andere, das, was ich nach wie vor nicht einordnen konnte.

Das mit der Liebe.

Also fragte ich eines Tages beiläufig: »Was hast du eigentlich damals gemeint? Damit, dass du nur mich liebst?«

Helenes Lächeln verrutschte.

Endlose Sekunden später sagte sie ungehalten: »Was soll ich schon damit gemeint haben? Bild dir bloß nichts ein, Mäuschen, ich liebe auch meinen neuen Lippenstift. Übrigens hast du mit deinem Lippenstift heute ziemlich danebengegriffen. Scheußliche Farbe, wenn ich das so sagen darf.«

Ich biss mir beschämt auf die Unterlippe, woraufhin die scheußliche Farbe auch an meinen Zähnen klebte. Hastig griff ich nach einem Taschentuch und wischte an mir herum. Helene lachte, und ich fühlte mich gedemütigt, wie so oft, wenn ich mit ihr zusammen war.

Wenn sie mich wirklich liebte, auf welche Art auch immer, verstand sie es meisterhaft, ihre Liebe zu verbergen.

Ich sprach sie nie wieder darauf an.

Langsam öffne ich die Augen.

Über mir funkeln die Sterne, und der schwarzsilberne Himmel ist so schön, dass es wehtut. Warum konnte ich

Helene nicht helfen?, denke ich traurig. Warum habe ich es nie geschafft, ihren Panzer zu knacken? Dreizehn Jahre lang waren wir befreundet, und jene Nacht war die einzige, in der sich Helene mir geöffnet hat.

Für lumpige fünf Minuten.

Ich frage mich, warum wir überhaupt Freundinnen geblieben sind, wo wir einander doch so wenig vertraut haben. Denn es muss einen Grund gegeben haben, für jede von uns.

Hat Helene mich gebraucht, um durch ihr Überlegenheitsgefühl mir gegenüber die kindliche Hilflosigkeit von einst zu überwinden? Möglich.

Aber ich, welchen Grund hatte ich? Warum habe ich die ständige Bevormundung durch meine Freundin so lange freiwillig ertragen? Ich mache es mir zu leicht, wenn ich lediglich anklagend auf Helene deute. Zu einer ungesunden Beziehung gehören schließlich immer zwei. Wenn unsere Freundschaft mir nichts gegeben hätte, wäre sie schon viel früher zerbrochen.

Ich nehme einen großen Schluck Wein, doch er schmeckt mir nicht mehr.

Und in diesem Moment erkenne ich es: Ich war nichts anderes als ein Schmarotzer. Ich habe mich an Helenes sozialer Macht gütlich getan, an ihrer Härte, ihrer scheinbaren Unverwundbarkeit. Sie hat für mich entschieden, und ich habe zu allem Ja gesagt – ohne das Risiko, einen Fehler zu machen. Und wenn, dann wäre er Helenes Schuld gewesen.

Wie überaus bequem, denke ich voller Scham.

Aber meine Rechnung ging nicht auf. Denn die Nähe zu Helene hat mich nicht makellos und unangreifbar gemacht, sondern bloß abhängig. Die toughe Annika Winter war niemals echt, meine vermeintliche Stärke auf Sand gebaut.

Ich war eine einzige Illusion.

Unruhig und betroffen werfe ich die Decke ab und trete ans Geländer. Ich habe meine Freundin verloren und die Orientierung, und zudem mich selbst.

Wer bin ich wirklich?

Lange blicke ich auf die mächtigen, nachtschwarzen Berge.

Doch dann wende ich mich entschlossen ab, und als ich zurück in mein helles Zimmer gehe, lächele ich sogar, wenn auch nur leicht und nur für einen Moment.

Denn wenn ich nicht mehr weiß, wer ich bin und wo ich hinmöchte – dann bleibt mir immer noch, es herauszufinden!

21.

Maria ist fort, Samuel und ich sind wieder allein. Und als ich aus dem Hotel trete und ihn sehe, wie er gegen einen Holzzaun gelehnt auf mich wartet, fühlt es sich beinahe an wie ein Date.

Er trägt ein knallrotes T-Shirt, eine beige Cargohose und die unvermeidliche schwarze Strickmütze, und diese seltsame Kombination sieht an Samuel so scharf aus, dass mir ganz schwindelig wird.

»Hey«, sagt er und lächelt. »Nur du und ich heute. Wohin möchtest du gehen?«

»Zu dir«, sage ich heiser.

»Zu mir?« Samuels Augen werden groß. »Klar, zu mir. Kein Ding. Wir können gern … ähm …«

»Nein, nein, nicht deshalb!«, stelle ich eilig klar. »Ich möchte bloß deine Fotos sehen.«

»Meine Fotos«, wiederholt er gedehnt. Dann breitet sich ein Grinsen auf seinem Gesicht aus. »Nicht lieber meine CDs oder meine Briefmarkensammlung?«

Ich spüre, wie mein Gesicht heiß wird. Und noch während ich gegen das blöde Erröten ankämpfe, das mich in letzter Zeit so oft heimsucht, springt mein Kopfkino an: Wir begutachten Samuels CDs und, okay, auch noch seine Briefmarkensammlung, doch dann kommen wir zum Wesentlichen – das in meinem kleinen, privaten Liebesfilm darin besteht, ausgiebig zu knutschen und schließlich miteinander zu schlafen, auf seinem Bett, auf dem Sofa, auf dem Boden, ganz egal, sein Mund auf meinem, sein Körper neben mir, auf mir … in mir … Oh. Mein. Gott.

Peinlich berührt senke ich den Blick. Was ist bloß in mich gefahren? Ich sollte mich besser schleunigst daran erinnern, wie Sex sich in der Realität anfühlt: nämlich mühsam, zuweilen blamabel und im besten Falle leidlich angenehm. Wirklich erregend fand ich Sex bisher nur im Traum, und zwar in jenem, in dem Samuel die Hauptrolle gespielt hat.

Ach, das war schön!

Mein Gesicht ist mittlerweile brandrot, und ich habe keine Ahnung, wo ich hinschauen soll. Muss Samuel mir nicht von der Stirn ablesen, woran ich die ganze Zeit über denke?

»Deine Schwester«, stoße ich aus. »Sie hat mich gefragt, ob ich die Bilder von deinen Expeditionen und Klettertouren schon gesehen habe. Die seien ziemlich beeindruckend, meinte Maria, und da dachte ich, du könntest sie mir mal zeigen. Es würde mich nämlich schon interessieren, was du so machst, wenn du nicht gerade damit beschäftigt bist«, endlich wage ich es, ihm ins Gesicht zu sehen, »mit deinen Bemerkungen über deine Briefmarkensammlung unschuldige Kundinnen in Verlegenheit zu bringen.«

Samuel grinst nicht mehr. In seinen Augen steht ein Ausdruck, den ich nicht deuten kann.

»Okay, gehen wir zu mir«, sagt er rau. »Ich zeige dir gern meine Fotos. Wenn es das ist, was du willst.«

Ich nicke heftig. »Ja, das ist es, was ich will! Also, heute. Morgen können wir dann, äh … wieder wandern.«

Samuel fixiert mich. Die Spannung zwischen uns steigt an, und das Kribbeln in meinem Magen wird so stark, dass ich mir am liebsten die Hände auf den Bauch pressen würde.

Ohne mich aus den Augen zu lassen, weist Samuel auf die Straße unterhalb des Hotels. »Da lang«, sagt er.

Seine Wohnung ist völlig anders als meine.

Keine Fotos. Keine Topfpflanzen. Keine hübsche, teure, nutzlose Deko. Dafür überall Zeitschriftenstapel, eigenhändig zusammengezimmerte Möbel und haufenweise T-Shirts, die zwar gewaschen und gefaltet, dann aber offensichtlich auf dem Sofa vergessen wurden. Der einzige Luxus, den ich erkennen kann, ist ein kleiner, teurer Laptop.

Ich schlendere durch das Wohnzimmer und bleibe vor einem gerahmten Foto stehen: ein Mann und eine Frau, die freundlich, aber müde in die Kamera lächeln.

»Deine Eltern?«, frage ich Samuel.

»Mhm«, brummt er.

»Sie sehen nett aus.«

»Hm.«

Erstaunt blicke ich ihn an. »Ihr habt wohl nicht das beste Verhältnis zueinander?«

»Setz dich doch«, sagt er ausweichend und schnappt sich schnell die Wäsche, um sie ins Schlafzimmer zu bringen. Seine Eltern scheinen ein Reizthema zu sein, und ich beschließe, ihn jetzt nicht damit zu nerven.

»Ich wusste ja nicht, dass Besuch kommt«, ruft er entschuldigend zu mir herüber, während eine Schranktür geöffnet und wieder zugeworfen wird.

Ich lasse mich aufs Sofa fallen. »Was hättest du denn getan, wenn du's gewusst hättest? Staubgesaugt, Schnittblumen gekauft und Kuchen gebacken?«

»Du kennst meine Kuchen nicht. In der Regel sind sie verbrannt und schmecken nur sehr entfernt nach etwas Essbarem.« Grinsend kommt Samuel zurück ins Wohnzimmer. »Nein, ich hätte lieber eine schöne Flasche Wein besorgt. Ich weiß doch, dass du auf kultivierten Genuss stehst.«

Ich denke an die Episode beim Grand Hotel und verziehe das Gesicht. »Du meinst, du weißt, dass Alkohol mich zu peinlichen Geständnissen verführt.«

»Das auch. Aber im Ernst, ich fand deine Geständnisse süß. Du warst mir danach viel sympathischer als vorher.«

Obgleich mir klar ist, dass Samuels erster Eindruck von mir nicht der beste war, versetzen seine Worte mir einen Stich. »Wie charmant.«

»Oh! Nein, so war das nicht gemeint«, versichert er mir. »Ich wollte nur sagen, dass du zu Anfang recht unnahbar gewirkt hast.«

»Und jetzt nicht mehr?«

Er bleibt vor mir stehen und blickt nachdenklich auf mich herab. »Ich durchschaue dich zwar immer noch nicht ganz, aber … nein, Annika. Jetzt nicht mehr.«

Ich lecke mir über die Lippen.

Er könnte mich küssen, schießt es mir durch den Kopf, der Zeitpunkt wäre perfekt. Er könnte mich küssen!

Und wie auf Knopfdruck setzt mein Kopfkino sich wieder in Gang.

Samuel greift nach meinen Händen und zieht mich hoch, und mein Herz springt ohne Vorwarnung vom Schritt in den

Galopp. Er fasst mich um die Taille. Plötzlich stehe ich so dicht bei ihm, dass meine Brüste sich an seinen Oberkörper schmiegen. Ich verschränke meine Finger in seinem Nacken, er neigt sein Gesicht, und unsere Lippen treffen aufeinan…

»Soll ich dir was zu trinken holen, bevor ich den Laptop anwerfe?«, fragt Samuel.

Ich blinzele. Trinken? Laptop?

Ganz schön brutal, wenn einen die Realität so plötzlich wiederhat.

Ich frage mich, warum Samuel so zurückhaltend ist. Schließlich gefalle ich ihm mittlerweile, das sehe ich ihm an. Warum also küsst er mich nicht? Am liebsten würde ich ihm voller Ungeduld zurufen: »Tu's doch einfach!«

Doch stattdessen höre ich mich höflich bitten: »Ein Mineralwasser wäre schön.«

»Kommt sofort«, sagt Samuel lächelnd.

Ich schaue ihm sehnsüchtig nach, während er in die Küche geht. Beiläufig zieht er sich die Mütze vom Kopf, wirft sie in einen Sessel und fährt sich durch die Locken, bevor er aus meinem Blickfeld verschwindet.

O Mann. Auf Samuel hätte ich definitiv mehr Lust als auf Mineralwasser.

Wenig später sitzen wir nebeneinander auf dem Sofa und tun so, als würden wir nicht bemerken, dass unsere Beine sich auf ganzer Länge berühren.

»Pass auf«, sagt Samuel und öffnet einen Foto-Ordner, »jetzt zeige ich dir die Nordwand der Großen Zinne. Grandiose Route. Wenn man die frei klettert, ist das eine Acht plus.«

»Acht plus?«, frage ich. »Was bedeutet das?«

Er lacht und klickt ein Foto an. »Dass die Route wirklich schwer ist.«

Als ich auf den Laptop gucke, schrecke ich zusammen.

Eine ockerfarben gemaserte Felswand ragt senkrecht in den tiefblauen Himmel. Sie bietet nichts, woran man sich als Normalsterblicher festhalten könnte, und trotzdem hängt Samuel mittendrin.

Unter ihm fällt die Wand Hunderte von Metern ins Nichts.

Ich wende den Kopf und betrachte ihn in Fleisch und Blut. Mit leuchtenden Augen blickt er auf das Foto, er wirkt regelrecht entrückt, und unwillkürlich denke ich an Marias Worte in der Pizzeria.

Sam braucht das Bergsteigen, es gehört zu seinem Wesen. Nimmst du es ihm weg, dann ist er nicht mehr er selbst.

Während ich ihn unverwandt ansehe, klickt Samuel das nächste Foto an. Ein leises Lächeln umspielt seine Lippen. Ich beginne zu begreifen, was Maria gemeint hat. Und es macht mir Angst.

Da schaut er mich an. »Wie findest du's? Coole Wand, oder?«

»Du bist verrückt, Samuel«, sage ich leise. »Wenn du da runtergefallen wärst …«

»Ich war doch gesichert!«, widerspricht er sofort. »Ich hatte alles dabei, Helm, Haken, Schlingen, Karabiner, die gesamte Ausrüstung. Dass man die Nordwand frei klettern kann, heißt nicht, dass ich das auch getan habe! So weit bin ich noch nicht, leider. Zumal die Kletterzeit sieben bis zwölf Stunden beträgt, das ist schon anstrengend. Ohne Seil ist mir das zu heiß.«

»Überaus besonnen.«

Das Leuchten in seinen Augen wird schwächer, und er

runzelt leicht die Stirn. Schon bereue ich meine spöttischen Worte. Aber dass Samuel sich, ohne mit der Wimper zu zucken, in Todesgefahr begibt – das macht mich fertig.

Vielleicht hätte ich doch nicht darum bitten sollen, dass er mir seine Fotos zeigt. Ich meine, hier sitzt er, ein junger, kerngesunder Mann, und fordert den Tod heraus, während Menschen wie meine Mutter alles dafür geben würden, ihr Leben nicht zu verlieren.

»Tut mir leid«, sage ich heiser. »Ich kann einfach nur schlecht damit umgehen, wenn jemand so unbesorgt mit seinem Leben spielt.«

Samuel hebt die Hand und streicht mir über die Wange. »Denk nicht so von mir, Annika. Ich bin nicht leichtsinnig. Auch wenn das für dich so aussehen mag.«

Ich schweige.

»Ein Restrisiko muss man in meinem Beruf tragen, das ist klar«, fährt Samuel fort, während seine Hand nach hinten gleitet, unter mein Haar. »Aber ich weiß, was ich mir zutrauen kann und was nicht. Die Gefahr, in den Bergen zu sterben, ist nicht viel höher als die, dass ich vor einen Bus laufe und überfahren werde – oder dass ich eine tödliche Krankheit bekomme – oder dass irgendein Irrer mich erschießt. Aber wenn mir eines dieser Dinge zustoßen sollte … dann hätte ich *davor* wenigstens gelebt.«

Seine Hand liegt nun schwer und warm in meinem Nacken, und meine Gedanken wirbeln durcheinander. Samuel hat recht, irgendwie, und außerdem geht es mich überhaupt nichts an, ob er sich in Gefahr begibt oder nicht. Dennoch steigt eine unkontrollierbare Furcht in mir auf, als ich mir vorstelle, dass er Dutzende Meter über dem Erdboden in dieser Wand hängt und dann seine Hand abrutscht – sein

Fuß ins Leere tritt – ein Haken aus der Wand bricht – ein Seil reißt. Und während ein Teil meines Selbst entzückt registriert, dass Samuel mir auf den Mund blickt und seine Hand meinen Nacken streichelt, starrt ein anderer Teil von mir auf die beängstigende Vision von Samuels Absturz und zuckt aus reinem Selbsterhaltungstrieb vor seiner Zuneigung zurück.

Denn wenn wir ein Paar wären, dann würde ich vergehen vor Sorge, ihn zu verlieren. Das hat meine viel zu heftige Reaktion auf das Kletterfoto bewiesen.

Und ich werde Samuel verlieren, auf die eine Art oder die andere: Mein Urlaub dauert keine zwei Wochen mehr, und danach wird es vorbei sein. Und ich, weit weg von ihm, werde mich einsamer fühlen denn je.

Plötzlich kann ich den Gedanken, ihn nicht mehr jeden Tag zu sehen, kaum ertragen.

»Ach, Samuel«, bringe ich erstickt hervor, und wie von selbst schlingen sich meine Arme um seinen Rücken. Verdammt, ich weiß, dass ich unglücklich sein werde! Dass ich mich genau so fühlen werde, wie ich mich nie fühlen wollte. Aber ich will leben, genau wie er.

Und deshalb küsse ich ihn.

Samuel stößt einen gequälten Laut aus, er scheint zu schwanken zwischen Abwehr und Begehren, doch dann gibt er auf und küsst mich zurück.

Endlich, denke ich.

Endlich.

22.

»Wir müssen«, flüstert Samuel an meinen Lippen und streichelt mein Haar, meine Schultern, meinen Rücken, »damit aufhören.«

Ich öffne die Augen, noch ganz trunken von seinem Kuss. »Was?«

»Wir sollten aufhören. Das führt doch zu nichts.«

Samuel lässt mich los und wendet sich von mir ab. Er stützt die Ellbogen auf die Oberschenkel und den Kopf in die Hände, und er sieht alles andere als glücklich aus.

Was zum Teufel ist hier los?

Ich setze mich aufrecht hin, schlagartig ernüchtert. »Wie meinst du das, es führt zu nichts? Erklär es mir.«

Samuel schweigt.

Ich beiße die Zähne so fest zusammen, dass mein Kiefer schmerzt. So schnell soll es also vorbei sein? Ein Kuss, ein paar Minuten Glück, und das war's?

»Ich verstehe dich nicht«, flüstere ich.

In einem Anfall von Galgenhumor füge ich hinzu: »So schlecht küsse ich doch gar nicht.«

Da schaut er mich an. »Du bist hierhergekommen, weil

du vor etwas davongelaufen bist, richtig? Du bist unzufrieden, mit allem. Das hast du mir beim Grand Hotel erzählt.«

Langsam nicke ich.

»Aber in den letzten Tagen hast du begonnen, in deinem Leben aufzuräumen«, fährt Samuel mit rauer Stimme fort. »Du hast dich gegen deine Freundin zur Wehr gesetzt. Du bist nachdenklicher geworden. Du bestehst nicht mehr darauf, alles zu kontrollieren und zu bestimmen, sondern lässt vieles einfach geschehen. Und das ist gut so.«

Er hebt die Hand, als wolle er mich streicheln, lässt sie dann aber wieder sinken. Beinahe zornig stößt er aus: »Du hast eine Menge Gepäck zu tragen, Annika, und ich glaube, das Schlimmste von allem hast du mir noch gar nicht erzählt. Doch was auch immer es sein mag, das dich so sehr belastet … wenn du mit mir zusammen wärst, würde es dir nicht besser gehen, sondern schlechter. Ich wäre nichts als ein weiteres belastendes Gepäckstück, ich würde dich runterziehen, anstatt dich aufzurichten. Und das will ich nicht.«

»Aber du ziehst mich nicht runter, im Gegenteil!« Ich fühle mich hilflos, würde Samuels Bedenken am liebsten fortküssen, doch ich ahne, dass er das nicht zulassen wird. »Du hast mich auf den richtigen Weg gebracht, Samuel. Du tust mir gut!«

»Vielleicht in diesem Moment. Aber in ein paar Wochen?«

Ich zucke zusammen, als ich aus Samuels Mund höre, worüber ich mir selbst gerade erst Gedanken gemacht habe. Ich kann ihm nicht widersprechen. Ich kann nur kläglich fragen: »Fühlst du denn gar nichts für mich?«

»O doch.« Er schluckt hart. »Viel mehr, als ich sollte. Aber mein Platz ist hier, Annika. Wenn wir zusammenkämen, hätten wir eine Beziehung, die sich auf ein paar Wochenenden im Jahr beschränkt, ist dir das denn nicht klar? Als Bergführer habe ich keine geregelten Arbeitszeiten, keine freien Sonntage! Ich könnte dich kaum je in Deutschland besuchen kommen. Du würdest dich vernachlässigt fühlen und einsam, und früher oder später würdest du mich dafür hassen, dass ich dich den größten Teil des Jahres unglücklich mache. Nein, Annika. Du hast etwas Besseres verdient als das.«

In mir wird alles kalt.

»Willst du denn für immer allein bleiben?«, frage ich erstickt. »Nur, weil dein Beruf sich nicht mit der … der Idealvorstellung einer Beziehung in Einklang bringen lässt?«

Verzweifelt umarme ich ihn, lege meinen Kopf auf seine Brust, höre sein Herz schlagen.

Samuel legt vorsichtig seine Hand auf mein Haar. Und obwohl er gesagt hat, dass er nicht mit mir zusammen sein will, fällt die Kälte von mir ab, und ich fühle mich geborgen.

»Du wirst das nicht verstehen. Kaum jemand tut das«, sagt Samuel leise. »Aber ich kann nicht ohne die Berge leben. Ohne meinen Beruf, ohne die Herausforderung. Selbst wenn das zur Folge hat, dass ich allein sein muss und ein egoistischer Mistkerl bin.«

Er klingt so schuldbewusst, dass ich den Kopf von seiner Brust hebe und ihm in die Augen schaue. »Wer hat dir das eingeredet? Dass du ein Mistkerl bist, nur weil du nicht dazu bereit bist, dich selbst zu verleugnen? Waren es deine Exfreundinnen? Diese Indie? Deine Eltern?«

Er presst die Lippen zusammen, und da fällt mir ein, was Maria mir erzählt hat: dass ihre Eltern Samuels Liebe zu den Bergen nie akzeptiert und damit alles zerstört hätten. Und dass Indie »sehr besitzergreifend« gewesen sei.

»Ich möchte doch gar nicht, dass du dich änderst«, sage ich eindringlich. »Wie könnte ich das verlangen? Glaub mir, sollte ich je zu einer dieser Frauen werden, die ständig an ihren Männern herummeckern, weil die eben so sind, wie sie sind, dann stürze ich mich freiwillig deine verdammte Acht-plus-Wand runter!«

Und im selben Augenblick wird mir bewusst, dass es die Wahrheit ist.

Okay, vielleicht nicht das mit dem Selbstmord an der Acht-plus-Wand. Aber der Rest und alles, was ungesagt mitschwingt: dass ich ungeachtet des Schmerzes, der mich an Samuels Seite erwartet, nicht auf ihn verzichten möchte. Dass ich ihn kein bisschen anders haben will, als er ist, obgleich mich seine Tollkühnheit nach wie vor befremdet. Ich kann nicht nachvollziehen, was ihn auf steile Gipfel oder an brutal gefährliche Felswände treibt. Aber ich will mit Samuel zusammen sein, zur Not auch nur für die Dauer meines Urlaubs, und ich will ihn genau so, wie er ist.

Ich flüstere es in sein Ohr, wiederhole es an seinen Lippen, immer und immer wieder, so lange, bis er nachgibt. Bis er mich an sich drückt und mich küsst, zärtlich und voller Verlangen trotz des Schuldgefühls, das in seinen Augen steht.

»Also gut«, stößt er zwischen zwei Küssen hervor. »Also gut, Annika. Stehlen wir uns ein paar Tage Glück.«

In mir toben Liebe und Verlustangst, Unsicherheit und Euphorie, und ich denke berauscht: Wir wagen es. Wir wagen es tatsächlich!

Ich wage es.

Im vollen Bewusstsein, dass ich mich damit verletzlicher mache denn je.

23.

Die nächsten Stunden verbringen wir auf Samuels Sofa, weil wir gar nicht mehr damit aufhören können, uns zu küssen. Alle Melancholie darüber, dass wir als Paar nur das Heute haben, decken wir mit unseren Liebkosungen zu, und wir halten und streicheln uns mit beinahe verzweifelter Entschlossenheit.

Nach und nach ebbt die bittersüße Traurigkeit ab; zurück bleibt eine gewaltige, staunende Freude. Immer wieder vergrabe ich meine Finger in Samuels Locken, versinke ich in seinen mittsommernachtsblauen Augen, summt mein ganzer Körper vor Entzücken, wenn sich Samuels Lippen auf meine legen. Noch nie in meinem Leben habe ich so viel geküsst. Und ach, ich könnte bis in alle Ewigkeit so weitermachen … Wenn mein Magen da nicht entschieden anderer Meinung wäre. Denn am frühen Nachmittag meldet er mit einem lauten Knurren seine Rechte an.

Samuel lacht und schiebt mir eine Haarsträhne hinters Ohr. »Da hat wohl jemand Hunger?«

»Zu einem Teller Pasta würde ich tatsächlich nicht Nein sagen«, gestehe ich.

»Pasta habe ich da.« Er hebt die dunklen Brauen. »Aber ob meine Kochkünste deinen gehobenen Ansprüchen genügen?«

»Ganz sicher«, sage ich zuversichtlich.

Doch dann fällt mir seine Vorliebe für Toast mit Fleischwurst und Energy-Riegel ein, und ich füge rasch hinzu: »Wir könnten aber auch zusammen kochen, wenn dir das lieber wäre.«

Erleichtert nickt er. »Was schwebt der Küchenchefin denn so vor?«

»Spaghetti aglio e olio«, sage ich, ohne lange zu überlegen. »Die sind lecker und bei der Zubereitung ein Kinderspiel.«

»Also ab in die Küche mit uns.« Samuel zwinkert mir zu. »Ich freue mich schon auf den ersten Knoblauchkuss.«

Wenig später erfüllt ein köstlicher Geruch die ganze Wohnung. Und als wir uns lächelnd gegenübersitzen, vor uns zwei große Teller mit duftenden Spaghetti, bin ich einfach nur glücklich.

Mit dem ersten Knoblauchkuss lassen wir uns nicht viel Zeit – Samuel gibt ihn mir gleich nach dem Essen.

Auch der Rest des Tages kommt meiner Vorstellung vom Himmel sehr nahe. Wir zollen dem strahlend schönen Wetter Tribut und schlendern gut gelaunt durchs Dorf. Samuel spielt den Fremdenführer, lotst mich zu seinem Lieblings-Eiscafé, wo wir uns jeder drei Kugeln gönnen, und er besichtigt mit mir eine fünfhundert Jahre alte Kirche. Auf einem Kräuterhof am Ortsrand kaufe ich Tee und selbst gemachte Marmelade. Wir spazieren am Heimatmuseum vorbei, an der Feuerwehr mit ihren Bergrettungs-Plakaten und an der Grundschule, außerdem am teuersten Restaurant des ganzen Tals (»Nepp!«, sagt Samuel abfällig) und an der besten Bäckerei.

Und die ganze Zeit über hält Samuel meine Hand.

Ab und zu begegnen wir einem seiner Bekannten, und auch da lässt er mich nicht los. Wir ernten zahlreiche neugierige Blicke, die er gelassen erwidert, und ich ertappe mich dabei, dass mich das mit Stolz erfüllt. Denn es beweist mir, dass er zu mir steht.

Mag dieser wunderbare Mann mir auch nur für ein paar Tage gehören – in diesen paar Tagen gehört er mir offensichtlich ganz.

»Ich habe mich verliebt, Mama«, sage ich am Abend.

Gespannt halte ich die Luft an. Wie wird meine Mutter wohl auf diese Eröffnung reagieren? Früher, da bin ich mir sicher, hätte ich zu hören bekommen: »Ein Urlaubsflirt? Wie billig. So habe ich dich aber nicht erzogen, Kind!«

Heute jedoch sagt Mama gar nichts.

Was kaum besser ist.

Vorwurfsvoll schweigt sie in den Hörer, und augenblicklich bereue ich es, dass ich mich meiner Mutter anvertraut habe. Ich meine, was habe ich mir davon erhofft? Dass sie sich für mich freut? Dass wir uns einander näher fühlen, wenn ich sie an meinem Privatleben teilhaben lasse?

»Nicht so wichtig, vergiss es«, sage ich hastig und füge steif hinzu: »Wie war dein Tag?«

Meine Mutter seufzt. »Genau wie der Tag gestern: langweilig und anstrengend zugleich. Aber … Annika … Es ist schön, dass du es mir erzählt hast. Das mit deiner Verliebtheit. Ich weiß das zu schätzen.«

Überrumpelt stottere ich: »Ja, ähm … danke.«

»Nichts zu danken«, erwidert Mama höflich.

Meine Güte, wie unbeholfen wir miteinander umgehen! Plötzlich schäme ich mich für uns beide.

»Ist er denn nett, dein Freund?«, fragt meine Mutter.

»Er … ist toll«, antworte ich zögernd. »Du würdest ihn mögen.«

»Wenn mir Zeit bliebe, ihn kennenzulernen, meinst du?«

»Nein! Ich meine, wenn es ernster wäre. Wenn es eine Zukunft hätte. Wenn … ach, ich weiß selbst nicht, was ich gemeint habe. Aber er lebt hier und ich nicht, und deshalb wird es wohl aus sein, wenn mein Urlaub zu Ende ist.«

»Das ist traurig«, sagt Mama schlicht.

»Ja.« Ich schlucke. »Das ist es.«

Doch Samuel und ich haben uns vorgenommen, nicht an morgen zu denken, und deshalb wische ich allen vorgezogenen Liebeskummer beiseite und wechsele abrupt das Thema.

»Hast du wieder mit Frau Kemper Schach gespielt?«

»O ja, und ich habe dreimal gewonnen.« Mama lacht. »Man hat tolle Erfolgserlebnisse, wenn man todgeweiht ist und die Leute einen aus lauter Mitleid gewinnen lassen.«

Ich möchte in ihr Lachen einstimmen, schaffe es aber nicht. Dass sie über ihre Krankheit scherzt, verursacht mir Bauchkrämpfe. »Man hört dir gar nicht an, dass es dir schlecht geht«, sage ich hilflos.

Mamas vorgetäuschte Heiterkeit verfliegt. »Aber man sieht es, Schneckchen. Und ich fühle es. Das Leben in mir … wie kann ich das erklären? Es schläft ein. Jeden Tag ein bisschen mehr.«

»Soll ich kommen?«, frage ich alarmiert. »Ist es schlimmer geworden? Soll ich irgendetwas für dich organisieren?«

»Dreimal nein«, sagt Mama fest. »Genieß du mal deine Sommerliebe.«

Ich zucke zusammen. Obwohl ich Mama anhöre, dass sie es aufrichtig meint, fühle ich mich schäbig.

»Aber du sagst es mir, wenn du mich brauchst?«, frage ich mit belegter Stimme.

»Selbstverständlich, Schneckchen.«

»Versprochen?«

Mama zögert.

Dann seufzt sie: »Versprochen.«

Hoffentlich hält sie sich daran, schießt es mir durch den Kopf. Und hoffentlich hat sie noch ein bisschen Zeit. Nur noch ein paar Monate. Bis der Sommer vorüber ist und es wieder kalt wird. Bis wir es gelernt haben, offener miteinander zu sprechen. Bis …

»Weißt du, was ich am meisten bereue?«, unterbricht ihre Stimme meine Gedanken.

»Nein, Mama.«

»Dass ich alles verschoben habe. Ich träume zum Beispiel seit Jahren von Kanada, von einem Blockhaus am See. Wo ich Bären beobachten kann oder Karibus. Wo ich inmitten endloser Wälder lebe, für ein paar Monate, vielleicht mit einer Freundin. Aber die Reise war mir immer zu teuer und die Formalitäten zu umständlich. Später, habe ich gedacht.« Sie stockt. »Tja, später ist zu spät, denn ich werde es nicht mehr erleben. Das ist bitter, Annika; dass ich so dumm war, zu glauben, uralt zu werden. Obwohl ich deinen Vater habe sterben sehen, obwohl ich doch wusste, wie schnell es gehen kann! So dumm.« Leise wiederholt sie: »So dumm.«

Ich lasse mich auf mein Hotelbett sinken. Sprachlos halte ich das Handy umklammert, möchte meine Mutter trösten und weiß doch, dass es keinen Trost gibt. Was sie verpasst hat, wird sie nicht mehr nachholen können. Und die Trauer darüber kann ihr niemand abnehmen, auch ich nicht, so gern ich das auch würde.

»Wie heißt er eigentlich?«, fragt sie unvermittelt.

Ich habe noch Kanada vor Augen, Mama in ihrem Blockhaus am See, und begreife im ersten Moment gar nicht, was sie meint.

»Was? Oh, das … Samuel. Er heißt Samuel.«

»Ein hübscher Name. Ist der Mann dazu auch hübsch?«

Trotz allem muss ich lächeln. »Und wie.«

»Ich wünsche dir eine wunderbare Zeit mit ihm, Annika. Und Kind, ob es nun eine Liebe für die Ewigkeit ist oder nicht … Mein Blockhaus wäre auch nichts für die Ewigkeit gewesen. Und doch würde ich mich gern daran erinnern, besonders jetzt, wo ich gute Erinnerungen so nötig habe. Sie sind nämlich das Einzige, was mir über die Angst hinweghilft. Verstehst du das?«

O ja, denke ich mit einem Kloß im Hals, ich verstehe – dass meine normalerweise so nüchterne Mutter mir rät, mich mit Haut und Haar, mit Herz und Seele auf Samuel einzulassen.

Und außerdem verstehe ich, dass nicht nur ich im Begriff bin, mich zu verändern.

Sondern auch Mama.

24.

»Hast du Lust?«, fragt Samuel am nächsten Morgen mit blitzenden Augen. »Es wird dir Spaß machen, ganz bestimmt.«

Ich zögere.

Gerade hat er mir vorgeschlagen, zu einer Sommerrodelbahn zu wandern. Mit einem Bob gehe es dort auf einer Aluminiumschiene den Berg hinab, zwei Kilometer lang über grüne Almen, mit einem Gefälle und einer Geschwindigkeit, die, wie Samuel mir versichert, Adrenalinstöße garantierten.

Das klingt lustig, aber auch irgendwie kindisch, und ich überlege, was wohl die Annika Winter antworten würde, die ich noch vor wenigen Tagen gewesen bin.

Wahrscheinlich würde jene Annika nur die Augen verdrehen und, statt Bob zu fahren, lieber bei Jenny anrufen, um ihr den Marsch zu blasen (einen Anlass dafür würde sie schon finden). Vielleicht würde jene Annika auch ein paar wahnsinnig wichtige E-Mails schreiben. Auf jeden Fall aber würde sie von ihrem Bergführer statt der Sommerrodelbahn eine sportlich-schweißtreibende Tour verlangen, um all ihre Kaloriensünden vom Buffet konsequent wieder abzutrainieren.

Und wozu das Ganze?

Gute Erinnerungen bräuchte sie, hat Mama am Telefon gesagt.

Sind korrekt erledigte Mails gute Erinnerungen?

Ist berufliche Rivalität eine gute Erinnerung?

Ist es am Ende des Lebens eine gute Erinnerung, besser, schöner, erfolgreicher und einsamer gewesen zu sein als alle anderen?

Ich merke, dass mir die verbissene Annika Winter gründlich fremd geworden ist, so schnell und vollständig, als sei sie nichts als eine brüchige Hülle gewesen. Wer oder was allerdings gerade aus dieser Hülle schlüpft – ein Schmetterling oder doch bloß eine orientierungslose Motte –, kann ich nicht erkennen. Das Alte ist vorbei, das Neue noch nicht greifbar, und plötzlich überfällt mich das beklemmende Gefühl, dass ich im Moment keinerlei Identität besitze.

Ich bin – niemand.

»Hey, meine Schöne«, sagt Samuel sanft. »Träumst du?«

Er streichelt mit dem Daumen über meinen Handrücken. Und als sich unsere Blicke treffen, muss ich lächeln.

Denn wer auch immer ich bald sein werde, heute bin ich eine junge Frau, die verdammt noch mal Lust dazu hat, Sommerrodelbahn zu fahren! Die dafür sorgt, dass sie später einmal einen Schatz an guten Erinnerungen haben wird.

Und fürs Erste ist das genug.

Nachdem ich meine anfänglichen Skrupel abgelegt habe, schaffe ich es tatsächlich, den Tag in vollen Zügen zu genießen. Wie könnte ich mich mit Samuel auch schlecht fühlen? Während der Wanderung zur Bobstation bleibt er immer wieder stehen, zieht mich in seine Arme und küsst mich, als müssten wir die kurze Zeit, die uns zusammen bleibt, mit so viel Körperkontakt und Zärtlichkeit füllen wie nur möglich.

Lediglich fürs Rodeln müssen wir uns schließlich trennen, da jeder Erwachsene seinen eigenen Bob braucht.

Samuel macht den Anfang. In einem Höllentempo brettert er vor mir den Berg hinunter. Etwas misstrauisch steige ich in mein Gefährt, hole tief Luft – und folge ihm.

Und es macht erstaunlich viel Spaß! Bald bin ich fast so schnell wie Samuel, mit wild flatterndem Haar sause ich über die Alm. Kichernd brause ich vorbei an stoisch glotzenden Kühen und Kälbchen, und zu meiner Schande muss ich gestehen, dass ich in den besonders scharfen Kurven sogar kreische.

Unten angekommen, klettere ich aus dem Bob und schlinge Samuel strahlend und aufgekratzt die Arme um den Hals.

»Es ist schön, wenn du so glücklich aussiehst«, sagt er mit lachenden Augen. »Glücklich und sehr hübsch! Der Nude-Look steht dir hervorragend.«

»Ich muss dich enttäuschen, das ist Natur«, antworte ich kokett und wuschele ihm durch die Haare. »Apropos Natur, was ist eigentlich mit deiner schwarzen Mütze passiert?«

»Die liegt im Schrank. Ich … na ja.« Mit einem Mal wirkt Samuel verlegen. »Ich hatte den Eindruck, ich gefalle dir besser ohne.«

»Also lasse ich mein Make-up weg und du deine Mütze.« Ich grinse. »Sehr gerecht.«

Und dann sprechen wir für ein paar Minuten gar nichts mehr. Wir haben Besseres zu tun.

Am späten Abend nehme ich Samuel mit auf mein Hotelzimmer.

Nicht, dass ich so etwas routinemäßig täte. Um ehrlich zu sein, habe ich überhaupt noch nie im Urlaub einen Mann mit auf mein Zimmer genommen. Doch wann immer Samuel und ich uns heute berührt haben, sprühten die Funken, und nach dem Abendessen dachte ich mir: Warum denn eigentlich nicht?

Ich hatte Samuel ins Restaurant des Hotels eingeladen, mit der vorgeschobenen Begründung, ich wolle mich für seine Einladung in die Pizzeria revanchieren. Der wahre Grund allerdings war das starke Gefühl, ein Abend ohne Samuel sei verschwendete Zeit – traurig, leer und sinnlos.

Also trafen wir uns nach einer kurzen Duschpause, die jeder bei sich verbrachte, gleich wieder an der Rezeption.

Samuel hatte sich für seine Verhältnisse richtig in Schale geschmissen und sah noch attraktiver aus als sonst, mit schwarzem Hemd und einer überaus gut sitzenden Jeans. Unter Ermelindas halb bewundernden, halb amüsierten Blicken bot er mir den Arm, und so begann unser Feinschmecker-Abend.

Der dem armen Samuel wohl noch wochenlang Albträume bescheren wird.

»Mal ehrlich, wie du so was essen kannst!«, sagt er jetzt und schüttelt sich. »Pesto aus Weinbergschnecken. Das ist dermaßen widerlich! Wenn ich an den Schneckenschleim darin denke, wird mir ganz anders.«

»Der wird doch entfernt«, korrigiere ich ihn nachsichtig. »Außerdem schmeckt das Ganze hauptsächlich nach Knoblauch, Basilikum und Parmesan. Du hast also gar keinen Grund, dich zu ekeln.«

Wir sitzen zusammen auf meinem Bett. Nun lässt Samuel sich rücklings fallen, zieht mich mit sich und beißt mir leicht ins Ohr. »Ich habe keinen Grund, mich zu ekeln? Du hattest pürierte Schnecken auf deinen Nudeln, meine Süße!«

»Aber ich habe dich nicht gezwungen, sie zu probieren.«

»Dazu hättest du mir auch mindestens mit Folter drohen müssen«, murmelt Samuel. »Meine Schweinelendchen waren mir definitiv lieber.«

Ich liege auf ihm und muss mir alle Mühe geben, mich weiter auf das Thema Schneckenpesto zu konzentrieren. Mein Körper denkt nämlich schon lange nicht mehr ans Essen.

Zart lasse ich meine Lippen über Samuels Bartstoppeln gleiten. »Du bist ein Banause«, hauche ich.

»Und du bist dekadent«, raunt er zurück.

Meine schlagfertige Antwort vergesse ich, denn Samuel streicht mit den Händen meinen Rücken hinab und drückt meine Hüften sanft, aber bestimmt gegen seine. Ich spüre seine Erregung, beginne mich auf ihm zu bewegen und höre ihn leise aufstöhnen.

Unerwartet heftig durchpulst mich die Lust.

Auf der Stelle gefolgt von der nervösen Frage, wie Samuel es im Bett wohl mag.

Romantisch oder eher hart?

Konventionell oder exotisch?

Pur oder mit Spielzeug?

Was bevorzugt Samuel, wenn er mit einer Frau schläft, wie soll ich mich geben, um seinen Erwartungen zu genügen, welche seiner Fantasien habe ich zu verkörpern? Mein Begehren flackert noch einmal kurz auf, dann fällt es in sich zusammen und erlischt. Sex ist vermintes Gelände, war es immer schon, und wenn man sich erst so kurz kennt wie Samuel und ich, dann liegen die Minen noch dichter.

Ich werde wütend auf mich selbst. Warum zum Teufel denke ich ständig, ich müsse alles absolut richtig machen, die passende Rolle spielen, die perfekte Performance darbieten? Warum setze ich mich dermaßen unter Druck, anstatt einfach mal locker zu bleiben?!

»Was ist los?«, fragt Samuel. »Du wirkst plötzlich so verspannt.«

»Nein, ich … ja, es ist … Ach, Mist. Du hast recht.«

Und schon habe ich's verdorben – noch bevor wir überhaupt richtig angefangen haben. Na toll.

Ich könnte mich ohrfeigen.

Stattdessen rolle ich mich von Samuel herunter, bleibe auf dem Rücken liegen und starre an die Zimmerdecke.

»Annika.« Samuel dreht sich auf die Seite und stützt sich auf den Ellbogen, mit der anderen Hand streicht er mir eine Strähne aus der Stirn. »Habe ich was falsch gemacht? Habe ich etwas gesagt, das dich verletzt hat?«

Ich zwinge mich, ihm in die Augen zu sehen.

»Es liegt nicht an dir«, sage ich tonlos. »Es liegt an mir. Ich bin zu verkorkst.«

»Zu verkorkst wofür?« Wieder streicht Samuel über meine Stirn, meine Wange, mein Kinn, und das gibt mir den Mut, es auszusprechen.

»Zu verkorkst, um ganz normal mit einem Mann zu schlafen.«

Fragend blickt er mich an, und heiße Scham wallt in mir auf.

»Also, Sex haben kann ich natürlich schon«, haspele ich,

»aber ich genieße es nicht, ich … ich denke ununterbrochen dabei nach, bin nur in meinem Kopf, nicht in meinem Körper.«

Ich höre selbst, wie gestört das klingt.

Doch Samuel zieht sich nicht befremdet zurück, sondern liebkost mich und wartet schweigend darauf, dass ich weiterspreche. Prompt fühle ich mich wie beim Grand Hotel, kurz bevor ich die Kontrolle über mich verloren habe. Verzweifelt kämpfe ich gegen mein absurdes Beichtbedürfnis an.

Und verliere.

Mal wieder.

»Es ist wie im Job, ich will unangreifbar sein, und meistens schaffe ich das sogar«, sprudelt es aus mir heraus. »Aber der Preis dafür ist, dass ich immer und überall Panik vor Fehlern habe, und seien sie noch so klein. Im Bett ist das ein ziemlicher Lustkiller, wie du dir vorstellen kannst, und es ist schrecklich anstrengend. Ehrlich gesagt bin ich meistens froh, wenn es vorbei ist. Wenn ich es geschafft habe, eine einigermaßen überzeugende Show abzuliefern. Wenn ich einen schönen Orgasmus vorgetäuscht habe und mein Partner sich bestätigt fühlt, dass er ein ganz toller Hengst ist. Wenn er sich umdreht und einschläft und ich endlich wieder meine Ruhe habe.«

O Himmel, das habe ich jetzt nicht gesagt!

Doch, wird mir klar, doch, das habe ich.

Und merkwürdig – ich fühle mich schlagartig still und friedlich.

Denn ich habe es ausgesprochen, und ich weiß auch, warum: um mir für alle Zeiten die Möglichkeit zu nehmen, Samuel im Bett etwas vorzumachen. Nach diesem Geständnis wird er es erkennen, wenn ich mich verstelle. Zwischen uns wird es keine Lüge geben, nie.

Und das ist gut so.

Wir schauen uns in die Augen.

»Komm her«, sagt Samuel leise, und einen Wimpernschlag später liegen wir engumschlungen beieinander.

Ein weiterer Teil meines versteinerten Herzens bricht auf.

»Ich will nicht, dass es mit dir genauso wird«, wispere ich an Samuels Hals. »Es soll nicht so sein, als müsste ich eine unangenehme Aufgabe erledigen, wenn ich mit dir schlafe. Ich will, dass es schön ist, dass es wahrhaftig ist, aber … Ich weiß nicht, ob ich das schaffe. Ich möchte mich so gern verändern, Samuel, ich möchte mit dem Grübeln und dem Vollkommenheitswahn und der Kontrolle aufhören, aber … Kennst du den Mythos von der Hydra, dem Ungeheuer mit den vielen Köpfen? Wenn man der Hydra einen Kopf abschlägt, wachsen ihr sofort zwei neue nach. Und manchmal denke ich, so ist es bei mir auch: Ich kämpfe auf verlorenem Posten, ich komme einfach nicht gegen meine Fehler an, egal, wie sehr ich mich bemühe und … und … ach, Samuel. Ich dachte immer, ich sei so stark! Dabei bin ich das in Wirklichkeit überhaupt nicht. Kein bisschen.«

»Doch, das bist du«, raunt er. »Du bist nicht hart und kalt, Annika. Aber stark bist du.«

Ich muss schlucken.

»Und du wirst alles schaffen, was du willst«, fährt er leise fort, »wenn auch vielleicht nicht heute oder morgen. Gib dir selbst ein bisschen mehr Zeit, hm?«

Dass ein anderer mir vertraut, wo ich zweifele und schwanke, ist eine völlig neue Erfahrung für mich, und sie verwirrt mich.

»Gibst du mir ebenfalls Zeit?«, frage ich zögernd. »Falls es heute Nacht … nichts wird? Obwohl ich dich in mein Zimmer gelockt und dir Hoffnungen gemacht habe?«

»Natürlich gebe ich dir Zeit. Und ein Versprechen.« Ich spüre Samuels heißen Atem an meinem Ohr. »Annika, ich verspreche dir, dass es weder anstrengend für dich sein wird noch in irgendeiner Weise unangenehm, wenn du mit mir schläfst. Du wirst nicht nachdenken. Du wirst dich nicht danach sehnen, dass es endlich vorüber ist. Und dein Orgasmus«, seine Stimme ist nun sehr dunkel, »wird ganz bestimmt nicht vorgetäuscht sein.«

Kochend schießt die Lust in mir hoch. Denn das Verrückte ist, ich glaube Samuel.

Jedes einzelne Wort.

Ich bringe ein wenig Abstand zwischen uns und betrachte ihn, wie er daliegt mit seinem zerknitterten schwarzen Hemd und seinen schönen dunkelblauen Augen und seinen zerzausten Locken. Unverwandt erwidert er meinen Blick, und ich weiß, wir stellen uns gerade beide vor, wie er mich zum Orgasmus bringt.

O Himmel.

Die verwirrenden Gefühle der letzten Stunde liefern sich mit meiner Erregung einen chaotischen Kampf, und ich rette mich in Ironie. Mit einem atemlosen Lachen sage ich: »Du meinst also, ich werde dich um mehr anbetteln, ja?«

»Das hoffe ich doch.« Samuel hebt einen Mundwinkel.

»Ganz schön selbstbewusst.«

»Nein«, erwidert er sanft. »Ganz schön entschlossen, dich glücklich zu machen, solange du mit mir zusammen bist.«

25.

Am nächsten Morgen erwache ich vom Prasseln des Regens. Und von einem weiteren Geräusch, das ich im Halbschlaf aber nicht einordnen kann. Tiefe, gleichmäßige Atemzüge? Ich bin doch allein!

Nun ist mein Gehirn endgültig wach, und mir fällt alles wieder ein: Samuel in Boxershorts. Ich selbst im Nachthemd, befangen wie ein Teenager. Leises Lachen, streichelnde Hände, geflüsterte Gespräche. Und dann … kein Sex. Sondern ein sanftes Hinüberdämmern in den Schlaf.

In einen süßen Schlaf, ohne jegliche Albträume.

Ich rolle mich auf die Seite und betrachte den Mann, der mir diese friedvolle Nacht beschert hat. Vorsichtig streiche ich mit dem Zeigefinger über seine Brauen, seine Wangenknochen, seine Lippen. Kommt es mir nur so vor, oder wird er mit jeder Stunde, die wir zusammen verbringen, anziehender?

Bisher habe ich immer nur auf Samuels außergewöhnliche Augenfarbe geachtet, jetzt entdecke ich, dass er dichte, schwarze Wimpern hat. Mein Blick rutscht tiefer, vom Gesicht zu seinem Oberkörper. Er ist nur bis zu den Hüften zugedeckt, und hingerissen mustere ich seine glatte, leicht gebräunte Brust, die breiten Schultern und die vom Klettern trainierten Arme.

»Guten Morgen«, sagt er verschlafen.

Ich lächele. »Schon wach?«

»Du doch auch.« Er greift in mein Haar, streichelt meinen Nacken. »Es ist schön, neben dir aufzuwachen. Daran könnte ich mich gewöhnen.«

Ich mich auch, liegt es mir auf der Zunge, aber ich schlucke die Worte hinunter. Wir haben keine Zukunft zusammen, sondern nur ein paar gestohlene Tage. So zu tun, als wäre es anders, wird uns beiden den Abschied nur schwerer machen.

Also lege ich schweigend den Kopf auf Samuels Brust und schließe die Augen. Jetzt ist jetzt, rede ich mir ein, wir sind jetzt zusammen, und das sollte ich genießen.

Trotzdem kann ich nicht verhindern, dass leise Traurigkeit in mir aufsteigt. Sicher, gute Erinnerungen sind wichtig. Aber wenn ich die Wahl hätte, würde ich mich doch dafür entscheiden, dass Samuel nicht so bald zur Erinnerung wird. Sondern noch sehr lange meine Gegenwart bleibt.

Beim Frühstück fragt er mich über mein Leben in Deutschland aus.

»Bisher hast du mir nur Bruchstücke hingeworfen«, meint er. »Aber ich möchte mehr über dich wissen.«

»Die Bruchstücke reichen dir nicht?«

»Nein.« Er beißt in sein Brötchen und sagt kauend: »Ich will dich ganz und gar, mit all deinen Geheimnissen.«

Ich hebe eine Augenbraue. »Und mit all meinen Exfreunden?«

»Die verschweigst du mir besser«, knurrt Samuel, und ich grinse.

Dann erfülle ich ihm seinen Wunsch. Ich verbinde die Bruchstücke, stopfe die Lücken, erzähle Samuel von meinem Studium, meinem Werdegang und meiner Position bei Pharmedizin. Von Jenny und von meinem arroganten Chef. Von Pressekonferenzen, auf denen ich fragwürdige Medikamente rechtfertigen muss, und von meinen heimlichen Gewissensbissen. Von Helenes Einfluss auf mich, von meiner Abhängigkeit, von meinen Entscheidungen, die allzu oft eigentlich die ihren waren. Von der ständigen Bedrohung durch die Einsamkeit. Von meiner Angst vor der Stille, von den beruhigenden Geräuschen der Stadt. Auch den frühen Tod meines Vaters verschweige ich Samuel nicht, ebenso wenig wie meine Schuldgefühle, weil ich nicht darauf bestanden hatte, am Telefon noch einmal mit ihm zu sprechen.

Erst als die vierte Tasse Tee vor mir steht, höre ich auf zu reden. Mein armseliges Leben liegt wie ein offenes Buch zwischen uns ausgebreitet, doch ich empfinde keine Scham. Nicht vor Samuel.

Einzig von der Krankheit meiner Mutter habe ich kein Sterbenswörtchen gesagt. Und als ich nun meinen Tee austrinke, nehme ich mir fest vor, das auch weiterhin nicht zu tun. Denn Samuel darf meine Fehler kennen und meine Unzulänglichkeiten.

Aber er soll kein Mitleid mit mir haben.

»Jetzt bist du dran«, fordere ich.

»Was möchtest du denn wissen?« Samuel lehnt sich zurück.

Ich zögere nur kurz. »Warum du dir Vorwürfe machst, Bergführer geworden zu sein. Warum du von dir selbst sagst, du seist ein egoistischer Mistkerl. Es hat etwas mit deinen Eltern zu tun, nicht wahr?«

Sein Kiefer verhärtet sich. »Das ist Vergangenheit.«

»Ja. Eine Vergangenheit, die zu dir gehört.« Und die, füge ich in Gedanken hinzu, dich offensichtlich stärker belastet, als du es dir eingestehen willst.

Samuel runzelt die Stirn und blickt auf seinen Teller.

So lange, dass ich mich unwillkürlich frage, ob ich zu weit gegangen bin.

Ich greife über den Tisch und lege meine Hand auf seine. »Es tut mir leid, ich habe kein Recht, dich zu bedrängen. Wenn du es mir nicht erzählen willst, ist das in Ordnung.«

Er verschränkt seine Finger mit meinen. »Was hältst du davon«, sagt er langsam, »wenn ich es dir zeige?«

26.

Nach einem Abstecher in Samuels Wohnung, wo er duscht, frische Sachen anzieht und mir eine Regenjacke leiht, machen wir uns auf den Weg.

Samuels Jacke ist mir viel zu groß und außerdem – wer hätte es gedacht? – orange. Doch obgleich ich in einem solchen Aufzug in Deutschland nicht mal zum Müll gehen würde, denke ich hier gar nicht darüber nach. Samuel ist an meiner Seite, und er ist im Begriff, mir sein Vertrauen zu beweisen. Was kümmert mich da mein Aussehen?

Wir verlassen das Dorf, stapfen durch nasse Wiesen, biegen auf einen durchweichten Waldweg ein. Der Wind ist kalt, der Regen alles andere als ein warmer Sommerschauer. Lau, das habe ich inzwischen begriffen, ist in den Dolomiten nichts.

Samuel wirkt unruhig, sein Schritt ist schnell, die Brauen hat er zusammengezogen. Und obwohl der Weg nur mäßig steil bergauf führt, muss ich Samuel nach einer halben Stunde keuchend bitten, langsamer zu gehen, weil ich nicht nachkomme.

»Entschuldige«, sagt er reuevoll und nimmt meine Hand.

»Ich war ganz in Gedanken. Möchtest du eine Pause machen?«

»Im Regen? Lieber nicht.«

»Es ist nicht mehr weit. Sowie wir aus dem Wald sind, kannst du den Hof meiner Eltern sehen.« Er seufzt. »Oder vielmehr das, was davon übrig ist.«

Ich wage nicht zu fragen, was er damit meint.

Als sich der Wald endlich lichtet und den Blick auf grüne Almen freigibt, auf verstreut liegende Höfe und im Regen grasende Kühe, kapiere ich immer noch nichts. Alles ist hübsch und friedlich, nichts deutet auf irgendein Drama in der Vergangenheit hin.

Samuel bleibt stehen und deutet auf ein adrettes Hotel, das am Waldrand über den Höfen thront. Auf einem großen Schild neben dem Parkplatz steht: »Wiesenblick«, dahinter prangen drei Sterne.

»Das ist es«, sagt er düster.

Ich runzele die Stirn. »Also erstens ist das kein Hof, sondern ein Hotel, oder? Zweitens sieht das doch sehr nett aus. Und drittens … verstehe ich gar nichts, Samuel.«

»Nein«, murmelt er, den Blick fest auf das Hotel gerichtet. »Wie solltest du auch.«

Ich warte.

Und endlich beginnt Samuel zu reden.

»Dort, wo du jetzt das ›Wiesenblick‹ siehst, stand bis vor einigen Jahren der Hof meiner Eltern, meiner Großeltern, meiner Urgroßeltern, meiner Ururgroßeltern.« Er lacht freudlos auf. »Ich könnte noch eine Weile so weitermachen, denn der Hof war vierhundert Jahre alt und immer im Besitz unserer Familie. Alle meine Vorfahren waren Bergbauern, von der Geburt bis zum Tod, und nie wäre es einem von ihnen in den Sinn gekommen, dieses Schicksal infrage zu stellen. Der älteste Sohn übernahm den Hof. So war das, und so ist es geblieben bis heute.«

Samuel bricht ab. Seine Augen sind zusammengekniffen, die Lippen eine schmale Linie.

Vorsichtig werfe ich ein: »In früheren Zeiten mag eine solche Regelung ja ihren Sinn gehabt haben. Aber im einundzwanzigsten Jahrhundert? Wer wird denn heutzutage noch das, was seine Eltern für ihn bestimmen?«

Ohne mich anzusehen, sagt Samuel: »Du zum Beispiel.«

»Ich?!«

»Erst vor ein paar Stunden hast du mir erzählt, dass dir deine Karriere im Grunde ziemlich egal ist. Bei allem, was du erstrebt hast, wolltest du eigentlich nur, dass deine Eltern stolz auf dich sind. Stimmt's?«

»Ja, aber … das ist etwas anderes«, stammele ich betroffen. »Das war unbewusst, denke ich. Und außerdem haben mir meine Eltern niemals vorgeschrieben, was ich studieren soll. Sie wollten nur, dass ich Akademikerin werde und einen guten Job bekomme.«

Samuel verzieht den Mund. »Und wenn es nun dein Traum gewesen wäre, Bäckerin zu werden? Oder Floristin? Oder Stewardess? Hätten sie das auch akzeptiert?«

Mein Gesichtsausdruck scheint Bände zu sprechen, denn Samuel schenkt mir ein kleines, trauriges Lächeln.

Dann atmet er tief durch. »Aber deine Eltern hatten ja Glück. Du hast dich ihrem Wunsch gefügt, hast studiert und Karriere gemacht. Meine Eltern hingegen … hatten kein Glück. Sie hatten mich zum Sohn, einen Sturkopf, der unbedingt das machen wollte, woran sein Herz hing: Bergführer werden. Weißt du, wie oft sie sich selbst verflucht haben, weil sie es mir erlaubt hatten, als Jugendlicher zum Bouldern zu gehen? Und Eiskletterkurse zu machen? Meine Freizeit mit Bergtouren zu verbringen? Sie hatten geglaubt, das binde mich an die Heimat und den Hof, an das Leben in den Dolomiten. Stattdessen hat es den brennenden Wunsch in mir geweckt, das Bergsteigen zu meinem Beruf zu machen, zu meinem Lebensinhalt, zu meinem Alltag. Damit hatten sie nicht gerechnet.«

Der Regen wird stärker, prasselt auf uns herab. Mein Gesicht ist nass, Samuels Locken kleben ihm trotz seiner Kapuze in der Stirn.

»Ich habe es versucht«, sagt er heiser. »Ich habe es wirklich versucht. Habe als Schuljunge auf dem Hof mitgearbeitet, habe Traktorfahren gelernt, habe Heu gemacht und die Kühe versorgt. Jeden Morgen um sechs habe ich die Milch an die Straße gekarrt, damit sie vom Milchlaster abgeholt werden konnte, auch am Sonntag, denn den Kühen ist der Wochentag egal. Nach dem Abitur habe ich sogar zwei Semester Landwirtschaft studiert! Aber so sehr ich mich auch bemüht habe, es hat mich einfach nicht interessiert. Nicht im Geringsten. Und die Vorstellung, dies alles ein Leben lang tun zu müssen, anstatt meine eigenen Wünsche zu verwirklichen und Berge zu besteigen, hat mich irgendwann nur noch deprimiert. Bis ich das Gefühl hatte, vor lauter Widerwillen nicht mehr atmen zu können.«

»Kenne ich«, flüstere ich, doch Regen und Wind tragen meine Worte fort, und so schlinge ich einfach meine Arme um Samuel.

Er drückt mich an sich und sagt niedergeschlagen: »Verstehst du jetzt, warum das mit uns nichts werden kann, Annika? Ich werde dir niemals eine normale Beziehung, ein geregeltes Leben an meiner Seite bieten können, denn ich *muss* Bergführer bleiben – ich habe alles andere dafür aufgegeben! Habe meine Eltern unglücklich gemacht, unseren Hof geopfert, habe in Kauf genommen, dass von meiner gesamten Verwandtschaft nur noch Maria mit mir spricht. Ich bin schuld daran, dass meine Eltern enttäuscht und verbittert von hier fortgezogen sind, und ich bin schuld daran, dass unser vierhundert Jahre alter Hof abgerissen wurde, zugunsten eines x-beliebigen Hotels, obwohl meine Eltern ihr Leben lang …«

»Moment«, unterbreche ich ihn und löse mich aus seinen Armen. »Du wolltest kein Bergbauer werden, okay. Aber wieso bist du schuld daran, dass deine Eltern den Hof aufgegeben haben? Sind sie denn schon so alt?«

Samuel schluckt hart. »Nein. Aber als sie begriffen haben, dass mein Entschluss feststeht und sie somit keinen Nachfolger haben werden, haben sie aufgegeben. Wozu hätten sie sich weiter plagen sollen, jeden Morgen mit den Hühnern aufstehen und im Sommer bis spätabends arbeiten, wenn am Ende doch bloß der Verkauf drohte?«

»Was ist mit Maria? Sie hätte den Hof doch auch übernehmen können.«

Er schüttelt den Kopf. »Maria war unser Nesthäkchen und Wunderkind. Es war immer klar, dass sie zu Höherem berufen ist.«

Gänzlich ohne Groll erzählt Samuel, dass Maria als kleines Kind in der Kirche ihr erstes Konzert gehört und von diesem Moment an gewusst hatte, dass sie Musikerin werden wollte. Schon mit vier Jahren hatte sie darauf bestanden, ein Instrument zu erlernen, und bereits ihr Blockflöten-Lehrer hatte ihr ein so ungewöhnliches Talent bescheinigt, dass ihre Eltern nie auch nur auf die Idee gekommen waren, mit Marias Wunsch zu hadern. Der Blockflöte war die Querflöte gefolgt, und jeder, der Maria hatte spielen hören, hatte gewusst, dass sie ihre Bestimmung gefunden hatte.

»Außerdem«, schließt Samuel, »war sie ja nicht der älteste Sohn, sondern nur die Tochter. Die Mädchen der Familie durften schon immer heiraten und fortziehen. Das wurde sogar von ihnen erwartet.«

Ich schnaube empört. Wie archaisch, bitte schön, ist das denn? Zorn steigt in mir hoch, auf die verstaubten Traditionen der Bergbauern, auf Samuels altmodische Eltern und sogar ein bisschen auf Maria, das Wunderkind.

Als habe er meine Gedanken gelesen, sagt Samuel: »Maria kann nichts dafür. Weder dafür, dass sie mit diesem erstaunlichen Talent geboren wurde, noch dafür, dass meine Eltern ihr zugestanden, was sie mir verweigert haben: die freie Entscheidung, wie wir leben wollen. Ja, meine Eltern haben mich verstoßen. Aber das ist nicht Marias Schuld. Sie hat immer zu mir gehalten.«

»Verstoßen? Du lieber Himmel, in welchem Jahrhundert leben deine Eltern eigentlich?«

Samuel zuckt bloß mit den Schultern, als habe er es schon lange aufgegeben, mit der Rückständigkeit seiner Familie zu hadern. »Sie haben mich ja nicht sofort verstoßen. Während meiner Ausbildung zum Bergführer wollten sie mich noch überreden, zurückzukehren und meine Pflicht zu tun. Erst als ich angefangen habe zu arbeiten, als sie gesehen haben, wie viel Spaß es mir macht und dass es mir wirklich ernst ist mit meinem Beruf, haben sie aufgegeben. Und als Maria dann zum Studieren fortgegangen ist, haben sie den Entschluss gefasst, den Hof zu verkaufen. Sie sind ins Umland von Bozen gezogen, um näher bei ihr zu sein. Zu mir hatten sie den Kontakt schon vorher konsequent abgebrochen. Und das ist das unrühmliche Ende der Geschichte.«

Ich runzele die Stirn. »Wie lange ist das her?«

»Den Hof verkauft haben sie vor drei Jahren. Für gutes Geld übrigens. Immerhin. Die Bodenpreise sind inzwischen ziemlich hoch hier.«

»Dann geht es ihnen jetzt finanziell gut?«

Er nickt.

»Aber Samuel, dann hast du dir doch überhaupt nichts vorzuwerfen! Mal ehrlich, es gibt nun wirklich Menschen, die ein schlimmeres Schicksal erleiden müssen als deine Eltern! Traditionen hin oder her, du hast das Richtige getan.«

»Ich weiß«, sagt er schlicht. »Das ist ja das Merkwürdige: Ich weiß das. Und trotzdem überfällt mich regelmäßig das Gefühl, meine Eltern fürchterlich im Stich gelassen zu haben.«

»Gefühl gegen Verstand, hm?«

»Ja.« Sein Blick wandert zu meinem Mund. »Gefühl gegen Verstand.«

Dann legt er seine Hände um mein Gesicht und drückt seine Lippen auf meine.

Es ist ein heftiger, schmerzlich intensiver Kuss, und während ich Samuel die Kapuze vom Kopf schiebe und meine Finger in seinem Haar vergrabe, wird mir klar, dass ich diesen Mann niemals verlieren will – dass ich aber noch weniger möchte, dass er jemals seinen Beruf aufgibt, damit wir ein normales Paar sein können, eines, das jeden Abend zusammen einschläft und jeden Morgen zusammen aufwacht.

Denn wenn ich das von ihm verlangen würde, dann wäre ich um kein Stück besser als seine Eltern.

Aber ich könnte es tun. Ich könnte hierherziehen, nach Südtirol.

Die jäh aufgetauchte Idee, alles aufzugeben für einen Mann, den ich erst seit anderthalb Wochen kenne, jagt mir einen Angstschauer über den Rücken. Du spinnst, fahre ich mich im Stillen an. Du spinnst ja total!

Energisch schalte ich meine verrückten Gedanken aus und konzentriere mich, zumindest für den Moment, nur noch aufs Fühlen.

Und so sinnlich, wie Samuel mich mittlerweile küsst, ist das nicht einmal schwer.

27.

Später wandern wir zu einer urigen Almhütte, wo wir uns aufwärmen und zu Mittag essen. Draußen peitscht der Wind den Regen über die Wiesen, doch in der Hütte ist es behaglich, und während wir auf unsere Schlutzkrapfen warten, frage ich: »Gibt es eigentlich noch sehr viele Bergbauern hier?«

Nicht, dass ich mir jemals zuvor Gedanken über die Bergbauernwelt gemacht hätte. Aber alles, was mit Samuel zusammenhängt, interessiert mich brennend.

»Ja, schon«, antwortet er gedehnt.

Ich hebe die Brauen. »Aber?«

»Die meisten Höfe werfen nicht genug ab, als dass die Bauern davon überleben könnten. Viele müssen einen Zweitjob annehmen, unten im Tal.«

»War das bei deinen Eltern auch so?«, will ich wissen.

»Zweitjobs hatten sie nicht, aber es war ein ständiger Kampf«, entgegnet Samuel. »Der Verkauf der Milch hat nicht viel mehr als die Produktionskosten gedeckt. Ohne Subventionen wäre gar nichts gegangen. Also haben meine Eltern ununterbrochen Anträge gestellt: Es gab einen Grünlandbeitrag fürs Mähen steiler Wiesen, eine Investitionsförderung, wenn eine neue Melkmaschine gekauft werden musste, eine Betriebsprämie, und, und, und. Was ja alles ganz toll klingt. Aber wenn man bedenkt, dass ohne diese ganzen Landes- und EU-Subventionen die meisten Höfe aufgeben müssten, dann frage ich mich schon, ob das wirklich der Weg in die Zukunft sein soll.«

»Und was wäre die Alternative?«

»Vielleicht sollten die Bauern einfach aufhören, sich an die Berglandwirtschaft zu klammern«, sagt Samuel, und ich entdecke ein zorniges Funkeln in seinen blauen Augen. »An das, ›was schon immer so war‹. Dann werden die Höfe halt Hotels! Na und? Die Welt verändert sich. Alte Berufe sterben aus, und neue entstehen.«

Vorhin hat er seine Eltern und ihre urtümliche Lebensweise noch verteidigt, hat um seinen jahrhundertealten Hof getrauert; jetzt kommt der andere, der rebellische Samuel zum Vorschein. Genau so, geht es mir durch den Kopf, muss er ausgesehen haben, wenn er mit seinen Eltern gestritten hat.

»Aber diese Sicht«, sage ich vorsichtig, »konnten dein Vater und deine Mutter nicht akzeptieren.«

»Nein.« Er atmet tief durch. »Und ich bin ja auch zwiegespalten! Denn klar, unsere Umgebung würde eine andere, wenn die Kühe verschwinden würden, wenn sich niemand mehr die Arbeit machen würde, die steilen Wiesen zu mähen, wenn die Almen sich selbst überlassen blieben. Wir haben in Südtirol größtenteils eine Kulturlandschaft, auch wenn es auf Außenstehende, auf Touristen, nach Wildnis aussieht. Ach, es ist schwierig. Das alles.«

Ich frage mich, wie es sich anfühlen mag, so mit seiner

Heimat verwoben zu sein. Ich selbst bin einfach bloß irgendwo geboren, und wäre ich in einer anderen Stadt zur Welt gekommen, hätte das an meinem Lebensweg überhaupt nichts geändert. Mir wird bewusst, wie fremd mir Samuels Probleme sind.

Wie fremd er mir ist.

Und wie egal mir das wäre, wenn ich nur einen Weg finden könnte, mit ihm zusammenzubleiben.

Es ist keine bewusste Entscheidung, die mich am späten Abend in meinem Zimmer dazu treibt, im Internet nach Fakten über den Südtiroler Arbeitsmarkt zu suchen. Ich rede mir ein, dass ich bloß ein bisschen herumsurfe. Zum Spaß. Zur Entspannung. Weil es mich eben interessiert, was die Menschen hier so treiben, wie hoch die Arbeitslosigkeit ist und wo Akademikerinnen wie ich am ehesten einen Job finden würden.

Schnell habe ich meine Antworten gefunden: Die Arbeitslosigkeit ist erfreulich niedrig, und ich würde wohl in Bozen landen, dem wirtschaftlichen, politischen und kulturellen Zentrum Südtirols.

Maria studiert in Bozen. Ob Samuel und ich vielleicht mal einen Ausflug dorthin …?

Ich lache nervös auf. Guter Gott, plane ich gerade allen Ernstes meinen Umzug nach Bozen?!

Nein, natürlich nicht, beruhige ich mich selbst. Ich spiele lediglich ein wenig herum, mit Möglichkeiten, mit Ideen. Schließlich möchte ich mein Leben verändern, und sollte man da nicht offen für alles sein? Na eben. Somit ist es doch sicher nicht verboten, ganz unverbindlich nach Firmen zu suchen, die mir gefallen würden, Firmen, hinter deren Produkten ich stehen könnte und deren Arbeitsklima mir nicht vollkommen gegen den Strich ginge.

Die also absolut anders sein müssten als Pharmedizin.

Und ehe ich mich versehe, bin ich mittendrin in der Recherche. Ich notiere meine Interessen und Wünsche, meine Kompetenzen und Erfahrungen, gleiche sie mit verschiedenen Arbeitgebern ab … und habe im Handumdrehen zwei gefunden, bei denen ich, ohne zu zögern, morgen anfangen würde: einen Feinkost-Hersteller sowie ein renommiertes Weingut vor den Toren Bozens, beide groß genug, dass sie eine PR-Fachfrau gebrauchen könnten.

Nachdenklich lehne ich mich zurück. Ob ich gleich mal zwei Blindbewerbungen losschicken soll? Nur als Experiment. Schließlich muss ich, wenn ich tatsächlich bei Pharmedizin kündigen will, sowieso vorher meinen beruflichen Marktwert testen.

Kurzentschlossen schreibe ich meine Favoriten an. Bei beiden würde ich bestimmt nicht viel verdienen. Aber es wäre herrlich, mich beruflich mit kulinarischem Genuss zu beschäftigen. O ja, es wäre herrlich!

Die Zeit ist vergangen wie im Fluge, mittlerweile ist es nach Mitternacht.

Die Mails sind raus.

Müde, aber zufrieden schalte ich den Laptop aus.

Ich meine, selbstverständlich weiß ich, dass bei diesen ersten Blindbewerbungen nicht gleich ein Job rausspringen wird. Aber es zumindest zu versuchen, macht meine Entscheidung für ein neues, besseres Leben wieder ein Stück realer.

Und schon das allein macht mich glücklich.

Dass ich mir während der Recherche, zugegeben, ein paar

romantische Träumereien erlaubt habe – von einem Leben in Samuels Nähe, von einer Liebe, die für immer halten wird –, braucht ja niemand zu erfahren.

Am allerwenigsten er.

28.

Um drei Uhr nachts wache ich schweißgebadet auf.

Ich habe von meinem Vater geträumt, wirre, beklemmende Bilder. Papa, der mich grob aus einem Zug herauszerrt. Papa, der mir einen Schlutzkrapfen anbietet, doch statt mit Spinat und Quark ist die Teigtasche mit Exkrementen gefüllt. »Ich hab's dir doch gesagt«, lacht Papa, als ich würge und spucke und mich schließlich im Traum vor Ekel übergebe.

Ich setze mich auf und fahre mir mit beiden Händen durchs Haar. Immer noch klopft mein Herz viel zu schnell, lauert der absurde Albtraum am Rande meines Bewusstseins.

Wobei er so absurd gar nicht war, schießt es mir durch den Kopf. Seine Botschaft ist sogar ziemlich leicht zu durchschauen: Papa wäre nicht einverstanden gewesen mit meinen aktuellen Plänen, mich beruflich zu verändern. Er hätte mich bestimmt nicht darin unterstützt, dass ich mich in Zukunft statt aufs Geldverdienen mehr aufs Glücklichsein konzentrieren möchte. Für den »Selbstverwirklichungs-Unsinn«, wie er es nannte, hatte Papa nie viel übrig.

»Warum war er so?«, flüstere ich in die gleichgültige Dunkelheit. »So hart, so unnachgiebig. Hat er mich denn gar nicht geliebt?«

Die Dunkelheit schweigt, und auch mein Inneres kennt die Antwort nicht. Woher auch? Über Gefühle haben wir nie gesprochen, damals. So war meine Familie nicht, und als Kind war mir auch gar nicht bewusst, dass mir etwas fehlte. Natürlich hatte ich Mama und Papa lieb und ging davon aus, dass sie mich ebenfalls mochten. Aber gesagt haben sie es mir nie. Tja. Und jetzt bin ich zweiunddreißig, sitze zusammengekauert in den schweißfeuchten Laken meines Hotelbetts und wünsche mir inbrünstig, sie hätten es getan.

Und in diesem Moment wird mir klar, dass nicht nur ich Schuld auf mich geladen habe, als ich meinen Vater ohne Abschied habe gehen lassen. Sondern auch er. Denn Papa ist gestorben, ohne mich ein einziges Mal seiner väterlichen Liebe versichert zu haben.

Obwohl er mehr als zwei Jahrzehnte lang Zeit dafür gehabt hätte.

Ich war acht und hatte fast vierzig Grad Fieber. Deshalb musste ich an diesem Tag nicht in die Schule.

Aber zum Klavierunterricht.

»Soll ich nicht lieber absagen?«, hörte ich meine Mutter an der Haustür fragen, als sich mein Vater auf den Weg ins Büro machte.

»Annikas Klavierlehrerin kommt doch zu uns nach Hause«, sagte Papa verständnislos. »Das bisschen Geklimpere kriegt das Kind ja wohl noch hin.«

»Aber es geht ihr wirklich schlecht«, gab Mama zu bedenken. »Sie sollte schlafen.«

Meine Mutter klang, als ob auch sie am liebsten schlafen würde. Ich war unruhig gewesen in der Nacht, hatte mehrmals im Fiebertraum nach ihr gerufen. Hatte sie an meinem Bett gewacht, bis ich wieder eingeschlafen war? Ich konnte mich nicht erinnern, mein Kopf war so heiß. Meine Glieder so schwer. Meine Gedanken so langsam.

»Sie darf ja auch schlafen. Gleich nach dem Unterricht«, sagte Papa an der Tür. »Es wird ihr guttun, nicht die ganze Zeit nur herumzuliegen, Roswitha. Für ein halbes Stündchen aufzustehen bringt den Kreislauf in Schwung. Außerdem wollen wir doch keinen Jammerlappen großziehen, oder? Später im Job wird es ihr nur schaden, wenn sie sich bei jedem Kratzen im Hals krankmeldet. Das soll sie sich gar nicht erst angewöhnen.«

»Annika ist erst in der zweiten Klasse!«

»Und hat nichts als einen harmlosen Allerwelts-Infekt.« Papas Ton wurde geschäftsmäßig. »Ich muss los, gleich ist Konferenz, und ich kann die nicht alle warten lassen, nur weil ich über die Klavierstunde meiner Tochter diskutieren muss. Bis heute Abend, Schatz.«

»Bis heute Abend.«

Die Tür fiel ins Schloss.

In meinen Ohren rauschte das Blut.

Leise betrat Mama mein Zimmer und setzte sich zu mir ans Bett.

»Mama?«, fragte ich kläglich und leckte mir über die gesprungenen Lippen. »Ich habe Durst, und … ich kann heute nicht Klavier spielen. Ich möchte im Bett bleiben. Darf ich, Mama? Bitte.«

Meine Mutter zögerte. Ich schaffte es kaum, die Augen offen zu halten, denn das Licht schmerzte, in meinem Kopf hämmerte es, und ich war müde, so müde.

»Es ist ja nur eine halbe Stunde«, sagte Mama endlich. »Das schaffst du, Annika, es wird dir sogar guttun. Es bringt den Kreislauf in Schwung.«

Papas Worte, von Mama wiederholt. Widerwillig zwar.

Aber nichtsdestotrotz wiederholt.

Mamas Verrat schmerzte schlimmer als mein Kopf.

Und so quälte ich mich am Nachmittag aus dem Bett. Hielt die mitleidigen Blicke meiner Klavierlehrerin aus und zwang meine Finger, über die Tasten zu gleiten. Ich spielte nicht gut an jenem Tag, aber ich spielte, ich strengte mich an, und ich schaffte es, obgleich sich alles um mich drehte und ich immer wieder im Schüttelfrost zusammenschauerte.

Papa war stolz auf mich, als Mama ihm am Abend davon erzählte. Und ich, die achtjährige Annika, hatte eine weitere Lektion gelernt, die mich später einmal voranbringen würde.

Aber auf welchem Weg?

»Ich möchte dich etwas fragen, Mama.«

Ich stocke, zweifle kurz. Soll ich meine Mutter wirklich mit den alten Geschichten belasten, jetzt, wo es ihr so schlecht geht?

Andererseits, wenn nicht jetzt, wann dann? Bald werde ich keine Gelegenheit mehr dazu haben.

Also stoße ich aus: »Warum hast du dich nie gewehrt?

Und warum hast du mich nicht beschützt? Wenn Papa so gnadenlos war.«

Angespannt warte ich auf Mamas Antwort. Gleich nach dem Frühstück habe ich sie angerufen. Weil ich nach den Träumen und Erinnerungen dieser Nacht kaum einen Bissen heruntergebracht habe.

»Gnadenlos«, sagt Mama langsam. »So hast du ihn wahrgenommen?«

»Manchmal.« Ich bin nervös, fühle mich, als würde ich Papas Andenken beschmutzen. Trotzdem setze ich hinzu: »Er hatte nie Mitleid mit mir, wenn es mir schlecht ging, aus welchem Grund auch immer. Stets hieß es nur, ich solle mich zusammenreißen, mehr anstrengen, auf das Ziel schauen und nicht auf das Hindernis.«

»Nun, damit hatte er ja grundsätzlich recht.«

»Aber ich war ein Kind, Mama!«

Sie seufzt. »Dein Vater wollte immer nur dein Bestes, Annika. Er wollte, dass du es im Leben zu etwas bringst. Und das hast du doch auch, nicht wahr? Du hast es zu etwas gebracht.«

»Bloß«, sage ich leise und denke an die Hydra mit ihren vielen Köpfen, »dass mich das nicht glücklich gemacht hat. Im Gegenteil.«

»Du bist unglücklich?«, fragt meine Mutter erschrocken.

»Nicht im Moment. Hier im Urlaub geht es mir gut, vielleicht besser denn je. Aber in meinem Alltag …« Ich schlucke. Dann fällt mir unser letztes Telefongespräch ein und ich füge hinzu: »Besonders viele gute Erinnerungen für später habe ich in meinem Leben jedenfalls noch nicht gesammelt.«

Mama schweigt.

Ich warte.

Mama schweigt.

Ich warte.

Mama schweigt, und schweigt, und schweigt, genau wie früher, und plötzlich würde ich am liebsten losbrüllen, um meiner Mutter alles an den Kopf zu werfen, was sich über die Jahre in meiner Seele angestaut hat, denn die Zeiten des Schweigens sind verdammt noch mal vorbei, und ich bin es leid, so leid, an den unliebsamen Wahrheiten über meine Kindheit zu ersticken!

Da sagt Mama: »Verzeih mir, Annika.«

Drei Worte nur.

Doch sie nehmen mir komplett die Luft aus den Segeln.

»Es kann schon sein, dass du recht hast und wir zu hart waren«, sagt Mama zögernd. »Nicht nur dein Vater, auch ich. Wir haben es gut gemeint, das ganz bestimmt, aber möglicherweise war unser Weg für dich …«

Sie bricht ab, setzt neu an. »Ich glaube zwar nicht, dass wir alles falsch gemacht haben, aber … Annika?«

»Ja?«

»Du weißt, dass dein Vater dich sehr lieb hatte, wenngleich er das nicht gut zeigen konnte. Und ich habe dich auch lieb, mehr als alles andere auf der Welt. Das weißt du, nicht wahr?«

Brüsk kommen die süßen Worte heraus, unwirsch; Mama hat keine Erfahrung mit gefühlvollen Geständnissen, und das hört man ihr an.

Aber sie hat es ausgesprochen.

»Ja, das weiß ich.« Mir laufen Tränen über die Wangen, und am liebsten würde ich meiner Mutter durch das Telefon hindurch einen Kuss geben. »*Jetzt* weiß ich es, Mama.«

29.

Samuel und ich sitzen im Sonnenschein.

Auf steil ansteigenden Wegen, durch Wälder und über Almen hat er mich zu einer hübschen, weiß gekalkten Kapelle geführt. Die Holzbank davor ist warm, mein Kopf ruht sicher an Samuels Schulter, und ich bin glücklich.

»Es fühlt sich an«, sage ich, »als würde dieser Ort Frieden atmen.«

»Frieden und Liebe«, murmelt Samuel.

Ich blinzele überrascht.

»Versteckt sich da«, frage ich nur halb im Scherz, »etwa ein Romantiker in deinem Abenteurer-Herzen?«

»Tja, das hättest du nicht gedacht, was?« Samuel drückt einen Kuss auf mein Haar. »Ich auch nicht, wenn ich ehrlich bin. Was machst du bloß mit mir, Annika?«

Dich wider jede Vernunft lieben, denke ich, und meine Sehnsucht, auf Dauer zu Samuel zu gehören, wird übermächtig.

»Wie gefällt dir eigentlich Bozen?«, rutscht es mir heraus.

»Bozen?«, fragt er verdutzt. »Wie kommst du denn jetzt darauf?«

»Nur so«, lüge ich. Gut, dass mein Kopf immer noch an Samuels Schulter liegt! So muss ich ihm nicht in die Augen schauen. »Weil deine Schwester doch dort studiert. Und weil ich gern mal wieder etwas Stadtluft schnuppern würde. Da dachte ich, wir könnten meinem Spider ein bisschen Bewegung verschaffen und einen Ausflug nach Bozen machen.«

»Aha. Okay.« Samuel klingt verwirrt. »Aber Annika, bist du nicht in die Dolomiten gekommen, um gerade *keine* Stadtluft schnuppern zu müssen?«

»Die Gründe für meinen Urlaub hier«, sage ich vage, »sind sehr komplex. Und hey, Bozen ist schließlich keine Großstadt! Knapp über hunderttausend Einwohner, das ist praktisch ein Dorf. Außerdem kommt man mit der Seilbahn in ein paar Minuten auf den Ritten, und dieses Hochplateau ist nun wirklich außerordentlich ländlich.«

Samuel lässt sich mit seiner Antwort Zeit. »Du kennst dich gut aus«, sagt er dann gedehnt. »Dafür, dass du noch nie dort warst und eigentlich gar keinen Bezug zu Bozen hast.«

»Ich … ich habe mich gelangweilt gestern Abend. Da war ich eben ein bisschen im Internet.«

Puh, was für eine lahme Ausrede!

Doch Samuel scheint sie zu akzeptieren. »Dann wirst du ab jetzt wohl jeden Abend mit mir verbringen müssen.« Er lacht. »Denn ich kann unmöglich zulassen, dass du dich in deinem Urlaub langweilst.«

Er hebt mein Kinn und küsst mich, und in mir wird alles warm und kribbelig. Oh, ich liebe es so sehr, wenn er mich küsst!

»Fahr mit mir nach Bozen«, flüstere ich an seinen Lippen. »Bitte, Samuel.«

»Wenn ich ehrlich bin …«

Wenn er jetzt Nein sagt, schießt es mir durch den Kopf, dann ist das ein Zeichen. Dafür, dass ich diese ganze verrückte Bewerbungssache auf der Stelle vergessen sollte.

Samuels Mund an meinem verzieht sich zu einem Lächeln. »Ich wollte schon immer mal in einem Spider sitzen.«

Schon um acht Uhr machen wir uns am nächsten Tag auf den Weg, denn Bozen ist gute zwei Stunden entfernt, und wir wollen nicht allzu spät dort eintreffen.

Es ist ein herrlicher Morgen, die Sonne scheint von einem blitzblauen Himmel, und in den Wiesen rechts und links der Straße glitzert der Tau. Wir fahren mit offenem Verdeck – das hat Samuel sich gewünscht –, und während der Spider über die Strada statale flitzt, lässt der Wind mein Kopftuch flattern.

Samuel, ganz der Modemuffel, hat gegrinst, als ich es mir vor der Fahrt umgebunden habe. Aber hey, erstens ist das Tuch von Hermès, zweitens habe ich es schick in 50er-Jahre-Manier geknotet, und drittens möchte ich schließlich nicht wie ein Wischmopp aussehen, wenn wir in Bozen aus dem Auto steigen. Samuel bemerkte dazu ganz unschuldig, als Wischmopp sähe ich bestimmt süß aus. Aber – nee! Mich ungeschminkt *und* mit Zottelhaar zu präsentieren, dazu bin ich denn doch nicht bereit.

Trotz der frühen Stunde sind Samuel und ich ausgeschlafen und fit. Denn wir haben zwar den gestrigen Abend zusammen verbracht … aber nicht die Nacht.

Jeder von uns hat brav in seinem eigenen Bett geschlafen.

Vielleicht hat Samuel darauf gewartet, dass ich ihm ein Zeichen gebe, während des Essens oder später in der Hotelbar, als wir Wein getrunken und gelacht haben und es bis zum Sex nur noch ein winziger Schritt zu sein schien. Doch ich habe gezögert, und er hat das gespürt. Ganz selbstverständlich hat er sich irgendwann verabschiedet, und ich war ihm dankbar dafür.

Nicht, weil ich keine Lust auf ihn gehabt hätte, denn die hatte ich! Sondern weil er mir bewiesen hat, dass er meine Entscheidungen respektiert. Wenn ich warten will, so einfach ist das für Samuel, dann warten wir. Obwohl wir im Grunde gar keine Zeit dafür haben.

Es ist eigenartig, sinniere ich. Mein Körper sehnt sich danach, mit Samuel Sex zu haben, doch mein Geist ist immer noch ängstlich bei der Vorstellung, dass ich es vermasseln könnte. Ich meine, klar bin ich in Sachen »Abschied vom Perfektionismus« schon recht weit gekommen (wenn man von meiner Abneigung gegen Wischmopp-Haare mal absieht). Aber trotzdem würde ich nach wie vor nicht die Hand dafür ins Feuer legen, dass ich locker und entspannt bleibe, wenn es wirklich darauf ankommt. Ob ich dann nicht doch in alte Muster zurückfalle? Ob ich dann nicht doch das Bedürfnis habe, mich als makellose Geliebte zu inszenieren – statt mich auch im Bett als die Frau zu zeigen, die ich nun mal bin?

Meine Sorgen sprechen eine deutliche Sprache: Ich bin noch nicht so weit. Seufzend nehme ich mir vor, meinen gierigen Körper heute Abend ein weiteres Mal zu vertrösten. Morgen dann … oder übermorgen … werde ich weitersehen.

»Soll ich dir das Konservatorium zeigen, an dem Maria studiert?«, dringt Samuels Stimme in meine Gedanken. »Es liegt in der Altstadt, wir werden uns also sowieso in seiner

Nähe aufhalten. Man hat das Konservatorium in einem ehemaligen Dominikanerkloster untergebracht, sehr hübsch.«

Vom Sex bis zu einem hübschen Kloster ist es gedanklich ein weiter Weg, und ich brauche ein paar Sekunden, bis ich mich sortiert habe und meine Konzentration wieder auf unseren Ausflug richten kann.

»Das würde ich gern sehen. Vielleicht laufen wir ja sogar deiner Schwester über den Weg.« Ich werfe Samuel einen raschen Blick zu. »Wird sie übrigens nicht beleidigt sein, wenn du in Bozen bist und sie gar nicht anrufst?«

»Maria ist selten beleidigt«, antwortet Samuel unbekümmert. »Außerdem muss sie nachholen, was sie während der Tage bei mir verpasst hat. Ich schätze, sie steckt bis über beide Ohren in Arbeit.«

Ich nicke, und heimlich atme ich auf. Maria mit ihren feinen Antennen würde mir bestimmt anmerken, dass ich nicht nur wegen der touristischen Sehenswürdigkeiten nach Bozen gekommen bin. Sondern weil ich die Atmosphäre der Stadt erspüren und herausbekommen will, ob ich mich auf Dauer dort wohlfühlen könnte.

Schlagartig wird mir klar, dass meine Blindbewerbungen kein bloßes Experiment waren, kein harmloser Spaß, wie ich mir einzureden versucht habe.

Ich meine es ernst.

Vor Schreck über mich selbst umfasse ich das Lenkrad fester. Wie kann ich es ernst meinen? Wie kann ich mich tatsächlich mit dem Gedanken tragen, in Samuels Nähe zu ziehen, wo ich es doch noch nicht einmal wage, mit ihm darüber zu sprechen?

Und warum eigentlich wage ich das nicht?

Augenblicklich blitzt die Antwort in mir auf: Weil es

Samuel ganz bestimmt abstoßen wird, dass ich ihm dermaßen hinterherlaufe. Verdammt, welchen Mann würde ein solches Verhalten nicht verschrecken?! Ich sehe es schon vor mir: Samuels Gesicht, wenn ich ihm eröffne, dass ich – hurra! – einen Job in Südtirol angenommen habe. Seine befremdete Reaktion, die sich von Erstaunen über Überrumpelung in Abwehr verwandelt. Und meine Erkenntnis, dass Samuel zwar ein paar Tage lang heftig in mich verliebt war, aber nur unter der Voraussetzung, dass diese Liebe ohne Folgen, ohne jede Verbindlichkeit bleiben wird.

»Am besten beginnen wir unseren Stadtrundgang am Waltherplatz«, sagt er gut gelaunt, und ich beiße die Zähne zusammen und vertreibe die bösen Bilder mit aller Gewalt aus meinem Kopf.

Herrje, wir machen einen Ausflug, nichts weiter! Zusagen, Absagen und Entscheidungen – es ist alles noch drin.

Für jeden von uns.

30.

Bozens Altstadt macht es mir leicht, meine Fröhlichkeit wiederzufinden. Nach einem Kaffee auf dem Waltherplatz, wo ich das Denkmal des Minnesängers Walther von der Vogelweide bewundere, schlendern Samuel und ich Hand in Hand durch verwinkelte Gassen. Es ist heiß hier, wesentlich heißer als in unserem Bergdorf, und mit den vielen Cafés und Bars, den Eis schleckenden Touristen und den schick gekleideten einheimischen Frauen wirkt Bozen auf mich sehr italienisch, fast mediterran.

»Im neueren Teil ist es nicht ganz so schön«, dämpft Samuel meine Begeisterung. »Manchen Straßen und Gebäuden sieht man deutlich an, dass sie ihren Ursprung in der Ära Mussolini haben. Es gibt sogar einen faschistischen Triumphbogen, Monumento alla Vittoria genannt.«

»Dann würde ich, sollte ich jemals nach Bozen ziehen, auf jeden Fall ein Quartier in der Altstadt wählen«, sage ich in scherzhaftem Ton.

Ebenso scherzhaft entgegnet Samuel: »Du trägst dich mit Auswanderungsgedanken? Sprichst du denn überhaupt Italienisch?«

»Das kann man doch lernen«, sage ich, und mein Herz klopft schneller.

Samuels Blick wird nachdenklich.

Mist. Ich bin zu weit gegangen.

Schnell lenke ich ab: »Und du, kannst du Italienisch? Ihr lernt das hier doch alle in der Schule, oder?«

»Klar.«

Ich bleibe stehen und schlinge ihm die Arme um den Hals. »Sag was«, verlange ich.

Samuel zieht die Brauen hoch. »Warum?«

Ich grinse. »Weil ich sicher bin, dass ich es total sexy finde, wenn du Italienisch sprichst.«

Er lacht verlegen und legt mir die Hände um die Taille. »Na, dann muss ich wohl. Okay, was willst du hören? Einen Standardsatz aus dem Schulbuch?«

»Nein, mein Lieber, so billig kommst du mir nicht davon. Überleg dir was Interessantes!«

Samuel blickt mir tief in die Augen. »Ob das für dich interessant ist, weiß ich nicht, aber … Ich wollte dir sowieso etwas sagen.« Er schluckt. »Annika, sono terribilmente confuso e non so cosa farei pur di non perderti. Solo pensare che fra poco partirai mi fa star male da morire.«

Seine Stimme wird mit jedem Wort rauer und drängender. Und obwohl ich kein Wort verstehe, lausche ich mit angehaltenem Atem.

»Non vorrei pretendere che tu stia con me, ma nello stesso tempo so benissimo che non voglio stare senza di te. Dev'essere una soluzione anche per noi?«

Neben mir kichert ein junges Mädchen, eine Mutter schimpft lautstark mit ihrem heulenden kleinen Sohn. Ich nehme es kaum wahr.

»Was hast du gesagt?«, frage ich heiser.

»Ich übersetze es dir ein andermal.« Samuel lächelt, doch seine Augen bleiben ernst. Dann greift er nach meiner Hand. »Komm, ich wollte dir noch den Obstmarkt zeigen. Das ist genau der richtige Platz für eine Genießerin wie dich.«

Ich gebe nach und lasse mich mitziehen.

Und Samuel hat recht, der Obstmarkt ist der richtige Platz für mich!

Die bunten Stände quellen über vor Feigen und Ananas, Melonen und saftigen Pfirsichen. Lange Knoblauchzöpfe hängen über duftendem Basilikum, gleich daneben werden scharfe Würstchen gebraten, und ein paar Schritte weiter erfreuen langstielige Rosen und schneeweiße Orchideen das Auge.

Entzückt wandele ich von Stand zu Stand. So viel üppige Schönheit, so viel sinnliche Lebenslust! Ich kann mich gar nicht sattsehen an all den leuchtenden Farben, kann nicht aufhören zu schnuppern, und schließlich kaufe ich ein großes, delikates Stück Rohmilchkäse, das wir an Ort und Stelle verzehren. Abwechselnd schiebe ich Samuel und mir selbst einen Happen in den Mund, und jedes Mal, wenn meine Fingerspitzen etwas länger als nötig an seinen Lippen liegen, blickt Samuel mich auf provozierend eindeutige Weise an, mit halb gesenkten Lidern und einem winzigen Lächeln um die Mundwinkel. Himmel, ich habe solche Lust auf ihn!

Und ich fühle mich geradezu vibrierend lebendig. Meine Zunge genießt den nussig-würzigen Geschmack des Käses, ich bin wie betrunken von Samuels Schlafzimmerblick, und in meinem Unterleib zieht es. Gleichzeitig macht mein Geist sich bereits aufgeregt Notizen über all die Köstlichkeiten hier, ersinnt passende Beschreibungen, gaukelt mir

Bilder von mir selbst vor, wie ich eine PR-Broschüre für meinen neuen Arbeitgeber, den Feinkost-Hersteller, entwerfe. Währenddessen genießt mein Gehör die Sprachmelodie des Italienischen, prickelt die Sonne auf meiner Haut, ist mein Herz leicht und weit.

Und für ein paar wunderbare Stunden ist die Welt vollkommen.

Sie ist vollkommen, während wir die malerischen Lauben besichtigen, die seit Hunderten von Jahren Bozens beliebteste Einkaufsstraße bilden.

Vollkommen, während wir auf abgewetzten Stühlen unter dunkelgrünen Sonnenschirmen die Mittagszeit verbringen und gratinierte Steinpilze mit frischen Kräutern essen.

Vollkommen, als wir in die Kühle des Franziskanerklosters eintauchen und Samuel mir verrät, dass hier ein Urenkel von Graf Dracula begraben liegt.

Vollkommen, als wir vom vielen Laufen langsam müde werden und uns in einer netten Bar bei Aperitif und Indie-Musik entspannen.

Doch dann …

Kommt mir ein Gedanke, der sich erdenschwer und dunkel auf meine euphorisierten Sinne legt. Ein Gedanke, der urplötzlich eine Mauer zwischen mir und meinen romantischen Träumen zieht. Und obwohl ich mich bemühe, mich weiterhin unbeschwert zu fühlen, wenigstens so zu wirken, bringe ich es kaum mehr fertig, zu lächeln.

Denn der Gedanke ist da, und er lässt sich nicht abschütteln.

31.

Ich hasse mich, wenn ich grübele. Umso mehr, wenn die Grübelei so fruchtlos ist wie diese hier.

Meine Schweigsamkeit auf der Rückfahrt von Bozen konnte ich noch mit meiner Müdigkeit entschuldigen. Aber heute bin ich nicht mehr müde, und ich habe keine Ausrede mehr dafür, dass ich stumm neben Samuel den Wanderweg hochstapfe.

Deutlich spüre ich seine Verunsicherung. Um sie zu vertreiben, küsse ich ihn, sooft sich eine Gelegenheit dazu bietet. Kaum bleiben wir für eine halbe Minute stehen, drücke ich meine Lippen auf seine. Doch ich kann nicht verhindern, dass meine Küsse heute nichts Leichtes an sich haben.

Sie schmecken nach Abschied.

Wir rasten auf einer Wiese im Lärchenwald. Am Morgen habe ich wieder einmal den Feinkostladen geräubert, und mein Rucksack steckt voller Delikatessen. Doch ich habe keinen Appetit.

»Iss du«, sage ich und reiche Samuel Speck und Schüttelbrot. »Mir ist irgendwie komisch im Magen.«

Ruhig sieht er mich an. »Willst du mir nicht erzählen, was los ist?«

Ich zucke zusammen. »Nichts ist los.«

Hartnäckig fragt Samuel: »Hat es mit deinem Geheimnis zu tun?«

»Ich habe doch kein Geheimnis!«

»Nein? Ich weiß immer noch nicht, weshalb du eigentlich hier bist. Bloß Urlaub machst du jedenfalls nicht.«

Oh.

Das.

Ich wage nicht zu widersprechen, denn ich möchte Samuel nicht belügen, und so schlage ich die Augen nieder. Das Bedürfnis, ihm von der Krankheit meiner Mutter zu erzählen, schwillt an, bis es schmerzhaft gegen meine Rippen drückt und mein Inneres beinahe sprengt. Wie gern würde ich mich jetzt einfach in Samuels Arme werfen!

Und einen Augenblick lang erlaube ich mir sogar, es mir vorzustellen: wie ich Samuel alles erzähle und er mich tröstet, wie ich ihm vorschlage, nach dem Tod meiner Mutter in seine Nähe zu ziehen und er nicht zurückzuckt. Sondern lächelt und sich freut, mich küsst und mir ins Ohr flüstert, wie glücklich er über meine spontane Entscheidung ist.

Das ist unleugbar ein schöner Tagtraum, und sooo unrealistisch ist er vielleicht gar nicht: Samuel hat sehr verliebt gewirkt, als wir in Bozen waren, und auch jetzt spricht sein Blick eine deutliche Sprache. Kein Zweifel, ich bin ihm wichtig geworden.

Aber nicht wichtig genug.

Denn dies ist der Gedanke, der mich seit gestern so schwer niederdrückt: Niemals, egal, wie ich mich entscheide, werden Samuel und ich eine Beziehung auf Augenhöhe führen können. Mit ihm zusammenzubleiben ist nur möglich, wenn ich alles für ihn aufgebe.

Und er für mich – nichts.

Wie wird die Zukunft an seiner Seite sich unter diesen Vorzeichen anfühlen? Man braucht keine große Fantasie, um sich das auszumalen. Unsere Liebe wird immer ungleich verteilt bleiben, und ich werde stets die Unterlegene sein. Samuel wird mir Krumen seiner Zuneigung hinwerfen – Tage oder Wochenenden, an denen er sich bei mir von seinen anstrengenden Touren erholt und an denen ich mich laben werde wie eine Verhungernde. Ich werde die sein, die stets auf ihn wartet, obwohl er mich nicht darum gebeten hat; werde die sein, die ihre Liebe über alles gestellt hat, während er nicht einmal den Versuch gemacht hat, um ein Leben mit mir zu kämpfen.

Nicht einmal den Versuch.

Und bei jeder kleinsten Auseinandersetzung, bei jedem Schatten eines Streits wird mir meine Unterlegenheit erneut bewusst werden, wird die Angst aufsteigen, dass Samuel nie etwas anderes in mir sehen kann als die Frau, die ihm ungefragt ihre Existenz zu Füßen gelegt hat.

Trotz aller Liebe: Ich glaube nicht, dass ich damit auf Dauer leben kann.

Samuel streckt die Hand aus, legt sie an meine Wange, und ich bin wieder im Hier und Jetzt, im Lärchenwald, im weichen Gras.

Zärtlich und besorgt murmelt er: »Meine Süße, was schleppst du nur mit dir herum?«

Er versteht nicht, was mich umtreibt an diesem wunderschönen Junitag, kann es nicht verstehen, und ich frage mich, warum zum Henker ich so verflucht kompliziert bin.

Bitter verziehe ich den Mund, und mit einem Mal werde ich mir selbst zu viel. Diese zwanghafte Grübelei, statt die Zeit mit Samuel in vollen Zügen zu genießen! Diese quälenden Gedanken an eine gemeinsame Zukunft, die wir doch sowieso nie haben werden! Dieses Unvermögen, für lumpige drei Wochen einfach mal in den Tag hinein zu leben!

Und plötzlich weiß ich, dass der Tod schuld daran ist.

Weil die Krankheit meiner Mutter das drängende Gefühl in mir erzeugt, absolut nichts, das für mich von Wichtigkeit ist, aufschieben zu dürfen. Für jede Tat, jedes Wort kann es schon bald zu spät sein, es kann alles so schnell und unvermutet enden, einmal nicht hingeschaut, und schwups, liegt das eigene Leben in Trümmern, ist die Gesundheit dahin, sind die vielen Jahre, die man noch zu haben glaubte, gestohlen.

Wann soll man die wirklich wichtigen Dinge erledigen, wann die Entscheidungen treffen, auf die es ankommt – wenn nicht sofort?

Samuel hat dieses Gefühl nicht, vermag es wahrscheinlich nicht einmal nachzuvollziehen. Denn seine Uhr tickt nach dem Maß derer, für die das Sterben weit weg ist und der Tod eine theoretische Möglichkeit, über die nachzudenken sinnlos ist. Wir bewegen uns mit verschiedenen Geschwindigkeiten. Samuel geht, ich renne, und ihn mitzureißen in meinem atemlosen Spurt kann nur schiefgehen. Verliebt, verlobt, verheiratet, bevor der frühe Tod kommt und uns auseinanderreißt – das ist mein Tempo.

Ferienliebe, süße Küsse, mal schauen, wie's weitergeht mit uns beiden – das ist Samuels Tempo.

Das normale.

Das vernünftige.

Unsere Blicke treffen sich. Ich atme tief ein, rieche den Duft der Schafgarbe und sehne mich nach Vergessen, nach ein paar Stunden ohne Bauchspeicheldrüsenkrebs, ohne Tod, ohne Panik, dass Samuel oder ich schon morgen die Nächsten sein könnten. Ich möchte eine Pause haben von meinen verqueren, dunkel wirbelnden Gedanken.

»Lass uns die Nacht zusammen verbringen«, sage ich spontan. Ich schmiege meine Wange in Samuels Hand. »Irgendwo. Nur nicht im Hotel.«

Nein, auf keinen Fall im Hotel. Denn eine einzige Nacht lang will ich unerreichbar sein für die Welt. Ich will mich ganz und gar in Samuel verlieren.

Seine Augenbrauen schießen in die Höhe. »Dieser Vorschlag kommt ein wenig überraschend.«

Ich lächele schwach, kann ihm seine Verblüffung angesichts meiner Stimmungsumschwünge nicht verdenken. Doch Samuel fasst sich rasch. Er streichelt mit dem Daumen sanft über meinen Mund und sagt: »Ich könnte dir die Drei Zinnen zeigen. Dann würdest du die Nordwand der Großen Zinne – die mit der Acht-plus-Route – auch mal in natura sehen. Das würde mich freuen.«

»Warum würde dich das freuen?«

Er antwortet nicht sofort. »Weil ich möchte, dass du meine Faszination verstehst, vermutlich. Dass du *mich* verstehst.«

Das rührt mich, und meine eigene Geheimniskrämerei kommt mir umso schäbiger vor. Doch ich sage nur: »Gibt es da eine Hütte, oder werden wir im Zelt schlafen?«

»Im Zelt?« Samuel grinst. »Ich hätte nicht gedacht, dass du auf Camping stehst.«

Trotz meines schweren Herzens grinse ich zurück. »Tu ich auch nicht.«

»Sven, der Chef der Bergschule, besitzt bei den Drei Zinnen eine Hütte«, erklärt Samuel. »Manchmal benutzen wir Bergführer sie für Übernachtungen mit Gästen. Aber im Moment steht sie leer.«

»Das klingt gut. Worauf warten wir noch?«

Samuel schüttelt langsam den Kopf. »Ich werde einfach nicht schlau aus dir, meine Schöne.«

»Brauchst du auch nicht.« Ich seufze. »Es reicht vollkommen, wenn du mich trotz allem magst.«

32.

Als wir zurück im Dorf sind, packen Samuel und ich jeder ein paar Sachen zusammen – das Handy lasse ich bewusst im Hotel –, dann treffen wir uns an der Bergschule, wo wir uns von einem schmunzelnden Sven den Hüttenschlüssel holen.

Mit dem VW-Bus machen wir uns auf den Weg zu den Drei Zinnen. Die Sonne steht schon schräg, als Samuel endlich auf den Parkplatz einbiegt, von dem aus wir loswandern wollen.

»Ganz schön belebt hier.« Ich deute auf die Reisebusse und PKWs, die in einer langen Schlange vom Parkplatz rollen.

»Ja, die Drei Zinnen sind ein echter Touristenmagnet«, erwidert Samuel. »Im Hochsommer entstehen auf manchen der Wanderwege regelrechte Menschenstaus.«

Er wirft mir einen Seitenblick zu und registriert meinen erschrockenen Gesichtsausdruck. »Keine Sorge, jetzt am Spätnachmittag ziehen die Leute alle ab. In einer halben Stunde ist hier keiner mehr. Dann haben wir das alles für uns.«

Ich erwidere sein Lächeln, und die Dunkelheit in mir verweht.

Samuel parkt, und wir steigen aus. Es ist kalt, auf den Wiesen neben dem Parkplatz liegen noch Reste von Schnee und Eis.

»Wie hoch sind wir hier eigentlich?«, frage ich fröstelnd.

»Gut zweitausenddreihundert Meter.«

Samuel tritt neben mich und legt mir den Arm um die Schultern. Gemeinsam blicken wir auf die drei markanten Spitzen, die sich dem Himmel entgegenrecken.

»Sie sind beeindruckend«, sage ich andächtig. »Wenn auch irgendwie anders als auf deinen Fotos.«

»Wir stehen auf der falschen Seite«, erklärt Samuel. »Für die berühmte spektakuläre Ansicht der Nordwände müssen wir um den Gebirgsstock herumwandern.«

Er löst sich von mir und holt unsere prall gepackten Rucksäcke aus dem VW-Bus. »Die meisten Tagestouristen wandern auf dem breiten Fahrweg im Südosten. Wir beide werden in die entgegengesetzte Richtung gehen, denn Svens Hütte liegt im Nordwesten, und dorthin führt bloß ein kleiner Wanderweg. Teilweise werden wir durch Schnee laufen müssen.«

Eine Schneewanderung – im Juni? Nur gut, dass ich zu Anfang meines Urlaubs Samuels Rat gefolgt bin und mir knöchelhohe Wanderschuhe gekauft habe!

Als wir gehen, wird mir jedoch schnell warm, sogar an den Füßen. Samuel hatte recht, außer uns ist niemand mehr unterwegs, und je weiter wir uns vom Trubel auf dem Parkplatz entfernen, desto lautloser wird unsere Umgebung. Bald sind nur noch das Geräusch unserer Schritte und unsere Atemzüge zu hören. Die Spätnachmittagssonne strahlt mit ihrer ganzen sommerlichen Kraft auf uns herab, und ich beginne im T-Shirt zu schwitzen, während ich durch den Schnee stapfe. Ganz schön surreal. Aber schön! Denn trotz der Schnee- und Eisreste liegt die Natur definitiv nicht mehr im Winterschlaf: Überall blühen kleine, hartblättrige Blumen, blassviolett sprenkeln sie die gerade erst abgetauten Wiesen und schieben sich durch unwirtliche Geröllfelder. Zartes Grün treibt aus niedrigen, verkrüppelten Büschen. In einigem Abstand pfeift ein Murmeltier.

»Süß«, sage ich lächelnd und zeige auf das possierliche Tierchen.

»Wusstest du«, erkundigt sich Samuel, »dass Salbe mit Murmeltierfett hervorragend gegen Muskel- und Gelenkschmerzen hilft?«

Ich verziehe das Gesicht. »Wenn du je möchtest, dass ich das ausprobiere, musst du im Gegenzug Schneckenpesto essen!«

Lachend hebt er die Hände. »Schon verstanden. Mit diesem alpinen Geheimtipp kann ich also nicht bei dir punkten.«

Nein, denke ich und schaue in seine blitzenden Augen. Aber das hast du auch gar nicht mehr nötig.

»Wir sind da«, sagt Samuel nach einer knappen Stunde.

Schwer atmend bleibe ich stehen und lasse das Panorama auf mich wirken. Vor uns erheben sich die steilen, Ehrfurcht gebietenden Nordwände der Drei Zinnen. Zu ihren Füßen liegt ein kleiner Gebirgssee: Türkisfarbenes Wasser wechselt sich mit grün, blau und silbern schimmernden Eisflächen ab, die wie geschwungene Pinselstriche auf einer frostigen Leinwand wirken, unbewegt und märchenhaft.

Ergriffen folge ich Samuel zu Svens Hütte, die direkt am Ufer steht.

»Karg, aber trocken und überdacht«, sagt er, als er die knarrende Holztür aufschließt.

Ich blicke mich um und muss lachen. »Ja, diese Beschreibung passt.«

Das Innere der Hütte besteht aus einem großen Raum, der mit einer Holzbank und einem Tisch möbliert ist, ergänzt von einem urtümlichen Eisenofen. Stockbetten mit nackten Matratzen ziehen sich die hintere Wand entlang.

Und das war's.

»Die Toilette ist hinter der Hütte«, sagt Samuel. »Ich feuere gleich ein, dann haben wir's in der Nacht warm. Strom oder fließendes Wasser gibt es nicht, aber dafür haben wir ja den See.«

Den See?

»Das meinst du jetzt nicht ernst.« Entsetzt starre ich Samuel an. »Ich werde ganz bestimmt nicht in Eiswasser baden!«

»Okay, ich geb's zu, wir haben einen Brunnen. Aber heißes Wasser führt der leider auch nicht.« Samuel zwinkert mir zu. »Ich sehe schon, zum Naturmädel ist es noch ein weiter Weg.«

Naturmädel oder Stadtpflanze: Wenig später fühle ich mich in der Hütte schon richtig heimisch. Samuel hat mit ein paar Scheiten des Holzes, das draußen neben der Tür lagert, den Ofen befeuert, ich habe unseren Proviant auf dem Tisch ausgebreitet, und durchs Fenster flutet goldenes Abendlicht. So, denke ich zufrieden, lässt es sich aushalten.

Nachdem wir gegessen haben, setzen wir uns auf die Bank vor der Hütte.

»Wie ein altes Ehepaar«, witzele ich, doch es fühlt sich gut an, sehr gut, so nah bei ihm zu sein, unsere Hände verschränkt, mein Kopf auf seiner Schulter.

Er zeigt mir die Große Zinne, erklärt mir, wo genau die Acht-plus-Kletterroute verläuft, und obwohl der Fels in meinen Augen überall gleich aussieht, scheint er für Samuel tatsächlich eine Art unsichtbares Wegenetz zu beinhalten. Das beeindruckt mich so sehr, dass ich eine Weile nichts als starre. Ich will sehen, was Samuel sieht! Doch vergeblich – ich habe einfach nicht den Blick eines Kletterers.

Und dann geht die Sonne unter.

Die Drei Zinnen, bei Tageslicht beige, grau und schwarz, färben sich erst schwach, dann immer leuchtender rosarot, bis es aussieht, als würde der Fels von innen brennen. Und das ist so paradiesisch, so bezaubernd, dass ich es eigentlich kitschig finden müsste. Ich bin sicher, noch zu Anfang meines Aufenthaltes hätte ich das auch getan – doch jetzt nicht mehr.

Denn dies ist nicht das Produkt irgendeiner Dolomiten-Marketing-Abteilung. Dies ist die Wirklichkeit.

»Die *Enrosadira*«, sagt Samuel, ohne den Blick von den Bergspitzen zu lösen. »Schön?«

»Schöner als schön«, sage ich inbrünstig.

Samuel drückt meine Hand, und ich spüre, wie wichtig ihm das alles ist: dass ich über die Kargheit der Hütte nicht die Nase rümpfe. Dass mich der Anblick der glühenden Berge entzückt, genau wie ihn. Dass ich ihn nicht verurteile, sein Herz an die Eroberung einer fünfhundert Meter hohen Steilwand gehängt zu haben.

Samuel will sein, wer er nun mal ist. Und dafür, denke ich, sollte er sich vor niemandem rechtfertigen müssen.

»Ich verstehe dich«, sage ich leise. »Ein bisschen verrückt finde ich dich zwar immer noch. Aber ich glaube, ich verstehe dich.«

Er hebt mein Kinn an und blickt mir in die Augen.

»Ich danke dir, Annika«, sagt er ernst.

33.

Als es dunkel wird, ziehen wir uns in die Wärme und Behaglichkeit der Hütte zurück.

Wir zünden Kerzen an und richten unser Bett her, benutzen einen Schlafsack als gemeinsame Unterlage und einen weiteren als Decke. Das Stockbett ist komisch, sehr lang und sehr tief. Samuel erklärt mir, dass man in solchen Betten normalerweise zu mehreren schläft, Männer und Frauen bunt gemischt.

»Wenn ich nicht wüsste«, feixe ich, »dass es dir bei euren Touren aufs Bergsteigen ankommt, würde ich sagen, das klingt nach ziemlich ausschweifenden Nächten.«

»Eher nach Sardinenbüchse.« Um Samuels Mundwinkel zuckt es. »Und überhaupt schlafe ich auf Hütten meistens in meinen Klamotten.«

»Heute Nacht auch?«

»Nur, wenn du darauf bestehst.«

Ich lecke mir über die Lippen. Schlagartig erscheint mir die Luft um etliche Grade wärmer.

Abwartend sieht Samuel mich an.

Ach, verdammt! Eigentlich wollte ich das Ganze ja langsam angehen lassen, wollte mich nachher, wenn wir unter der Schlafsack-Decke liegen, behutsam an Samuel herantasten, doch mit einem Mal kommt mir das falsch vor, zu geplant, zu furchtsam.

»Na los«, stoße ich aus. »Testen wir dieses merkwürdige Bett.«

Keine drei Sekunden später habe ich Samuel auf den Schlafsack geschubst.

Ich liege auf ihm und küsse ihn, spüre seine Hände mein Haar zerwühlen. Lust lodert in mir auf, unkontrolliert und berauschend, erfasst meinen Körper und vernebelt meinen Verstand. Wir wälzen uns herum, jetzt liegt Samuel auf mir. Schade, dass wir noch nicht nackt sind, denke ich gierig und zerre an Samuels Shirt, seiner Hose, seinen Boxershorts, bis ich seine Haut sehe und fühle und schmecke. Er geht sanfter vor, entkleidet mich behutsam, vergewissert sich immer wieder mit einem fragenden Blick, ob ich einverstanden bin. Aber das bin ich, mehr als einverstanden, ich kann es gar nicht abwarten, und bereitwillig überlasse ich mich meinem hitzigen Verlangen.

Bis die alte Annika die neue zur Seite schubst und mit routinierter Entschlossenheit das Ruder übernimmt.

Du lieber Himmel, schießt es mir durch den Kopf, als ich Samuels Hand zwischen meinen Beinen spüre. Bin das wirklich ich, die da so hemmungslos stöhnt? Die sich keine Sekunde lang fragt, was Samuel wohl davon halten mag, dass ich ihm mein Begehren so unverblümt zeige? Die nicht darüber nachdenkt, ob eine optisch vorteilhaftere Stellung vielleicht angemessener wäre, schließlich erhellt das Kerzenlicht immer noch den Raum … okay, jetzt frage ich mich das doch … und außerdem frage ich mich, was er nach dieser Nacht über deutsche Touristinnen denken wird, ob er glaubt, sie alle seien derart zügellos wie ich, dabei bin ich doch eigentlich gar nicht so, o Gott, vielleicht sind mein Begehren und ich einfach nur total peinlich?!

»Schau mich an«, raunt Samuel.

Ich schlage die Augen auf. Bin beschämt, durcheinander und meilenweit von ihm entfernt.

»Schau mich an«, wiederholt er flüsternd.

Unsere Blicke schlingen sich umeinander, während seine Hände über meinen Körper gleiten, mich streicheln und mich wieder in Besitz nehmen. Samuels Liebkosungen erregen mich, doch gleichzeitig drängt es mich mit aller Macht dazu, wegzusehen, mich zu verschließen und zu schützen.

Aber Samuel lässt es nicht zu.

Unverwandt schaut er mich an, hält mich fest mit seinen mittsommernachtsblauen Augen, und als ich glaube, es in meiner unbehüteten Nacktheit und Blöße keine Sekunde länger auszuhalten, als Panik in mir aufsteigen will und ich mich verzweifelt nach der Sicherheit meiner kühlen Maske sehne … erkenne ich es.

Nicht nur ich bin verwundbar, wenn wir uns in unserer Lust einander öffnen.

Sondern ebenso er.

Denn auch Samuel kann nicht in das schützende Gefängnis der Isolation fliehen, nicht in die Distanz, nicht in trennende, bewertende Gedanken. Er bleibt bei mir, vom Anfang bis zum Ende, und er schenkt mir sein absolutes Vertrauen: Jede seiner Empfindungen gibt er mir preis, während ich in seinem Blick versinke. Ich darf eintauchen in Samuels Verlangen, seine Liebe zu mir, seinen unbedingten Willen, mich heute Nacht glücklich zu machen. Seine Gefühle werden zu meinen, und seine Zuversicht, dass keiner von uns den anderen verletzen wird – wie wehrlos wir uns einander auch zeigen werden –, brennt sich in mein Herz.

Und als ich das begriffen habe, lasse ich mich fallen.

Kämpfe nicht mehr gegen meine Erregung an, sondern stürze mich kopfüber hinein. Liefere mich Samuels Berührungen aus, gebe ihm alles, was ich habe und was ich bin, und als ich mich ihm entgegenwölbe und er in mich eindringt, dauert es keinen Herzschlag lang, bis wir unseren gemeinsamen Rhythmus gefunden haben. Einen Rhythmus, der stetig schneller wird, bis ich schwitze und Samuel keucht und ich in seinen Mund stöhne, und zum ersten Mal im Leben denke ich nicht dabei nach … ersehne nicht, dass es endlich vorüber ist …

… ganz im Gegenteil …

… und dann …

… schlägt die Lust über mir zusammen, und mein Orgasmus reißt mich mit sich fort.

Engumschlungen liegen wir da. Unsere Haut ist feucht, unsere Lippen sind vom Küssen geschwollen und rot. Mein entzückter Körper ist zur Ruhe gekommen, meine Seele friedvoll, und schon halb im Traum weht mir durch den Sinn: O ja, es ist wahr. Die Welt funktioniert nicht.

Die Welt schwingt.

Und in Samuels Armen schwinge ich mit ihr.

34.

In dieser Nacht begreife ich, was es heißt, die Stille zu lieben.

Denn die Stille ist nicht der Tod, und sie ist niemals absolut: Sie ist das Wispern des Windes um die Hütte herum. Das kaum wahrnehmbare Knistern des Feuers im Eisenofen. Samuels leiser Atem, nachdem er eingeschlafen ist. Sie ist mein Lächeln, die wohlige Schwere meiner Glieder, Samuels Hand auf meinem Bauch.

Das Schreckgespenst aus meiner Kindheit – Samuel hat es vertrieben.

Und obwohl ich weiß, dass die Wirklichkeit mich wieder einholen wird, erscheint mir das in dieser Nacht unmöglich. Ich bin randvoll mit Glück und Liebe und Erfüllung, und ich werde niemals wieder einsam sein.

In diesem naiven Glauben bleibe ich bis sechzehn Uhr neunundvierzig am nächsten Tag.

35.

Denn das ist die Minute, in der ich die Hotellobby betrete, Ermelinda einen beschwingten Gruß zuwerfe und ihre besorgte Miene registriere. Ich bleibe stehen.

»Es ist eine Nachricht für Sie gekommen«, sagt Ermelinda. »Vom Heilig-Geist-Krankenhaus.«

Schlagartig wird mir kalt.

»Auf dem Handy haben die vom Krankenhaus Sie nicht erreicht, deshalb haben sie hier angerufen«, erklärt Ermelinda.

»Ich hatte mein Handy nicht dabei«, höre ich mich sagen, und mir schießt durch den Kopf, dass ich es nur deshalb nicht dabeihatte, weil ich bewusst geflohen bin. Vor der Krankheit meiner Mutter. Die nur mich hat und der offensichtlich etwas passiert ist, während ich … während ich …

»Ich gebe Ihnen die Nummer, dann können Sie zurückrufen.« Ermelinda reicht mir einen Zettel und fügt unbehaglich hinzu: »Es klang, als sei es dringend, Frau Winter.«

Mit zitternden Händen stecke ich den Zettel ein.

»Brauchen Sie etwas für den Kreislauf?«, fragt Ermelinda. »Sie sind ganz bleich.«

»Nein danke.« Meine Stimme bricht. »Ich brauche nichts.«

Ich brauche nur Samuel, der wahrscheinlich gerade pfeifend unter der Dusche steht und der in zwei Stunden hier auftauchen wird, um mich zum Abendessen in sein Lieblingslokal auszuführen. Samuel, von dem ich mich jetzt so gern in den Arm nehmen ließe, um mit meinen weichen Knien nicht einzuknicken.

Samuel, der mich nicht wiedersehen wird.

Denn wenn es stimmt, was mein Verstand längst begriffen hat – dass Mama im Krankenhaus ist und es so schlimm um sie steht, dass man es für nötig befunden hat, mich im Urlaub zu benachrichtigen –, dann muss ich unverzüglich abreisen. Ich muss im Heilig-Geist-Krankenhaus anrufen, packen und auf direktem Wege zu meiner Mutter fahren.

Auf keinen Fall darf ein zweites Mal geschehen, was so unendlich schwer zu verwinden ist: dass ich den Abschied einfach verpasse.

Kaum merke ich, dass mir die Tränen über die Wangen strömen, und als mir endlich auffällt, dass ich mitten in der Hotellobby heule wie ein Schlosshund, da ist es mir egal. Nichts zählt außer dem einen, dem einzigen Gedanken, der alle anderen verdrängt.

Ich darf nicht zu spät kommen.

»Wollen Sie sich denn nicht von Samuel verabschieden?«, fragt Ermelinda, als ich keine halbe Stunde später auschecke. »Es geht mich ja nichts an, Frau Winter, aber ich dachte … ich hab gemeint … dass Sie jetzt sein Maisl sind?«

Ich starre Ermelinda an, fühle mich vor Kummer wie betäubt. »Maisl?«

»Sein Mäuschen, seine Liebe.« Ermelinda wird rot. »Nehmen Sie es mir nicht übel, bitte, Frau Winter, ich weiß, ich sollte mich da nicht einmischen. Aber ich kenne den Samuel schon so lange, und wie er Sie angeschaut hat in den letzten Tagen, wirklich, so habe ich ihn noch nie …«

»Nein«, schneide ich ihr das Wort ab, und mein Herz zerbricht. »Mir bleibt keine Zeit. Und es hat sowieso keinen Sinn.«

Denn endlich – ausgelöst durch das plötzliche Ende meiner Flucht, den aufrüttelnden Schock – sehe ich klar.

Und ich sehe alles, was ich in meiner blinden Verliebtheit nicht hatte wahrhaben wollen.

Wie man es auch dreht und wendet: Samuel und ich haben keine Zukunft.

Unsere gemeinsame Nacht hat daran nichts geändert, nicht an unserer Situation, nicht an der Tatsache, dass ich Samuel so viel mehr liebe als er mich. Er hat mich nicht gefragt, ob ich mit ihm zusammenbleiben will, nicht gestern, nicht heute; hat nicht die kleinste Andeutung gemacht, dass er seine Meinung geändert hätte und mittlerweile mehr in mir sieht als die Frau, mit der er sich ein paar Tage unverbindlichen Glücks gestohlen hat.

Ich war es, immer nur ich, die blauäugig wie Lieschen Müller von einem gemeinsamen Leben geträumt hat.

Die Samuels Verlangen mit Liebe verwechselt hat und Vergänglichkeit mit Dauer.

Deshalb ist ein harter Schnitt das Beste für uns beide: Ich bin weg, und es ist vorbei. Denn wie die besitzergreifende Indie möchte ich nicht sein. Niemals.

Nur, dass mein dummes, zerbrochenes Herz sich damit nicht abfinden will. Ganz ohne Abschied kann ich nicht gehen, und so ziehe ich, gänzlich gegen meinen Willen, Stift und Notizblock aus der Handtasche.

»Es tut mir leid. Annika«, kritzele ich aufs Papier und reiche es Ermelinda.

»Könnten Sie ihm das von mir geben?«

Stirnrunzelnd blickt Ermelinda auf den Zettel.

»Das ist alles?«, fragt sie vorwurfsvoll.

Ich nicke.

Das ist alles.

Gequält wende ich mich von Ermelinda ab. Obgleich ich weiß, dass ich das Richtige tue, fühlt es sich entsetzlich falsch an. Unfähig, mich in meinem Schmerz zu verstellen, greife ich nach meinen Koffern und verlasse das Hotel.

Mein Gott.

Dass es wehtun würde, Samuel zu verlieren, wusste ich.

Dass es so wehtun würde, nicht.

36.

Keine fünfzehn Minuten später bin ich auf der Autobahn, und die Sorge um meine Mutter kämpft mit meinem Liebeskummer um die Vorherrschaft.

Ich fahre ununterbrochen auf der linken Spur, jage den Spider mit Höchstgeschwindigkeit Richtung Deutschland. Ob ich geblitzt werde, ist mir gleichgültig, wichtig ist allein, dass ich nicht weine, denn mit einem Tränenschleier vor den Augen kann ich nicht genug sehen. Also höre ich meine aufputschendste Musik, und sie hilft mir, durchzuhalten, mich zu verhärten, an nichts zu denken als an das Auto vor mir, dem ich gerade die Lichthupe gebe. Zack, weg ist es, und ich rase an ihm vorbei.

Samuels orange Klapperkiste wäre nicht so schnell.

Ich drehe die Musik noch lauter, denn jetzt kommen die Tränen doch, und das kann ich mir bei weit über zweihundert Stundenkilometern nicht leisten.

Ich wische mir über die Augen, bremse ein klein wenig ab.

Es nützt meiner Mutter schließlich nichts, wenn ich im Sarg zurückkehre.

Kurz vor Mitternacht wanke ich an der Seite einer Krankenschwester über die Intensivstation.

»Für den Moment ist sie über den Berg«, sagt die Schwester, und meine Erleichterung hält ungefähr zwei Sekunden lang an. Bis ich begreife, was »für den Moment« bedeutet: Mama und ich bekommen zwar einen Aufschub. Aber nur einen klitzekleinen.

Dass Mama eine Lungenembolie hatte, habe ich schon in Südtirol im Hotel erfahren, doch sehr viel mehr weiß ich nicht.

»Ich möchte mit einem Arzt sprechen«, stoße ich hervor, und die Krankenschwester blickt auf ihre Uhr.

»In einer halben Stunde kommt Dr. Lohwart«, sagt sie nüchtern. »Solange müssen Sie sich gedulden.«

Ich nicke, dankbar, dass sonntags – und mitten in der Nacht – überhaupt ein Arzt greifbar ist.

Wobei man davon, dass Nacht ist, auf dieser Station sowieso nichts merkt. Überall eilen Schwestern und Pfleger umher, ein Überwachungsmonitor auf dem Flur gibt schrille Alarmtöne von sich, und aus jedem Zimmer piepst es.

Auch der Raum, in den die Krankenschwester mich nun führt, ist erfüllt von Lärm und Hektik. Wo ist meine Mutter? Im ersten Augenblick sehe ich sie gar nicht, die vier Patienten, die hier liegen, sind durch Vorhänge voneinander getrennt, und erst als die Schwester auf das letzte Bett zeigt, entdecke ich Mama.

Mit geschlossenen Augen liegt sie da, ihr Gesicht ist unnatürlich gelb. Kabel auf ihrer Brust verbinden sie mit einem EKG-Monitor, Schläuche in ihren Venen führen zu Pumpen, die neben dem Bett aufgereiht sind.

Sie sieht so zerbrechlich aus.

Alles in mir krampft sich zusammen.

Langsam gehe ich auf sie zu. Ziehe mir wie in Trance einen Stuhl heran, setze mich zu meiner Mutter, lege meine Hand auf ihre. Schaue in ihr Gesicht, das mir so vertraut ist und gleichzeitig so fremd in seiner Krankheit, seiner Hilflosigkeit.

Gerade erst haben wir angefangen, uns zu finden.

Wie gern hätte ich noch ein bisschen Zeit mit ihr gehabt. Nur noch ein paar Jahre.

Meine Lippen bewegen sich. Ohne mir dessen bewusst zu sein, habe ich angefangen zu beten, und obgleich ich niemals gläubig war, bete ich weiter in diesem luftleeren Raum zwischen Leben und Tod, bitte um einen Aufschub, flehe um ein letztes Gespräch, einen letzten Blick in ihre Augen, eine letzte Umarmung, wir haben uns so schrecklich lange nicht mehr umarmt, ich muss noch ein Kind gewesen sein, Mama, ach, Mama …

»Frau Winter? Ich bin Dr. Lohwart.«

Tränenblind hebe ich den Kopf, sehe einen grauhaarigen Arzt mit Brille neben meinem Stuhl stehen.

Und dann stürmt alles auf mich ein, der konzentrierte und leicht gestresste Ausdruck auf Dr. Lohwarts Gesicht, das blasebalgartige Pumpen des Beatmungsgerätes neben dem ersten Bett, die Krankenschwester, die gerade einem der Patienten eine Spritze gibt, das Ratschen, als eine andere Schwester steril verpackte Handschuhe aufreißt. Es ist zu viel, ich will mit Mama allein sein, will, dass sie die Augen aufschlägt und …

Mit äußerster Mühe reiße ich mich am Riemen.

Ich muss jetzt Haltung bewahren, stark sein. Alles muss seinen Gang gehen. Beten kann ich auch daheim, Mama ist schließlich noch nicht tot, und Dr. Lohwart hat nicht ewig Zeit für mich.

Brutal schubse ich das kleine Kind, das um seine Mutter heult, zurück in die Tiefen meines Selbst.

Dann erhebe ich mich und stelle dem Arzt meine Fragen.

37.

Ist es wirklich erst vierundzwanzig Stunden her, seit ich bei den Drei Zinnen in Samuels Armen erwacht bin, so glücklich, als gäbe es kein Morgen?

Nun, es gibt dieses Morgen. Es ist mein Heute, und es ist hässlich und trostlos.

Ich habe die Nacht in der Wohnung meiner Mutter verbracht, im Gästezimmer. Ruhe gefunden habe ich nicht.

Dr. Lohwart hatte mir erklärt, dass Mama lediglich tief schlafe, morgen aber ganz sicher ansprechbar sei, und dass sie nach einem weiteren Tag auf der Intensivstation voraussichtlich in ein normales Zimmer verlegt würde. Leider sei es möglich, sogar wahrscheinlich, dass sie eine weitere Lungenembolie bekäme, und sowieso scheine ihre Krankheit bereits sehr weit fortgeschritten … Aber man müsse weitere Untersuchungen durchführen, der Oberarzt würde dann alles mit mir besprechen. Ein paar Tage müsse ich aber in jedem Falle abwarten. Ob ich in der Nähe wohne?

Jetzt schon, denke ich und schleppe mich ins Bad. Denn wenn meiner Mutter nur noch so wenig Zeit bleibt, dann werde ich die Stadt ganz sicher nicht verlassen. Ich kann in Mamas Wohnung bleiben, habe noch eine Woche Urlaub, und danach …

Wird Pharmedizin eben noch eine Weile auf mich verzichten müssen.

Und wenn Jenny in der Zwischenzeit hundertmal mit meinem Chef schläft, fröhlich an meinem Stuhl sägt und Intrigen gegen mich spinnt, dann ist mir das auch egal.

Ich werfe einen müden Blick in den Spiegel. Ich sehe scheiße aus. Aber Samuel ist nicht hier, warum also sollte ich hübsch sein wollen? Und selbst wenn er hier wäre, würden ihm die Schatten unter meinen Augen und mein strähniges Haar nichts ausmachen, er würde mich trösten, würde mich unterstützen, würde mich fest in den Arm nehmen und küssen und …

»Hör auf«, fahre ich mein Spiegelbild an, »hör auf, hör auf, hör auf!«

Ich brauche keine Hilfe! Ich habe mich verändert und bin stärker denn je. O nein, ich brauche Samuels Liebe nicht, und überhaupt, was heißt hier Liebe, Samuel denkt ja doch bloß an seine Berge, aber soll er ruhig, ich schaffe das alles auch ohne ihn, und …

Tja. Und schon hocke ich wie ein Häufchen Elend auf dem kotzgrünen Badvorleger und wimmere, die Arme um die Beine geschlungen, den Kopf auf die Knie gelegt. Ich will das alles nicht allein durchstehen! Ich will Samuel an meiner Seite haben! Und obwohl ich weiß, wie ungerecht ich bin, könnte ich den blöden Kerl in diesem verzweifelten Augenblick umbringen.

Denn Samuel liebt nichts als seine verfluchten Berge.

Ich aber liebe ihn.

Gott, ich bin so schwach! Ich sehne mich so sehr nach Samuel, bei jedem Atemzug, in jeder Sekunde, ohnmächtig und vergeblich.

Und ich kann nichts, aber auch gar nichts, dagegen tun.

Mit roten, verquollenen Augen klingele ich schließlich bei der Nachbarin. Heute Nacht musste ich sie wecken, um überhaupt in Mamas Wohnung zu kommen – Frau Kemper besitzt schon seit Urzeiten einen Zweitschlüssel –, und heute möchte ich mich bei ihr für ihre Hilfe bedanken.

Außerdem hat sie Bobby zu sich genommen, als Mama ins Krankenhaus kam, und ich muss mit ihr darüber sprechen, wie es mit dem Hund weitergehen soll.

Meine leise Hoffnung, dass Frau Kemper Bobby vielleicht ins Herz geschlossen hat und vorerst behalten will, erlischt, als ich erst Gebell und gleich darauf eine genervte Frauenstimme hinter der Wohnungstür höre.

»Bist du still, du dummes Tier! Aus! Kusch! Schluss jetzt!«

Noch wilderes Gebell ist die Antwort auf das Geschimpfe.

Dann reißt Frau Kemper die Tür auf, und als sie mich sieht, huscht ein erleichterter Ausdruck über ihr Gesicht, gefolgt von Mitgefühl. »Da sind Sie ja. Haben Sie sich schön ausgeschlafen? Ach, wie dumm von mir, schlafen kann man nach einer solchen Nachricht bestimmt nicht.«

Ich lächele gezwungen, und sie zieht mich in die Wohnung, während Bobby um mich herumtanzt, ganz verrückt vor Freude, mich zu sehen. Irritiert bemerke ich, wie gereizt meine Nerven sind, und ich hocke mich schnell hin, um Bobby das zottige Fell zu streicheln und ihn damit zu beruhigen.

»Guter Hund«, murmele ich und kraule Bobby hinter den Ohren, »guter, armer Hund. Armer, armer Hund.«

Ich schlucke meine Tränen runter, stehe wieder auf, und als Frau Kemper und ich uns in die Augen blicken, begreife ich, wie unsicher Mamas Nachbarin ist, wie überfordert von der Situation auch sie.

»Es ist beim Schachspielen passiert«, sagt sie nervös. »Roswitha war wieder mal am Gewinnen, aber dann hat sie sich an den Hals gefasst, ist ganz panisch geworden, und ich … ich wusste nicht … ich hab den Notarzt gerufen. Sie ist gleich ins Krankenhaus gekommen, und ich hab den Hund zu mir genommen.«

Ich stelle mir Mamas Luftnot vor, ihre Angst, und mir fällt ein, dass der Arzt gesagt hat, das Gleiche könne jederzeit wieder passieren. Was bedeutet, dass Mama möglicherweise ersticken wird.

Was für ein furchtbarer Tod.

Wenn sie nur friedlich sterben darf, schießt es mir durch den Kopf. Wenn sie nur nicht ersticken muss! Dann bin ich dankbar, dann ist alles gut.

Wie sehr sich die Definition von »gut« doch verändern kann.

38.

Als ich diesmal an Mamas Bett trete, ist sie wach.

Sie schenkt mir ein erschöpftes Lächeln. »Annika. Du bist da.«

»Und ich bleibe, Mama.« Ich setze mich zu ihr. »Ich lasse dich nicht mehr allein.«

Fast erwarte ich, dass sie protestiert, dass sie fragt: ›Aber was ist mit deinem Job?‹

»Ich möchte nicht im Krankenhaus sterben«, sagt sie stattdessen ruhig. »Ich möchte ins Hospiz. Würdest du dich darum kümmern?«

Ich schlucke hart. Meine Mutter kommt verdammt schnell auf den Punkt.

»So genau hast du dir das schon überlegt, Mama?«

»Natürlich. Bringt doch nichts, der Wahrheit auszuweichen.«

»Möchtest du denn nicht lieber nach Hause als ins Hospiz?«

»Dann müsstest du mich bis zu meinem Tod pflegen«, sagt Mama sachlich. »Und das will ich nicht.«

Mein erster, spontaner Gedanke ist: Das will ich auch

nicht! Denn so nah waren Mama und ich uns nie. Nicht mal als Kind habe ich sie je nackt gesehen! Sie jetzt zu pflegen, zu waschen, aufs Klo zu begleiten … undenkbar.

Mein zweiter Gedanke aber ist: Aha, die im Hospiz dürfen Mama pflegen. Und mir, ihrer eigenen Tochter, erlaubt sie das nicht?

»Vielleicht erholst du dich ja wieder«, sage ich und fühle mich matt und durcheinander. »Vielleicht hast du noch ein paar Monate zu leben, dann könntest du … du musst nicht … Ich meine, sie haben die Lungenembolie doch gut in den Griff gekriegt, oder? Es muss nicht so schnell zu Ende gehen!«

»Wird es aber«, sagt meine Mutter schlicht. »Man spürt das, Annika. Dass es so weit ist.«

Was soll man darauf sagen? In meinem Hals bildet sich ein Kloß. Ich starre auf meine Finger, die sich in meinem Schoß verknoten.

Als ich endlich wieder imstande bin, zu sprechen, sage ich mit belegter Stimme: »Du bist so unglaublich stark, Mama. Ich wünschte, du hättest mir ein bisschen was von deiner Stärke vererbt.«

»Und ich wünschte, ich dürfte auch einmal schwach sein. Aber irgendetwas in mir«, sie seufzt, »irgendetwas in mir lässt mich nicht.«

Überrascht blicke ich auf. Meine Mutter wünscht sich, schwach sein zu dürfen?

Sie?

Schwach?

Leise sagt Mama: »Weißt du, sich seine Ohnmacht einzugestehen und Hilfe anzunehmen … ach, Schneckchen. Inzwischen denke ich, das erfordert die größte Stärke überhaupt. Aber man muss es beizeiten lernen, sonst wird es immer schwerer. Und wenn man es dann auf die harte Tour beigebracht bekommt, so wie ich gerade … dann ist es beinahe unerträglich.«

Ich greife nach ihrer Hand, suche betroffen nach einer Antwort.

Finde keine.

Denn was meine Mutter mir gerade gestanden hat, stellt alles, wofür sie je eingetreten ist und was sie auch von mir immer erwartet hat, auf den Kopf.

Am Nachmittag hole ich Bobby endgültig von Frau Kemper ab.

Wir gehen spazieren, und obwohl es in Strömen regnet, scheint Bobby froh zu sein, sich austoben zu können. Während ich mich von dem hechelnden Hund durch den Park zerren lasse, überlege ich beklommen, was ich jetzt alles organisieren muss.

Mama möchte also in ein Hospiz. Doch wie schnell bekommt man dort überhaupt einen Platz? Gibt es eine Warteliste? Darf man sein Haustier mitnehmen? Und wenn es tatsächlich so schnell zu Ende gehen wird, wie Mama glaubt … müssen wir dann nicht auch über ihre Beerdigung sprechen? Wünscht sie sich eine Erdbestattung, oder will sie verbrannt werden? Ich schließe kurz die Augen, verdränge den letzten Gedanken. Er ist zu schwer.

Lieber konzentriere ich mich auf das, was ich als Allererstes abklären muss: wie ich es schaffen kann, hier bei Mama zu bleiben, statt an meinen Arbeitsplatz in der anderen Stadt zurückzukehren. Wie lange werde ich bei Pharmedizin noch fehlen können, ohne meinen Job zu riskieren? Könnte ich ein paar unbezahlte freie Tage an meinen Urlaub hängen, habe ich möglicherweise sogar ein gesetzliches Recht darauf, meiner Mutter beizustehen?

Wenn sich Mama jedoch irrt und ihr Sterben sich über viele Monate hinzieht – was zum Henker mache ich dann? Umziehen? Kündigen? Von meinem Ersparten leben? Oder akzeptieren, dass ich meine Mutter nur sonntags werde besuchen können und sie so gut wie sicher allein sterben wird?

Bobby hat einen feindlichen Rüden entdeckt, er kläfft sich die Seele aus dem Leib, und während ich ihn erschrocken in die andere Richtung ziehe, trete ich platschend in eine Pfütze.

Meine Füße sind nass, die Zukunft ist ein düsteres Wirrwarr, und ich frage mich niedergeschlagen, wie ich je habe glauben können, das Leben sei kontrollier- und planbar.

Der Tod jedenfalls ist es nicht.

In Mamas Wohnung schäle ich mich aus meinen nassen Klamotten. Danach schlüpfe ich wehmütig in das T-Shirt, das ich auf der Drei-Zinnen-Wanderung anhatte. Es müffelt, denn ich hatte noch keine Zeit, es zu waschen.

Aber kommt es darauf an? Samuels Hände haben mich durch dieses T-Shirt hindurch gestreichelt, er hat es mir in der schönsten Nacht meines Lebens über den Kopf gezogen, und auch wenn das jetzt, da ich ihn verloren habe, ein sehr geringer Trost ist, so ist es doch ein Trost.

Tja, Anspruchslosigkeit ist auch eine Tugend, denke ich mit kläglichem Spott.

Während ich am Esstisch den Laptop hochfahren lasse, grübele ich über die E-Mail nach, die ich gleich schreiben muss. Eigentlich wollte ich meinen Chef ja anrufen, um meine Abwesenheit in den nächsten Wochen zu besprechen. Doch am Telefon würde er mir sofort anmerken, wie sehr ich leide; dass ich angeschlagen bin, dass der kalten Annika Winter plötzlich der Biss fehlt, in jeder Hinsicht.

Und so etwas wird bei Pharmedizin gar nicht gern gesehen. Und auch nicht entschuldigt. Ob nun der Wellensittich im Sterben liegt oder die Mutter.

Ich rufe den Posteingang auf und formuliere in Gedanken bereits wohlklingende und völlig absurde Argumentationsketten, die meinem Chef beweisen sollen, dass ich bei Pharmedizin zwar grundsätzlich unersetzlich bin, nicht aber während der nächsten paar Wochen. Nebenher lasse ich meine Augen über die zahlreichen neuen Nachrichten gleiten.

Und bleibe wie festgefroren an einer hängen.

39.

S. Fillsteiner
Gestern
WARUM?

Liebe Annika,
es ist Nacht, und du bist längst fort, und ich weiß, dass du nicht willst, dass ich mich bei dir melde. Von Ermelinda habe ich deine kurze Nachricht bekommen. Sie war deutlich genug.

Trotzdem konnte ich nicht anders und bin wie ein Verrückter zur Bergschule gerannt, um deine Kontaktdaten aus dem Vertragsordner abzuschreiben. Aber warum zum Teufel hast du deine Telefonnummer dort nicht angegeben? Warum habe ich Idiot dich nie danach gefragt? Und warum findet man dich nicht im Internet?!

Jetzt hocke ich in meiner dunklen Wohnung und schreibe dir eine Mail, die du wahrscheinlich gar nicht erst lesen wirst, und deshalb lösche ich die Mail wieder und schreibe sie neu, und lösche sie wieder und schreibe sie neu, während mein Kopf voll ist von Bildern von dir und uns beiden und ich mich Stunde um Stunde frage: Warum?

Warum bist du ohne Abschied gegangen, Annika?

Ermelinda schien mehr zu wissen, doch sie hat sich geweigert, es mir zu verraten. Aus irgendeinem Grund schien sie allerdings sauer auf dich zu sein.

Ist etwas passiert?

Brauchst du meine Hilfe?

Samuel

Die Liebe zu ihm raubt mir den Atem.

Plötzlich könnte ich heulen vor Glück, ich könnte den Laptop umarmen und mit ihm und dieser wunderbaren E-Mail durchs Zimmer tanzen!

Doch dann lese ich die Mail ein zweites Mal, und meine ungestüme Freude fällt in sich zusammen wie ein Strohfeuer.

Denn Samuel hat nichts davon geschrieben, dass es eine Lösung für uns beide geben könnte. Er ist lediglich vor den Kopf gestoßen, weil ich ihn früher als erwartet verlassen habe. Er will eine Erklärung.

Aber er will keinen Neuanfang.

Was also soll ich ihm antworten?

Und wenn wir erst einmal beginnen, uns sehnsüchtige, aber unverbindliche Mails zu schreiben … wenn Samuel sich zwar nicht fest an mich binden will, mich aber andererseits auch nicht freigibt … wenn er mit mir spielt, mich am langen Arm verhungern lässt, und das ausgerechnet in den Wochen, in denen ich meine Mutter in ihrem Sterben begleite … Dann weiß ich beim besten Willen nicht, wie ich das überstehen soll, ohne sowohl meine Lebensfreude als auch meine Selbstachtung zu verlieren.

Oh, ich habe meine Fehler, zweifellos.

Aber *das* habe ich nicht verdient.

Ich strecke die Hand aus, berühre mit den Fingerspitzen den Bildschirm, auf dem immer noch Samuels Nachricht leuchtet. Wie einfach wäre es, ihm zurückzuschreiben, dass ich ihn liebe, dass ich ihn so schrecklich brauche, dass ich nicht mehr sein will ohne ihn! Denn es wäre die Wahrheit.

Doch ich bin keine Masochistin. Ich mache mich nicht kaputt, und ich werde keine Beziehung führen, die mich schon bald als kümmerliches Häuflein Elend zurücklassen wird.

Ich bin Annika. Die Annika, zu der ich an Samuels Seite geworden bin: verletzlich und suchend, mit der Fähigkeit, Glück zu empfinden, mich zu öffnen, zu lieben.

Dafür werde ich Samuel immer dankbar sein.

Und mit einem Mal weiß ich, was ich ihm antworten muss.

Winter
RE: WARUM?

Liebster Samuel,
du hast recht, es gibt einen Grund für meine Abreise. Ich möchte ihn dir nicht nennen, denn dein Mitleid wollte ich nie; nur deine Freundschaft, und ja, deine Liebe.

Ich weiß, dass du mir Letztere nicht geben kannst, denn du musst deine Berufung leben, und ich möchte dich nicht davon abhalten. Was bliebe mir von dir, wenn du meinetwegen nicht mehr Bergführer sein könntest? Nur dein Schatten, und dafür würde ich mir Vorwürfe machen, jeden Tag.

Deshalb lasse ich dich los, ohne Groll. Ich wünsche dir, dass du deine Träume verwirklichen kannst und glücklich wirst.

Und bitte, mach dir um mich keine Sorgen. Du hast mir gezeigt, was es heißt, zu leben. Jetzt werde ich versuchen, das auch zu tun.

Ich danke dir.

Annika

PS: Ich werde eine Weile nicht zu Hause sein. Könntest du Sven bitten, die Rechnung für die Touren der ersten Tage an eine andere Adresse zu schicken?

Ich tippe Mamas Anschrift unter die Mail.

Klicke auf »Senden«.

Lehne mich zurück und starre auf den Monitor, eine Minute lang, zwei.

Schließe die Augen.

Und weiß: Jetzt ist es endgültig vorbei.

40.

Ein Glas Wein und etliche Tränen später schreibe ich die Mail an meinen Chef.

Sie geht mir leicht von der Hand.

So wund scheuert sich mein Herz an meiner Traurigkeit, so unwichtig ist mir mein Job geworden, dass meine Erklärungen ziemlich gleichgültig ausfallen und kein bisschen unterwürfig.

Meine Worte lassen keinen Zweifel daran, dass ich während des Sterbens meiner Mutter *nicht* Hunderte von Kilometern von ihr entfernt sein werde. Stattdessen biete ich meinem Chef an, im Home-Office zu arbeiten. Das wird von Mamas Wohnung aus problemlos möglich sein, Telefon und Laptop habe ich schließlich. Und wenn meine Bitte abgeschmettert wird …

Nun, dann werde ich die Folgen eben tragen.

Was bedeutet, dass ich kündigen werde.

Zwar schreibe ich das nicht so deutlich, doch zwischen den Zeilen lasse ich es durchblicken. Und mein Chef mag zwar berechnend und skrupellos sein, aber doof ist er nicht.

Ohne zu zögern, schicke ich die Mail ab, trinke noch ein Glas Wein und gehe ins Bett.

Die ganze Nacht über träume ich von Samuel.

Im Schlaf bin ich glücklich.

Beim Aufwachen nicht.

41.

Der nächste Tag ist merkwürdig. Ich fühle mich unvollständig. Und irgendwie benommen. So, als hätte man mir den Mann meines Lebens unter Vollnarkose aus dem Herzen gerissen und ich sei noch nicht wieder ganz aus der Betäubung erwacht. Es ist eine bizarre Empfindung. Doch sie hilft mir, zu funktionieren.

Ich frühstücke, gehe ins Krankenhaus, sitze an Mamas Bett. Mama ist jetzt nicht mehr auf der Intensivstation, sondern in einem Einzelzimmer mit Blick auf silbergrüne Birken. Nach wenigen Minuten leisen Plauderns schläft sie ein, und ich halte eine Stunde lang einfach nur ihre Hand. Das Zimmer ist erfüllt von Sonnenlicht, Ruhe und Abschied.

Ich akzeptiere es.

Später spreche ich mit Dr. Lohwart, der mir die Adresse eines Hospizes gibt. Manchmal habe man Glück, sagt er, und es werde schnell ein Platz frei. Zwar gebe es in der Tat eine Warteliste, doch die Plätze würden nicht streng nach der Reihenfolge der Anmeldungen vergeben, sondern auch nach Dringlichkeit. Und dringlich sei es bei meiner Mutter, aber das sei mir ja sicher bewusst.

Ich blinzele. »Dann hat sie wohl nur noch ein paar …?«

»Tage, ja. Wobei man das nie so genau vorhersagen kann«, sagt Dr. Lohwart und rückt seine Brille zurecht. »Es kann länger dauern oder schneller gehen. Man steckt da nicht drin.«

Schneller als ein paar Tage? *Noch* schneller?

Ich schlucke, bin froh, dass die eigenartige Betäubung meines Herzens weiterhin anhält. Wer weiß, wie ich diese Nachricht sonst aufgenommen hätte.

So aber nicke ich bloß.

Am Mittag gehe ich mit Bobby spazieren. Als wir zusammen durch den Park laufen, beschließe ich, den Hund zu behalten, wenn meine Mutter gestorben ist. Sie wird erleichtert sein, wenn ich ihr das sage, Bobby war ihr immer so wichtig. Der Gedanke, dass ich sie von einer großen Sorge befreien kann, lässt etwas Ähnliches wie Freude in mir aufsteigen. Doch auch dieses Gefühl bleibt konturlos und gedämpft.

Immerhin arbeite ich meine To-do-Liste heute ganz gut ab. Am Nachmittag rufe ich beim Hospiz an, und eine freundliche Schwester teilt mir mit, dass ich wirklich großes Glück habe: Schon am Freitag könne meine Mutter einziehen! Und ja, der Hund dürfe mitkommen, solange ich mit ihm Gassi gehe und ihn füttere.

Ich versuche, Dankbarkeit zu verspüren.

Dann gehe ich einkaufen, doch ich habe keinen Appetit, also besorge ich nur das Nötigste.

Und schließlich besuche ich ein zweites Mal an diesem Tag meine Mutter. Erzähle ihr von Bobby, von ihrem Umzug ins Hospiz am Freitag und davon, dass ich am Donnerstag ihr Zimmer dort einrichten werde.

»Die Schwester hat gesagt, es sei groß genug, dass man ein paar persönliche Dinge mitbringen könne. Was möchtest du im Hospiz um dich haben, Mama? Ein bestimmtes Möbelstück, ein Bild, besondere Bettwäsche?«

Mamas Hand, aus der schon so viel Leben gewichen ist, drückt die meine. »Dich und Bobby«, sagt sie. »Euch möchte ich um mich haben, Schneckchen. Sonst nichts.«

Noch nie war meine Mutter so weich, so abhängig von meiner Zuneigung und Fürsorge, so bedürftig. Ich blicke in ihr eingefallenes, von der Gelbsucht verfärbtes Gesicht, und in diesem Moment bin ich um meine Betäubung beinahe froh. Denn nur, weil ich so wenig empfinde, kann ich beruhigend lächeln.

»Wir werden da sein, Mama«, sage ich.

Nichts zu fühlen verbraucht erstaunlich viel Energie, und am Abend dieses Dienstags, den ich wie durch einen Dunstschleier wahrgenommen habe, bin ich vollkommen erschöpft. Ich drehe eine Runde mit Bobby, werfe eine Maschine Wäsche an, esse lustlos eine Scheibe Brot und fahre den Laptop hoch. Was mein Chef wohl geantwortet hat? Vielleicht hätte ich meine Mails ein bisschen früher checken sollen, schließlich sind seit meiner Nachricht an ihn – und an Samuel – bereits eine ganze Nacht und ein ganzer Tag vergangen.

Ob Samuel …

Nein. Er hat mir bestimmt nicht geantwortet. Was denn auch? Ich habe ihn losgelassen. Es gibt nichts mehr zu sagen.

Trotzdem beginnt mein Herz sich zum ersten Mal an diesem Tag zu regen, schneller zu klopfen, sich an seine ursprüngliche Vitalität zu erinnern, als ich den Posteingang aufrufe und nervös überfliege, wer mir geschrieben hat: eine Mail von Jenny, eine von meinem Chef, Werbung, Werbung, sieben Presseanfragen, obwohl ich offiziell noch im Urlaub bin, eine entfernte Bekannte, Werbung und …

Das war's.

Keine Mail von Samuel.

Natürlich nicht.

Ich atme so heftig aus, dass es wie ein Schluchzer klingt – dann setzt die Betäubung wieder ein.

Sehr gut.

Ich öffne die Nachricht meines Chefs. Als ich sie überfliege, weiten sich meine Augen: Er gewährt mir keinen weiteren Urlaub, weder bezahlt noch unbezahlt, und nächsten Sonntag sei eine wichtige (!) Pressekonferenz, auf der keine (!) seiner Referentinnen fehlen dürfe. Meine privaten Probleme seien sehr bedauerlich, doch es sei unabdingbar, dass ich meiner Verantwortung bei Pharmedizin gerecht würde, dass ich auch in schweren Zeiten Engagement zeige … und so weiter, bla, bla, bla.

Auf das Schlimmste gefasst, lese ich nun die Mail von Jenny. Und bingo: Es kommt noch dicker. Denn Jenny schlägt mir unverhohlen vor, dass sie meinen Job übernehmen könne, wenn ich im Moment davon überfordert sei. Sie habe während meiner Abwesenheit gemerkt, wie gut sie mit meinen Aufgaben zurechtkäme, und obgleich der Chef mich selbstverständlich nicht feuern wolle – es gäbe ja bisher auch gar keinen Grund dazu –, sei sie, Jenny, doch dazu bereit, zum Wohle von Pharmedizin …

Ich höre auf zu lesen. Was ich an meinen Chef geschrieben habe, war ausdrücklich vertraulich! Woher also weiß

Jenny das alles? Wann hat der Chef ihr von mir und meiner todkranken Mutter erzählt? Heute Nacht im Bett?!

Ob er ahnt, dass sie mir diese von falschem Mitgefühl triefende Nachricht geschrieben hat?

Ich könnte kotzen.

Und da weiß ich mit absoluter Sicherheit, was mir eigentlich schon in Südtirol klar geworden war: dass ich nicht zu Pharmedizin zurückkehren will.

Also schreibe ich meinem Chef die kürzeste Mail, die ich jemals versendet habe, und Jenny – Schluss mit den Spielchen, verdammt! – setze ich kurzerhand in CC.

Hiermit kündige ich fristlos. Beste Grüße, Annika Winter.

Weg damit.

Ich atme auf. Wage mich an ein kleines Lächeln. Nun hat dieser komische, traurige Tag doch zumindest gut geendet.

Und ich, die ehemalige Überfliegerin, bin arbeitslos.

42.

Der Mittwoch bringt wenig Änderung.

Ich fühle mich immer noch wie in Trance, bin immer noch dankbar dafür und funktioniere immer noch recht gut. Wieder führe ich Gespräche mit Dr. Lohwart, wieder schaue ich Mama beim Schlafen zu, wieder rufe ich im Hospiz an, da ich noch etliche Fragen habe (schließlich wird der Umzug schon am Freitag stattfinden). Wieder gehe ich mit Bobby spazieren, wieder lese ich eine Mail von meinem Chef (der mich beschimpft) und eine von Jenny (die mir dankt), wieder trinke ich abends ein Glas Wein und gehe dann zu Bett.

Wieder hat Samuel mir nicht geschrieben.

Was für ein Scheißleben, denke ich resigniert, bevor mir die Augen zufallen.

Am Donnerstag beschließt irgendeine höhere Macht, mich ein bisschen zu verarschen. Denn als ich nach dem Frühstück lustlos meine Mails abrufe, hat mir … nein, nicht Samuel geschrieben.

Aber der Feinkost-Hersteller, bei dem ich mich blindbeworben habe.

Sie haben Interesse an mir.

Wann ich denn mal Zeit für ein Telefongespräch habe?, schreiben sie, und dass es natürlich auch schön wäre, wenn sie mich so bald wie möglich kennenlernen könnten.

Mamas Wohnzimmer fängt an, sich um mich zu drehen. Mein Traum-Arbeitgeber hat an mir Interesse, Bozen rückt in greifbare Nähe. Seit gestern bin ich arbeitslos, ich werde also gar nicht anders können, als die Gelegenheit beim Schopfe zu packen und mich dort vorzustellen.

Und dann werde ich, falls alles klappt, in Bozen wohnen, nur zwei Stunden von Samuel entfernt.

Von Samuel, der sich bereits von mir gelöst hat.

Der vielleicht schon auf dem Weg zu seinem nächsten Gipfel ist, in der nächsten Steilwand hängt, die nächste Expedition plant, ungebunden und frei.

Der offensichtlich sehr zufrieden damit ist, dass ich ihm unsere Trennung so leicht gemacht habe.

Ich stütze die Stirn in die Hände und gestatte es mir, das verdammte Schicksal mit seinem zynischen Timing ausgiebig zu verfluchen. Fast schafft mein Zorn es sogar, mein Herz aufzuwecken.

Aber nur fast. Gerade noch rechtzeitig setzt die schützende Betäubung wieder ein, und ich seufze, schalte den Laptop aus, ohne dem Herrn von der Feinkost-Firma geantwortet zu haben, und wappne mich für den Tag.

Ich muss heute Mamas Zimmer im Hospiz einrichten.

Für die blöden Späße des Lebens habe ich schlichtweg keine Zeit.

Das Hospiz ist in einem großen Jugendstilhaus untergebracht. Als ich eintrete, werde ich von einer fröhlichen

Schwester begrüßt. Befremdet frage ich mich, warum sie so unbeschwert lächelt. Ich meine, hier sterben Menschen! Doch Schwester Hildegard wirkt, als sei dies das Normalste von der Welt.

Ist es wohl auch.

Aber nicht für mich.

Ich folge Schwester Hildegard durch den großzügigen Eingangsbereich ins Büro, um die Anmeldeformalitäten zu erledigen. Wir kommen an einer brennenden Kerze vorbei, an geschlossenen Türen und auch offenen, und ich erhasche einen Blick auf eine schlafende Greisin mit wächserner Haut.

Ich schaudere.

Alles erscheint mir grau und gruselig in diesem Todeshaus.

Dabei ist das Hospiz, objektiv betrachtet, alles andere als grau. Die Räume sind in freundlichen Farben gestrichen – apricot, lindgrün und sonnengelb –, sämtliche Deckenlampen sind mit rosa Stoffen abgehängt, und es gibt große Fenster, sodass im ganzen Haus eine helle, warme Atmosphäre herrscht.

Grau und gruselig, wird mir klar, ist es nur in mir selbst.

»Das alles nimmt Sie sehr mit, nicht wahr?«, fragt Schwester Hildegard, und ich zucke zusammen. Merke erst jetzt, dass sie mit mir geredet haben muss, während ich wie ein Roboter hinter ihr hergelaufen bin, mich im Büro auf einen Stuhl gesetzt und Formulare in Empfang genommen habe. Ich senke den Blick auf meine Hände, die mehrere Blatt Papier halten. Was hat Schwester Hildegard mir da gegeben? Was hat sie mir erklärt, ohne dass ich zugehört habe? War es wichtig, sollte ich nachfragen, bringe ich Mama sonst in Schwierigkeiten, muss ich …

»Wissen Sie was? Richten Sie heute einfach nur das Zimmer ein, ganz in Ruhe. Alles andere erledigen wir morgen Nachmittag, wenn Sie Ihre Mutter herbringen«, sagt Schwester Hildegard entschieden.

»Es tut mir leid«, stammele ich. »Ich weiß nicht, was mit mir los ist. Normalerweise bin ich nicht so abwesend, es … es tut mir leid.«

»Das muss es nicht. Vielen Angehörigen geht es wie Ihnen. Seien Sie nicht zu streng mit sich.« Die Schwester steht auf. »Nun lassen Sie mich Ihnen das Zimmer zeigen. Was haben Sie denn mitgebracht?«

»Meine Mutter wollte nichts«, murmele ich und erhebe mich ebenfalls. »Aber ich habe Fotos eingepackt, von meinem Vater und von mir, und … ihr Schachspiel. Und natürlich den Hundekorb. Und Bücher. Und eine bunte Decke.«

Was ich ausgewählt habe, erscheint mir plötzlich lächerlich. Wofür braucht Mama eine bunte Decke!

Doch die Schwester schenkt mir ein Lächeln ohne jeden Vorwurf. »Prima«, sagt sie heiter. »Parken Sie vor dem Haus? Ich helfe Ihnen tragen.«

Der restliche Tag geht vorüber wie auch die Tage zuvor – nein, Samuel hat wieder nicht geschrieben –, und irgendwann ist es spät und dunkel, und mein tranceartiger Zustand wird mir langsam, aber sicher unheimlich.

Ich stehe mit dem leeren Glas in der Küche, scheitere an der simplen Entscheidung, ob ich noch was trinken oder mich ins Bett hauen soll, und mit einem Mal frage ich mich, wie lange ich wohl noch so dahintreiben werde, unter Wasser, mit einer dicken Eisschicht über mir.

Bis zu Mamas Tod?

Oder geht es da erst richtig los?

Wenn Samuel doch hier wäre.

Wenn Samuel doch hier wäre!

Meine Unterlippe bebt, eine Träne tropft in mein Glas.

Durch das geöffnete Fenster wehen kühle Nachtluft und das Brummen eines Autos herein, und ich klammere mich an die Geräusche der Welt, an die gleichgültige Normalität, um nicht zu zerbrechen. In der Ferne grölt ein Betrunkener. Ganz in der Nähe erstirbt ein Motor. Jemand steigt aus. Ich höre schnelle Schritte. Ein Klingeln.

An *meiner* Tür.

Wer zum Teufel will um elf Uhr nachts …

Wummernd erwacht mein Herz aus seiner Erstarrung.

Ich stürze zum Fenster, mein Blick scannt die Straße, irrt zwischen den geparkten Autos hin und her, und da! Steht alt und klapprig, im gedämpften Schein der Straßenlaterne …

Ein oranger VW-Bus.

43.

Drei Sekunden später habe ich den empörten Bobby in der Küche eingesperrt und reiße die Wohnungstür auf.

Ich starre Samuel an, kann nicht glauben, dass er leibhaftig vor mir steht, mit lila Shirt, dunklen Ringen unter den Augen und wunder-, wunderschön.

Tonlos bewege ich die Lippen. »Samuel.«

Ich sehe, dass er hart schluckt.

Dann tritt er auf mich zu, zieht mich in seine Arme und drückt mich so fest an sich, dass mir die Luft wegbleibt. »Schick mich nicht fort«, flüstert er. »Bitte, schick mich nicht gleich wieder fort.«

»Nie«, wispere ich, und das Leben strömt so schmerzhaft in mich zurück wie Wärme durch halb erfrorene Finger.

»Du hast geschrieben, du willst mich nicht mehr, wenn ich nur noch ein Schatten meiner selbst bin«, sagt Samuel, leise und hastig. »Doch das bin ich nicht, ich bin kein Schatten, nicht, solange ich mit dir zusammen bin, denn mit dir werde ich immer … wie soll ich es ausdrücken … ach, verdammt!«

Er bringt ein wenig Abstand zwischen uns und schaut

mich an, nervös und voller Sehnsucht. »Gib mir eine Chance. Bitte. Ich komme nicht mit leeren Händen, ich hab mir was überlegt, und ich würde es dir gern … darf ich es dir erzählen?«

»Später.« Mein Blick umschlingt ihn, ich wage nicht einmal zu blinzeln, aus lauter Furcht, dass Samuel sich auflöst wie ein allzu schöner Traum. »Wir reden später. Ich muss mich erst davon überzeugen, dass du wirklich hier bist.«

»Das bin ich«, sagt Samuel. »Und ich liebe dich, Annika.«

Die Eisschicht, die mich unter Wasser gehalten hat, zerspringt.

In mir beginnt es zu tosen und zu toben, und ich spüre, wie ich die Kontrolle über mich verliere, wie Trauer und Liebe, schattige Verzweiflung und stürmische Lebensfreude aufeinanderprallen und sich vermischen. Ich fange an zu lachen, dann zu schluchzen, und Samuel streichelt meine tränennassen Wangen, während all das Lichte und Hoffnungsvolle und Schöne, das ich verloren hatte, in mich zurückfließt und mich erfüllt.

Dann neigt Samuel sein Gesicht. Legt zart und warm seine Lippen auf meine.

Und ich küsse ihn zurück.

Öffne leicht den Mund, spiele mit seiner Zunge, und ich lebe wieder, lebe, *lebe!*, als ich entflamme und sich Sanftheit in wilden Hunger verwandelt, als ich Samuel in die Wohnung ziehe und die Tür hinter uns zuschlage und wir uns küssen und liebkosen wie zwei Besessene, taub für Bobbys Gebell in der Küche, blind für alles außer uns. Hände gleiten unter Stoff, Hüften drängen sich aneinander, und obwohl ich weiß, dass Samuel und ich zuallererst miteinander reden sollten, höre ich nicht auf, denn ich will jetzt weder zuhören noch sprechen. Ich möchte, ich *muss* Samuel körperlich nah sein; nur so kann ich glauben, dass er tatsächlich zu mir gekommen ist, den ganzen langen Weg von Südtirol. Ich muss es mit allen Sinnen begreifen: Er ist da.

Und dazu muss ich ihn so intensiv spüren wie nur irgend möglich.

In Nullkommanichts schießt heiße Erregung in meinen Schoß, ergreift ein kompromissloses Verlangen von mir Besitz. Samuel scheint es ebenso zu gehen, denn er streichelt mich nun fest und fordernd, und als er mich mit seinem harten Körper gegen die Wand drückt, stöhne ich auf. Er küsst meinen Hals, und ich lege ein Bein um seine Hüfte. Die überwältigende Erleichterung, ihn nicht verloren zu haben, peitscht meine Leidenschaft immer weiter auf – und braucht ein Ventil.

Unbedingt. Sofort.

»Komm in mich«, keuche ich. »Bitte.«

Als Antwort löst er sich von mir, greift sich mit der Hand in den Nacken und reißt sich das Shirt über den Kopf.

Gleich darauf liegen wir nackt im Bett. Voller Ungeduld ziehe ich ihn auf mich, und fast grob dringt Samuel in mich ein. Wir lieben uns heftig und schnell, und ich brenne vor Lust; seine kräftigen Hände um meine Handgelenke und ein paar tiefe Stöße reichen aus, um mich zu den Sternen zu katapultieren.

»Meine Güte«, hauche ich erschüttert, als ich wieder fähig bin zu sprechen. »Was war *das* denn?«

»Dein erster Orgasmus in dieser Nacht«, sagt Samuel mit funkelnden Augen. »Und jetzt kümmern wir uns in aller Ruhe um den zweiten.«

44.

Ich erwache, und alles ist anders. Mein Herz schlägt gleichmäßig und stark, die graue Welt ist wieder hell und glitzernd. In den schrägen Sonnenstrahlen, die durchs Gästezimmer fallen, tanzt goldener Staub. Samuel schläft noch, seine nackte Haut schimmert im Licht. Ich liebe ihn, denke ich bewegt.

Ich liebe ihn so sehr.

Und das Beste ist: Er liebt mich auch.

Eine halbe Stunde später ist Samuel ebenfalls wach, doch keiner von uns hat Lust, die Arme des anderen zu verlassen und aufzustehen. Also bleiben wir einfach liegen. Ich fühle mich so träge und glücklich, wie man es nur nach sehr wenig Schlaf und sehr viel Sex sein kann – und wenn man fest entschlossen ist, alle Sorgen und Probleme für ein paar Stunden weit, weit von sich zu schieben.

»Annika?«, fragt Samuel leise.

»Hm?«

»Du hast mir gestern Abend nicht geantwortet. Gibst du …« Er räuspert sich. »Gibst du mir eine Chance?«

»Das fragst du noch«, murmele ich, »nach dieser Liebesnacht?«

»Na ja. Nach der letzten Liebesnacht hast du mich verlassen.«

Ich zucke zusammen. Herrje, ich habe Samuel immer noch nicht erzählt, warum ich wirklich abgereist bin! Das muss ich so bald wie möglich nachholen.

Aber nicht jetzt.

Erst einmal müssen wir über *uns* reden.

Ich kuschele mich noch dichter an ihn, lege den Kopf auf seine Brust. »Natürlich gebe ich dir eine Chance«, sage ich. »Aber was ist mit dir selbst? Du warst es, der gesagt hat, das mit uns hätte keinen Sinn.«

Samuel seufzt. »Ich weiß. Und glaub mir, ich habe wenig in meinem Leben so sehr bereut wie diese Worte. Vor allem, nachdem du Hals über Kopf geflohen warst und dann meine Mail abgeschmettert hast, weil du nichts mehr von mir wissen wolltest.«

»He, ganz so war es ja nicht! Ich dachte, ich sei nur ein Ferienflirt für dich gewesen. Du hast nie eine Andeutung gemacht, dass ich dir mehr bedeute, Samuel.«

»Weil ich dich nicht drängen wollte.« Gedankenverloren streichelt er mein Haar. »Ich war ja davon ausgegangen, dass wir noch eine ganze Woche zusammen haben. Aber dann warst du weg, von einer Sekunde auf die andere … und ich hatte dir das, was ich dir immer hatte sagen wollen, nur auf Italienisch gesagt. Kannst du dir vorstellen, wie sehr ich mich dafür verflucht habe?«

»Sag es mir jetzt«, bitte ich leise.

Mein Kopf liegt immer noch auf Samuels Brust, und ich spüre, wie sich sein Herzschlag beschleunigt.

»Ich habe …« Er bricht ab, atmet tief durch.

Mein Herz schlägt nun ebenso schnell wie seins.

»Ich habe dir gestanden …«, setzt er wieder an.

Und dann bricht es aus ihm heraus: »Wie durcheinander ich war. Dass ich keine Ahnung hatte, was ich tun sollte, um dich nicht zu verlieren, und dass der Gedanke daran, dass du bald abreisen würdest, mich ganz krank machte. Dass ich dir nicht zumuten wollte, mit mir zu leben, dass ich mir selbst aber auch nicht zumuten wollte, ohne dich zu leben. Ich habe mich gefragt, welchen Weg es für uns geben kann, wie wir es schaffen können, zusammenzubleiben. Diese Frage habe ich mir seither hundertmal gestellt, und, Annika … Ich glaube, ich habe eine Antwort gefunden.«

Sein Bekenntnis wirft mich um. Ich bin so gerührt, dass ich meiner Stimme nicht traue; also sage ich nichts.

Nervös fährt Samuel fort: »Ich habe mir überlegt … nun, wenn ich meinen Beruf aufgebe, dann willst du mich nicht mehr. Deshalb muss ich …«

»Moment, das habe ich so nie gesagt!«, unterbreche ich ihn. Ich setze mich auf und schaue ihm eindringlich in die Augen, denn ich möchte, dass er mir auf jeden Fall glaubt. »Ich stelle keine Bedingungen! Ob du als Bergführer arbeitest oder etwas anderes machst, das ist deine Entscheidung, Samuel. Ich will bloß nicht, dass du meinetwegen unglücklich wirst.«

»Das werde ich auch nicht, ganz sicher nicht! Es *gibt* eine Lösung, wie ich Bergführer bleiben und trotzdem Zeit für dich haben kann. Es mag verrückt klingen, und beruflich ist es natürlich ein ziemliches Risiko, aber …«

Ein langgezogenes Jaulen unterbricht ihn.

»Oje, Bobby! Den habe ich ganz vergessen.« Schuldbewusst fliegt mein Blick zur Zimmertür. Der arme Hund ist seit gestern Abend in der Küche eingesperrt! Meine Qualitäten als Frauchen lassen definitiv noch zu wünschen übrig.

Samuel lacht und schwingt die Beine aus dem Bett. »Okay, meine Süße. Jetzt ist Gassigehen angesagt.«

Nachdem Samuel sein spärliches Gepäck aus dem VW-Bus geholt hat und wir uns eine schnelle gemeinsame Dusche gegönnt haben – Bobbys Winseln verhindert leider zuverlässig, dass mehr daraus wird –, machen wir uns auf den Weg. Mit Croissants und Coffee to go vom Bäcker um die Ecke ausgestattet, schlendern wir durch den Park.

»Nett hier«, sagt Samuel und lässt seinen Blick über die Rasenflächen und ordentlichen Beete gleiten.

Ich hebe eine Braue. »Du magst gestutzte Natur?«

»Ähm«, sagt er und wirft seinen Pappbecher in einen überquellenden Abfalleimer. »Möglicherweise ist es mir ein bisschen zu … flach.«

Ich lache, werfe meinen Becher ebenfalls weg und greife nach seiner Hand.

»Na los«, sage ich, während der hechelnde Bobby uns weiterzieht. »Wir sind satt, Bobby ist beschäftigt, und du hast mich lange genug auf die Folter gespannt. Erzähl mir von deiner verrückten, riskanten Idee!«

Samuel lächelt. Er hebt seine Hand, die meine festhält, und betrachtet mit nachdenklicher Zärtlichkeit unsere ineinander verflochtenen Finger.

Dann wendet er den Kopf und schenkt mir einen tiefen Blick. »Annika, ich werde Unternehmer.«

»Was?«, schreie ich und bleibe wie angewurzelt stehen.

»Samuel! Du kannst doch nicht … was ist mit deiner Berufung? Deinen Gipfeln? Ich meine … Unternehmer?!«

Er lacht, und seine Augen blitzen. »Du kannst dich wieder beruhigen, meine Süße. Ich werde Kleinstunternehmer, okay? Ich gründe meine eigene Bergschule! Dann werde ich zwar immer noch auf Touren und Expeditionen gehen, aber nicht mehr das ganze Jahr über. Bürohengst in Teilzeit, sozusagen.«

Ich starre ihn an.

Bobby erblickt einen anderen Hund, zerrt kläffend an der Leine und reißt mich dabei fast von den Füßen.

Samuel nimmt mir grinsend die Leine aus der Hand. »An den Manieren dieses Kerlchens müssen wir aber noch arbeiten.«

Er geht so selbstverständlich mit Bobby weiter, als seien sie seit Jahren ein eingespieltes Team.

Völlig perplex stolpere ich neben ihnen her.

»Ist das denn so einfach?«, sprudelt es aus mir heraus. »Was heißt das denn, du gründest deine eigene Bergschule? Braucht man da nicht … Eigenkapital, Kontakte, was weiß ich?«

»Im Prinzip braucht man einen Computer, Erfahrung und einen guten Ruf in der Branche«, sagt Samuel gelassen. »Und all das habe ich. Man muss halt bereit sein, finanziell zurückzustecken, bis die Bergschule einigermaßen bekannt geworden ist – große Sprünge sind in den ersten Jahren sicher nicht drin. Aber das macht mir nichts aus.«

»Und … wie …«, stottere ich erschlagen.

Samuel wirft mir einen amüsierten Blick zu. »Im Moment bin ich als Freelancer unterwegs, das heißt, ich suche mir meine Jobs selbst zusammen, bei Sven und anderswo, und bekomme einen gewissen Tagessatz ausbezahlt. Nun werde ich eben die Seiten wechseln. Weißt du, ich habe viel mit Sven geredet, nachdem du gegangen warst. Er hatte sowieso mitgekriegt, dass zwischen uns was lief, und … Na ja, seinen Spott, dass ich so plötzlich in Flammen stehe, wie er es ausgedrückt hat, musste ich schon einstecken. Aber ansonsten hat er sehr kollegial reagiert, hat mir sogar versprochen, dass er mir hilft und mich bei der Existenzgründung mit seiner Erfahrung unterstützt – vorausgesetzt natürlich, dass ich meine Bergschule nicht direkt neben seiner aufmache. Im Klartext heißt das, ich muss das Dorf verlassen. Aber was soll's? Es gibt viele schöne Orte in Südtirol.«

Mein Magen beginnt zu flattern.

»Falls«, sage ich atemlos, »du das wirklich durchziehen willst: Wie würde dein Alltag dann aussehen?«

»Wie gesagt, ich würde immer noch auf Touren gehen, aber nicht mehr ununterbrochen. Ein Teil meiner Arbeit würde darin bestehen, mich um die Werbung für die Bergschule zu kümmern, gute Freelancer zu finden, Abrechnungen zu erstellen und so weiter. Klar, Verwaltung und Organisation sind nicht ganz so spannend wie die Eroberung eines Sechstausenders, aber … es wäre ein Kompromiss, Annika. Einer, mit dem ich leben könnte. Ich bin jedenfalls fest entschlossen, es zu versuchen – falls du dir eine gemeinsame Zukunft mit mir vorstellen kannst.«

Das Flattern in meinem Magen wird zum Wirbelsturm.

»Ich weiß«, fährt Samuel hastig fort, »gemeinsame Zukunft, das klingt verrückt. Wir kennen uns ja erst so kurz. Aber es hieße erst mal nur, dass ich dich regelmäßig besuchen kommen kann. Und hey, ist nicht das ganze Leben irgendwie verrückt? Schau uns an: Ich muss ständig auf irgendwelche Gipfel, um glücklich zu sein, du bist versessen auf Schneckenpesto und schleppst in deinem Wanderrucksack Champagner mit dir herum, und Maria hört die Alpenrosen singen! Die Welt wäre ganz schön langweilig, wenn wir alle normal wären und immer vernünftig; wenn wir über jede Entscheidung jahrelang nachdenken würden. Meinst du nicht?«

»Doch«, hauche ich, »doch, natürlich. Es ist nur ... du wirst dir etwas ganz Neues aufbauen müssen, und noch dazu musst du umziehen. Ich kenne mich mit der Gründung von Bergschulen zwar nicht aus, ich weiß nicht, wie viel Prozent der Neugründungen das erste Jahr überstehen, aber ... Hast du denn gar keine Angst, dass du einen schrecklichen Fehler machst?«

»Nein«, sagt Samuel schlicht.

Wir bleiben stehen und schauen uns in die Augen.

Ich schlucke. »Es könnte schiefgehen, das mit uns.«

»Das könnte es«, nickt er. »Aber genauso gut könnte uns der Himmel auf den Kopf fallen.«

»Und ... vorsichtshalber im Haus zu bleiben ... das wäre wohl ziemlich bescheuert, was?«

»Ziemlich«, sagt Samuel sanft.

Da breitet sich ein Lächeln auf meinem Gesicht aus.

Von einem Ohr zum anderen.

45.

»Warum hattest du Bobby im Urlaub eigentlich nicht dabei?«, erkundigt sich Samuel auf dem Heimweg. »Wandern ist doch toll für Hunde!«

Er klingt so euphorisch, dass ich lachen muss. Seit klar ist, dass ich seine Zukunftspläne gutheiße und vor allem ein Teil davon sein möchte, ist Samuel in Hochstimmung.

»Bobby ist gar nicht mein Hund«, erkläre ich. »Er gehört meiner Mutter, ebenso wie die Wohnung, in der ich gerade lebe.«

»Oh.« Er grinst frech. »Und ich dachte schon, dies hier sei dein Zweitwohnsitz.«

»Wie bitte? Ich bin zweiunddreißig, ich habe doch noch keinen Zweitwohnsitz!«

»Süße, du fährst ein schickes Auto, machst in einem sündhaft teuren Hotel Urlaub, hast eine Vorliebe für Feinkost und hättest es dir locker leisten können, dir volle drei Wochen lang einen Bergführer zu nehmen.« Samuel hebt spöttisch die Brauen. »Ganz ehrlich, *so* unwahrscheinlich ist ein Zweitwohnsitz da nicht.«

Tja, mit alldem hat es wohl bald ein Ende, schießt es mir

durch den Kopf. Mal sehen, wie lange meine Ersparnisse reichen, jetzt, wo ich arbeitslos bin.

»Apropos Zweitwohnsitz«, fällt es mir reichlich verspätet ein. »Woher wusstest du denn eigentlich, dass ich hier bin und nicht zu Hause?«

»Du hattest es mir doch gemailt, für Sven und seine Rechnung. Ein Glück! Sonst wäre ich nämlich zu der Adresse gefahren, die du im Vertrag angegeben hast. Dann würde ich wohl immer noch vor deiner verwaisten Wohnung in der anderen Stadt sitzen und verzweifelt darauf warten, dass du mich reinlässt.« Samuel lacht.

Ich möchte einstimmen, doch das Lachen bleibt mir im Halse stecken.

Denn dass ich in der Wohnung meiner Mutter lebe, hat ja einen Grund.

Ich seufze, und mir wird klar, mein Ausflug ins Vergessen ist zu Ende. So wundervoll beschwingt ich mich durch Samuels Liebe auch fühle, so sehr ich eine Pause von meinem Kummer gebraucht habe: Es ist Zeit, mich wieder meiner Aufgabe zu stellen.

Meine Mutter liegt im Sterben, und sie braucht mich.

Auch heute.

»Ich habe mir deine Wohnung sowieso ganz anders vorgestellt«, höre ich Samuel fröhlich weiterreden. »Designter, kühler, so, wie du zu Anfang warst. Perserteppiche und Eichenholzmöbel kamen in meiner Fantasie jedenfalls nicht vor. Eher abstrakte Gemälde und weißer Lack. Und vor allem ein riesiger Futon, auf dem wir beide …«

Da bemerkt er meine Miene, und abrupt verstummt er.

»Was ist?«, fragt er besorgt.

Soll ich es einfach sagen? Es fällt mir merkwürdig schwer. Allzu oft schon habe ich es verschoben, Samuel von meiner Mutter zu erzählen. Weil ich den Tod verdrängen wollte, wenn ich mit ihm zusammen war. Weil ich fürchtete, ich würde das Mitleid in seinen Augen nicht ertragen. Weil ich glaubte, Samuel habe mit meinem normalen Leben, mit meinem Alltag, mit meinen familiären Sorgen nichts zu tun.

Doch das hat er nun, denn jetzt sind wir ein Paar, und ich möchte alles mit ihm teilen, was mich betrifft, das Schöne und das Schlimme. Endlich einmal möchte ich eine Beziehung führen, die diesen Namen auch verdient.

Leise frage ich: »Willst du den Grund wissen, warum ich so überstürzt abgereist bin?«

»Natürlich«, sagt er verwirrt.

Und da erzähle ich es ihm.

Ich halte nichts mehr zurück, auch das nicht, worauf ich alles andere als stolz bin. Ich berichte ihm von meiner kindischen Reaktion auf Mamas Geständnis, sie habe Krebs. Von meiner Flucht ins Reisebüro und dann nach Südtirol. Vom schwierigen Verhältnis zu meiner Mutter und unserer vorsichtigen Annäherung in den letzten Wochen. Vom Anruf des Krankenhauses im Hotel nach der Lungenembolie, von meinem Schock. Von der Angst, ein zweites Mal zu spät zu kommen. Von Mamas Lebenserwartung, die laut Arzt nur noch wenige Tage beträgt. Und von dem, was heute Nachmittag anstehen wird: dem Umzug ins Hospiz.

Erschüttert hört Samuel mir zu, drückt meine Hand, legt schließlich den Arm um mich. Eng umschlungen gehen wir nach Hause, ich rede und rede, und als wir vor der Wohnungstür stehen und ich geendet habe, fühle ich mich gleichzeitig erschöpft und erleichtert.

»Ach, Annika«, sagt Samuel leise. »Hätte ich das bloß gewusst.«

»Ist schon in Ordnung.« Ich schließe die Tür auf und werfe ihm ein schwaches Lächeln zu. »Du weißt es jetzt. Und du bist hier. Das ist das Wichtigste.«

Er antwortet nicht sofort.

Doch als wir eintreten und Bobby in die Küche rennt, um sich wie ein Verdurstender auf seinen Wassernapf zu stürzen, sagt Samuel unbehaglich: »Wegen heute Nachmittag. Wäre es okay, wenn ich da … ähm …«

»Du brauchst nicht mitzukommen!«, versichere ich schnell. »Mach was Schönes, geh ins Kino. Oder bummele ein bisschen durch die Stadt.«

Mit unergründlichem Blick sieht er mich an.

Was hat er, denke ich, mag er kein Kino? Hasst er bummeln? Oder …

»Du musst wieder weg«, sage ich erschrocken. »Das ist es, nicht wahr? Du kannst gar nicht bleiben. Du wurdest von jemandem gebucht.«

Immer noch dieser unergründliche Blick. »*Du* hast mich gebucht, meine Süße. Bis einschließlich heute, schon vergessen? Denn eigentlich wärst du erst morgen, am Samstag, abgereist.«

»Oh«, bringe ich heraus. »Stimmt ja.«

Ernst sagt Samuel: »In der Tat gibt es da ein paar Buchungen, ab Montag. Die sollte ich auch besser nicht absagen, denn wenn ich diese Bergschule gründen will, brauche ich jeden Cent und vor allem jeden zufriedenen Kunden, den ich kriegen kann.«

Er legt die Hände an meine Hüften und zieht mich zu sich heran. »Aber bis Sonntag, Annika, bleibe ich auf jeden Fall bei dir. Und ins Kino gehe ich ganz bestimmt nicht! Stattdessen wollte ich dich fragen, ob es dich sehr stören würde, wenn ich heute Nachmittag mitkäme.«

»Du willst …«

»Wenn das für dich okay ist? Und natürlich für deine Mutter. Ich meine, ich möchte mich euch nicht aufdrängen, aber ich könnte mich doch nützlich machen, könnte … ihren Koffer tragen oder so. Ach, verdammt, ich will einfach an deiner Seite sein, wenn du das machst! Du hast Angst davor, das sehe ich dir an, und ich will nicht, dass du schon wieder ganz allein mit allem fertigwerden musst.«

»Samuel …«

»Ich nerve euch auch nicht! Versprochen.«

Sanft sage ich: »Sie würde sich freuen, Liebster. Sie hat mir von zwei Wünschen erzählt – nach Kanada zu gehen und dich kennenzulernen. Zumindest den zweiten Wunsch können wir ihr erfüllen.«

»Und du selbst?«, vergewissert er sich. »Du hast auch nichts dagegen?«

Ich schüttele den Kopf. »Meine Mutter glaubt, Hilfe annehmen zu können und sich auch mal schwach zu zeigen sei der Beweis für wahre Stärke. Mittlerweile denke ich, da ist was dran. Und deshalb – nein, ich habe nichts dagegen, Samuel.« Ich seufze. »Im Gegenteil, ich bin heilfroh!«

Samuel lächelt. »Ich liebe heilfrohe, schwache, starke Frauen. Ich liebe dich, Annika.«

Und dann küsst er mich.

46.

Ich stehe mit Samuel vor Mamas Bett, und sie schaut mit großen Augen zwischen uns hin und her. Mit einem Mal bin ich verlegen. Fürchte, dass es ihr doch nicht recht ist, dass sie ausgerechnet jetzt meinen neuen Freund kennenlernen soll.

Doch ich sorge mich umsonst. Denn als Mama meinem Stammeln entnimmt, dass der Mann an meiner Seite eben jener ist, in den ich mich in Südtirol so rettungslos verliebt habe, fängt ihr ganzes Gesicht vor Freude an zu leuchten, und trotz der eingefallenen Wangen, der ungesunden Hautfarbe und ihres stumpfen Haars ist meine Mutter für einige Augenblicke beinahe wieder schön.

Sie ist glücklich, erkenne ich. Obwohl Mama heute an den Ort ziehen muss, an dem sie sterben wird, ist sie glücklich – weil *ich* glücklich bin.

Mein Hals wird eng.

Betont geschäftig fange ich an, Mamas Waschzeug einzupacken.

»Wo ist denn eigentlich Bobby?«, höre ich sie fragen. »Im Auto?«

»Nein, zu Hause. Ich bringe ihn dir morgen«, verspreche ich und räume Duschgel, Zahnpasta, Hautcreme in den Kulturbeutel. »Ich dachte, es ist besser, wenn du erst einmal in Ruhe im Hospiz ankommst. Bobby ist ja doch ziemlich … aufgeweckt.«

»Du meinst unerzogen«, sagt Mama.

Ich suche nach einer diplomatischen Antwort.

»Annika? Meinst du *unerzogen?*«, hakt Mama ungläubig nach.

»Ähm. Nicht direkt«, druckse ich herum. »Es ist nur so, dass er sich an die Lektionen vom Hundeplatz nicht sonderlich gut zu erinnern scheint. Bei Fuß gehen zum Beispiel mag er gar nicht.«

»Aber bei Fuß zu gehen beherrscht er perfekt! Und er ist doch so klug!«, protestiert Mama. »Wie kann es sein, dass er bereits alles vergessen hat?«

Samuel ist unserem Gespräch am Fenster lehnend gefolgt.

»Bobby hat halt seinen eigenen Kopf«, sagt er jetzt ruhig. »Das ist ja nichts Schlechtes, Frau Winter.«

»Seinen eigenen Kopf, ja, den hat er, der kleine Lümmel.« Meine Mutter lächelt. »Kennen Sie sich gut mit Hunden aus, Herr Fillsteiner?«

»Auskennen wäre zu viel gesagt. Aber ich hatte mein Leben lang welche um mich.« Samuel hakt die Daumen in die Hosentaschen. »Meine Eltern waren Bergbauern, und jeder Bergbauernhof hat seine Hofhunde. Allerdings hält man die nicht als Begleitung für Spaziergänge, sondern wirklich noch als Nutztiere.«

»Aber angekettet«, erkundigt Mama sich besorgt, »haben Ihre Eltern die Hunde nicht, oder?«

Samuel versichert ihr, dass dies nicht der Fall war. Meine Mutter will wissen, welche Aufgaben die Hunde seiner Eltern gehabt hätten, Samuel fängt an zu erzählen … und schon sind die beiden in die schönste Fachsimpelei über artgerechte Hundehaltung vertieft.

Ich packe zwei Nachthemden und eine Strickjacke ein, dann klappe ich den Koffer zu. Nachdenklich beobachte ich Samuel, der seine gesamte Aufmerksamkeit auf meine Mutter richtet und instinktiv zu spüren scheint, was sie braucht, um den heutigen Tag ohne allzu große Verzweiflung zu überstehen: nämlich ein Stück Alltag, einen Rest Normalität. Und er ist bereit, ihr mit seiner netten, beruhigenden Plauderei über ihr Steckenpferd genau das zu schenken.

Das ist total süß von ihm, und ich bin ihm dankbar dafür, aber … ein kleines bisschen irritiert mich Mamas belangloses Gerede. Ich meine, sollte ein so bedeutsamer Schritt wie der Umzug ins Hospiz nicht von einer verhaltenen, tiefsinnigen Stimmung geprägt sein?

Doch sogleich wische ich den kritischen Gedanken fort. Mama geht es seelisch besser, als ich zu hoffen gewagt hatte.

Das ist die Hauptsache.

Sie wird im Krankenwagen zum Hospiz gefahren, und wir fahren im VW-Bus hinterher.

Je näher wir unserem Ziel kommen, desto angespannter bin ich. Samuel hat es heute Vormittag schon richtig erkannt: Ich habe Angst.

Hoffentlich, denke ich nervös, werde ich nachher einigermaßen gefasst sein. Anders als gestern, wo ich so einen schlechten Eindruck gemacht habe, o Mann, Schwester Hildegard muss mich für völlig daneben halten, wobei das ja an sich egal ist, es geht nur um Mama, aber zumindest ihr zuliebe sollte ich doch versuchen, das alles halbwegs souverän auf die Reihe zu …

Samuel legt die Hand auf meinen Oberschenkel.

»Hey. Du schaffst das«, sagt er und lächelt mir zu, bevor er wieder auf die Straße blickt.

Und sofort geht es mir besser.

Wenn auch nur ein bisschen.

Mit den zwei Pflegern, die Mama hergefahren haben, stehen wir vor dem Eingang des Hospizes.

Mama sitzt im Rollstuhl. Ich blicke auf sie hinab, und Schmerz brandet in mir auf. Wie kann es sein, dass diese gebrechliche, todkranke Frau, meine Mutter, in ihren besten Jahren sein soll? Siebenundfünfzig.

Siebenundfünfzig!

Haltsuchend verflechte ich meine Finger mit Samuels, und nach kurzem Zaudern lege ich meine andere Hand auf Mamas Schulter. Seufzend legt sie ihre darauf. So stehen wir da, Trost beieinander suchend und doch hilflos, und warten darauf, dass uns geöffnet wird.

Währenddessen schaut sich Mama zögernd um, und ich folge ihrem Blick. Sehe, was sie sieht: einen kleinen Garten mit üppig blühenden Sommerblumen. Nachbarhäuser, aus deren Fenstern leise Musik und Kindergeschrei dringen. Blauen Himmel. Ein Eichhörnchen im Kastanienbaum.

»Gut«, sagt Mama leise. »Hier ist es gut.«

»Gefällt es dir?«, frage ich.

Sie nickt. »Es ist nicht so abgeschottet wie im Krankenhaus. Kein Ort, an dem man sich nur aufhält, wenn man krank ist oder stirbt. Dort drüben wohnen ganz normale Familien, siehst du? Die Welt dreht sich weiter, auch wenn ich gehen muss. Anfangs habe ich damit gehadert, ich fand den Gedanken brutal und ungerecht. Aber jetzt …«

»Tröstet er dich?«, frage ich belegt.

»Ja.«

Da öffnet sich die Tür. Diesmal verspüre ich kein Befremden, als Schwester Hildegard uns mit ihrem strahlenden Lächeln begrüßt. Stattdessen bin ich dankbar für ihre selbstverständliche Heiterkeit. Denn nun weiß ich, genau diese Haltung tut Mama gut.

Wir alle folgen der Schwester durch den Flur, an der brennenden Kerze vorbei und durch die Küche, bis wir einen sonnigen Wintergarten erreichen. Die Fenster stehen weit offen, es duftet nach Sommer und Kaffee, und in einer Voliere flattern zwei Kanarienvögel.

Alles wirkt absurd alltäglich.

Die Pfleger schieben Mama an einen Tisch mit grüner Tischdecke, dann helfen sie ihr aus dem Rollstuhl. Mit den Worten »Wir müssen dann mal, ist viel los heute« verabschieden sie sich und gehen; den leeren Rollstuhl nehmen sie mit. Mama sitzt am Tisch, wo die Pfleger sie hinverfrachtet haben, und mit plötzlicher Beklommenheit denke ich: Jetzt gibt es kein Zurück mehr.

Jetzt kommt für Mama nur noch der Tod.

»Kaffee und Kuchen?«, fragt Schwester Hildegard. »Nachmittags gönnen wir uns das.«

Ich schlucke hart. Wir sollen ein Kaffeekränzchen abhalten? Im Ernst?! Wie soll ich hier denn auch nur einen Bissen runterkriegen?

»Wer ist wir?«, fragt meine Mutter.

»Na, jeder, der Appetit darauf hat.« Schwester Hildegard lächelt. »Heute gibt es Streuselkuchen mit Aprikosen.«

Mein Blick fliegt zu Mama. Sie beobachtet die Vögel in der Voliere, lächelt darüber, wie sie an ihren Ästen herumturnen.

Und obwohl sie dünn und schwach aussieht, obwohl sie Krankenwagen und Rollstuhl gebraucht hat, um es hierherzuschaffen, obwohl sie bald nicht mehr am Leben sein wird, wirkt meine Mutter in der sonnigen Ruhe dieses Wintergartens gar nicht mehr so bemitleidenswert.

Höflich, als sei sie auf Besuch bei neuen Freunden, sagt sie: »Ich nehme gern ein Stück Kuchen. Aprikosen mochte ich schon immer.«

47.

Nach dem Kaffee begleiten Samuel und eine ehrenamtliche Mitarbeiterin meine Mutter in ihr Zimmer, während ich mit Schwester Hildegard ins Büro gehe.

Nervös bin ich nach wie vor, doch ich habe nicht das Gefühl, dass ich erneut Gefahr laufe, zusammenzubrechen. Ob das daran liegt, dass Samuel nur ein paar Zimmer weit von mir entfernt ist? Oder daran, dass meine Mutter den Übergang ins Hospiz mit Fassung hinter sich gebracht hat, dass sie Kuchen gegessen und das Haus besichtigt hat und nun wirklich angekommen ist? Jedenfalls bin ich heute imstande, mich zu konzentrieren. Auf die Formulare, die ich ausfüllen muss, und auf das ernste, ausführliche Gespräch mit Schwester Hildegard.

Sie erklärt mir, wie die nächsten Tage für meine Mutter aussehen werden: Der Arzt wird kommen, um sich ein Bild von Mamas Zustand zu machen und die Medikation zu besprechen. Schmerzen habe meine Mutter ja glücklicherweise nicht, sagt Schwester Hildegard, aber falls sie zum Beispiel wieder Atemnot bekäme, könne man durch ein Notfallspray ihre Angst lindern. Auch von Biografiearbeit spricht

Schwester Hildegard, von der Suche nach den ungeweinten Tränen ihres Lebens, über die meine Mutter möglicherweise noch sprechen wolle. Gekocht werde für Mama, worauf sie Lust habe, für ihr Wohlbefinden gäbe es Einreibungen mit ätherischen Ölen. Grundsätzlich denke man hier im Hospiz von Tag zu Tag, denn für einen Sterbenskranken seien vierundzwanzig Stunden eine lange Zeit.

Mir schwirrt der Kopf.

Dann fragt die Schwester mich nach meinen beruflichen Verpflichtungen. Wie ich mir die Zeit bis zu Mamas Tod denn vorstelle?

Doch als ich antworte, dass ich meinen Job gekündigt hätte und somit ganz für Mama da sein könne, scheint Schwester Hildegard das gar nicht so gut zu finden.

»Sie sind hier immer willkommen«, sagt sie vorsichtig und faltet die Hände auf dem Schreibtisch. »Aber niemand erwartet, dass Sie Tag und Nacht im Hospiz verbringen. Dafür gibt es ja uns. Sorgen Sie auch für sich selbst, Frau Winter, nicht nur für Ihre Mutter. Sie müssen bei Kräften bleiben, psychisch und körperlich. Und wenn Sie mal das Gefühl haben, sich alles von der Seele reden zu wollen: Wir sind da.«

Offensichtlich ist nicht nur Mama bei Schwester Hildegard in guten Händen.

Das Eis ist gebrochen, und ich beginne zögernd, mich zu entspannen. Fange an, Fragen zu stellen, und bin erstaunt zu erfahren, dass die Patienten des Hospizes – Schwester Hildegard nennt sie Gäste – gar nicht in erster Linie als Sterbende verstanden werden. Sondern als Menschen auf ihrem letzten Weg, Menschen mit ihren jeweils einzigartigen Lebensläufen, Vorlieben und Abneigungen. Auf diese Besonderheiten gelte es einzugehen, sagt Schwester Hildegard, und deshalb bekomme im Hospiz jeder genau das, was er brauche, sei es nun Kunsttherapie, Seelsorge, ein offenes Ohr, die stille Anwesenheit einer Pflegerin – oder einfach nur Ablenkung.

»Es gibt diese überhöhten Vorstellungen davon, wie man Abschied nehmen sollte«, sagt Schwester Hildegard und schaut mir direkt in die Augen. »Aber jeder Mensch stirbt auf seine Weise, und das sollten wir akzeptieren. Der eine wird in seinen letzten Lebenstagen noch ein Weiser, der andere wird bloß verbittert. Die eine verdrängt alles Unbewältigte, die andere versucht, es im Eiltempo aufzuarbeiten. Und das alles ist in Ordnung, wir möchten unseren Gästen da nichts vorschreiben. Denn wer sind wir, Frau Winter, uns dieses Recht herauszunehmen?«

Beschämt erwidere ich ihren Blick. Mir wird schlagartig klar, dass auch ich diese Bilder in mir habe: von einer Mutter, die im Angesicht des Todes alles einsieht und bereut, was sie je falsch gemacht hat. Die mir all die Liebe gibt, die ich in meiner Kindheit vermisst habe. Die weder das banale Bedürfnis hat, über Hundehaltung zu reden, noch Streuselkuchen mit Aprikosen zu essen. Ich wünsche mir eine vollkommene Mama, zumindest jetzt, ganz am Ende.

Doch kein Mensch kann ohne Fehler sein, in keiner Phase seines Lebens oder Sterbens.

Höchste Zeit, denke ich, die Abkehr von meinen perfektionistischen Ansprüchen auch auf meine Mutter auszudehnen.

Als ich in ihr Zimmer trete, wirbeln mir meine Einsichten und guten Vorsätze wild im Kopf herum.

Meine Mutter hingegen ist sichtlich entspannt. Ruhig

liegt sie im Bett, mit geschlossenen Augen und einem Lächeln auf den Lippen, und Samuel geht hin und her, während er erzählt, als sei er ein Schauspieler auf großer Bühne.

Verdutzt bleibe ich stehen. Samuel lächelt mir kurz zu, dann setzt er seinen Bericht mit unvermindertem Enthusiasmus fort.

»Das Flussbett war zugeschneit, denn in diesem Teil Kanadas war Ende März noch tiefster Winter. Fünfundzwanzig Kilometer lang sind wir dem Creek gefolgt, haben uns auf unseren Skiern durch die Wildnis geschlagen, bis wir endlich die Nordwand des North Twin erreichten. Was für eine Wand! Schwarz wie die Nacht und höllisch steil.«

»Und die Wälder?«, fragt Mama kaum hörbar. »Erzählen Sie mir von den Wäldern.«

»O ja, die Wälder – in den kanadischen Rocky Mountains sind die wirklich endlos!«, sagt Samuel mit dramatischer Stimme. »Fichten überall, egal, wie lange man läuft. Stunde um Stunde kann man unterwegs sein, ohne einer Menschenseele zu begegnen. Stattdessen trifft man überall auf Luchsspuren …«

Leise gehe ich zu Mamas Bett und ziehe mir einen Stuhl heran. Doch sie ist so gefangen von Samuels Beschreibungen, dass sie mich gar nicht bemerkt.

Kein Zweifel, sie ist in Kanada.

Hat sie es also doch noch geschafft, denke ich bewegt. Wenn auch nur in ihrer Fantasie.

Ob Samuel klar ist, was für ein großes Geschenk er meiner Mutter mit seinem Expeditionsbericht macht? Unermüdlich beschwört er Bilder herauf, von schäumenden Wasserfällen, heißen Quellen und kilometerlangen Gletschern. Von heulenden Wölfen, majestätischen Wapitis mit riesigen Geweihen und von scheuen Pumas, die man nur mit viel Glück einmal zu sehen bekommt.

Ich lehne mich zurück, beobachte ihn und lausche seiner rauen Stimme.

Wäre ich nicht längst schon davon überzeugt, dass Samuel ein ganz besonderer Mensch ist – spätestens jetzt wüsste ich es.

48.

»Könntest du die Möhren bitte in dünne Streifen schneiden?«

»Klar. Gib her.« Bereitwillig nimmt Samuel mir Brett, Messer und Gemüse ab und macht sich an die Arbeit.

Es ist Samstagabend, Tag zwei von Mamas Aufenthalt im Hospiz. Den Nachmittag über waren Samuel und ich bei ihr, und es war traurig und schön und aufwühlend zugleich. Bobby hat das ganze Haus aufgemischt, eine Blumenvase heruntergerissen und Mama ständig die Hände abgeleckt, und Mama hat gelacht.

Trotzdem war mir, als wir schließlich gegangen sind – sanft hinauskomplimentiert von einer der Pflegefachkräfte –, elend zumute. Ich fragte mich, wann ich Mama wohl zum letzten Mal auf Wiedersehen sagen würde. Wann mir nur noch bliebe, an ihr Totenbett zu treten, wenn ich ins Hospiz käme. Doch dann erinnerte ich mich an Schwester Hildegards Rat, nicht bloß für Mamas Wohlbefinden zu sorgen, sondern auch für mein eigenes, wenn auch nur, um bei Kräften zu bleiben. Und der reinen Not gehorchend beschloss ich, diesem Rat zu folgen.

Also schleppte ich Samuel zum Einkaufen, und jetzt lasse ich die widerstreitenden Gefühle des Tages so von mir abfallen, wie es mir am leichtesten fällt: indem ich mich der feinen Küche widme. Ich werde Samuel den unvergleichlichen Genuss eines mit Muße gegarten Flusskrebs-Risottos näherbringen!

»Gut so?«, fragt er und hält mir das Schneidebrett unter die Nase.

»Öhm«, mache ich, denn statt feiner Streifen hat er fingerdicke Karottenstäbchen fabriziert.

»Schon verstanden.« Er grinst. »Ich bessere wohl mal nach.«

Ich gebe ihm einen Kuss auf die Wange, dann widme ich mich weiter den Krebsen, breche die Scheren aus und heize den Backofen vor, denn die zerkleinerten Schalen müssen eine Viertelstunde lang im Ofen rösten.

Als ich gerade Sellerie und Fenchel in dünne Scheiben schneide und mir zwischendurch einen Schluck Weißwein gönne, sagt Samuel unvermittelt: »Vielleicht sollte ich morgen doch nicht heimfahren. Es passt mir gar nicht, fort zu müssen, wenn jeden Moment deine Mutter sterben kann.«

Ich greife nach den Tomaten, wasche und viertele sie. »Ich möchte nicht, dass du bleibst«, sage ich, ohne ihn anzusehen. »Dass du mir nicht Tag und Nacht das Händchen halten kannst, war mir von Anfang an klar.«

Er fasst mich bei den Schultern und dreht mich zu sich herum. »Aber das hier«, sagt er ernst, »ist eine Ausnahmesituation. Ich sage die Tour ab.«

Heftig schüttele ich den Kopf. »Du hast fast drei Wochen lang kein Geld verdient, nur weil du von mir keins annehmen wolltest. Und wenn du jetzt bei mir bleibst, bis … bis alles vorüber ist, dann wirst du viele weitere Tage nichts verdienen, du kannst nicht für die ersten Monate deiner Bergschule sparen, du verlierst vielleicht Kunden … Nein. Das will ich nicht!«

Und mir wird klar: Ich will es *wirklich* nicht.

Ich meine, natürlich hätte ich Samuel gern rund um die Uhr an meiner Seite.

Aber wenn wir heute schon mit den Ausnahmen anfangen – wie wird es dann weitergehen?

Werde ich erwarten, dass Samuel seine Touren auch absagt und zu mir eilt, wenn ich mal die Grippe habe? Oder wenn ich gestresst bin und mich nach einer starken Schulter zum Anlehnen sehne? Wenn ich schwanger bin und ganz durcheinander von meinen Hormonen? Wenn wir Kinder haben und ich mich daran gewöhnt habe, dass er sie ins Bett bringt?

Ich bin Samuel dankbar, dass er mir beistehen will, sehr dankbar sogar. Aber mit seiner Idee einer eigenen Bergschule und der damit verbundenen Bereitschaft, einen beträchtlichen Teil seiner Zeit mit Organisationsaufgaben zu verbringen statt in der Natur, ist er mir schon einen Riesenschritt entgegengekommen. Wenn ich nun noch mehr verlange … und er mir nichts abschlagen möchte … und ich es dann ganz allmählich verlerne, mein Leben selbstständig auf die Reihe zu kriegen … dann landen wir am Ende genau dort, wo wir nicht landen wollten: in der Frustration darüber, dass Samuel sich selbst verleugnet, jeden Tag ein bisschen mehr.

Ich schlinge die Arme um seinen Nacken und schaue ihm in die dunkelblauen Augen. »Ich bin kein hilfloses Kind mehr, Liebster«, sage ich fest. »Wenn ich dich wirklich brauche, dann werde ich deine Hilfe, ohne zu zögern, annehmen. Doch das bedeutet nicht, dass ich in der restlichen Zeit nicht allein zurechtkomme.«

»Das meinte ich ja auch gar nicht, aber …«

»Nichts aber.«

Mit gerunzelter Stirn blickt Samuel auf mich herab, ganz und gar nicht überzeugt davon, dass er morgen aufbrechen soll.

Und er ist so süß in seiner Fürsorge, dass ich nicht widerstehen kann – ich muss ihn einfach küssen, lange und zärtlich.

Sehr lange und *sehr* zärtlich, und womöglich eine Spur zu lüstern, wenn man bedenkt, dass wir eigentlich gerade kochen.

»Zwei Dinge«, flüstere ich atemlos, als sich Samuels Hände unter mein Top schieben. »Erstens, wir sollten mit der Knutscherei aufhören.«

»Warum?«, raunt er und schickt sich an, den Verschluss meines BHs zu öffnen.

»Weil die Krebsschalen in den Ofen müssen. Sonst wird das ganze schöne Risotto nichts.«

»Gott, Annika!«, stöhnt Samuel gequält. »Denkst du eigentlich ausschließlich ans Essen?«

»Nein, und damit komme ich zu Punkt zwei.«

Nämlich zu einer Sache, die ich Samuel noch gar nicht erzählt habe, wie mir vor wenigen Sekunden während des Kusses bewusst wurde, als sich wunderbare Bilder unseres zukünftigen Lebens vor meinem geistigen Auge entfalteten.

»Samuel, ich muss dringend eine E-Mail schreiben.«

»Jetzt?« Er ist so verblüfft, dass er von mir ablässt.

Schade eigentlich.

»Nein, aber sehr bald.« Mit leichtem Bedauern schließe ich meinen BH. »Und ich denke, ich sollte dir erzählen, an wen die Mail geht.«

Samuel hebt die Augenbrauen.

»Er könnte sehr wichtig für mich sein«, sage ich und unterdrücke ein Lächeln.

»Er?«, fragt Samuel.

»Er«, nicke ich unschuldig.

Mit einem Ruck zieht Samuel mich wieder an sich. »Ha! Gibt es da etwa einen Verehrer, den du mir bisher verschwiegen hast? Einen reichen Gönner, der sich in dich verliebt hat? Einen eifersüchtigen Exfreund? Tut mir leid, für sie alle ist es jetzt zu spät! Denn du gehörst mir.«

Ich lache. »Und *du* bist ja Gott sei Dank gar nicht eifersüchtig.«

»Kein bisschen«, knurrt Samuel. »Also, wer ist es?«

»Mein potenzieller neuer Arbeitgeber. Er will mich so bald wie möglich kennenlernen, und da ich arbeitslos bin, scheint mir das eine sehr gute Idee zu sein. Auch wenn ich für das Vorstellungsgespräch ziemlich weit fahren muss. Aber hey«, ich lege den Kopf schief, »ich mag Bozen nun mal.«

Samuel starrt mich an.

Ich grinse. »Außerdem könnte ich bei der Gelegenheit mit Maria einen Kaffee trinken gehen. Das wäre doch nett. Gibst du mir ihre Telefonnummer?«

Ich schreibe die Mail dann doch erst am Sonntagmorgen, und zwar auf dem Bauch liegend und nackt.

Gar nicht so leicht, auf diese Weise zu tippen. Doch mich anzuziehen und an den Tisch zu setzen, während Samuel in meinem Bett liegt und willens ist, mir ausdauernd den Rücken zu streicheln, bringe ich einfach nicht übers Herz. Zumal ich nur noch eine Stunde mit ihm habe, bevor er sich auf den Rückweg nach Südtirol machen muss.

»Erledigt«, sage ich, als die Mail abgeschickt ist. »Ich habe ihm geschrieben, dass ich nach wie vor Interesse habe und ihn in den nächsten Tagen anrufen werde.«

Zufrieden lege ich den Laptop auf den Boden und kuschele mich in Samuels Arme.

»Wenn das klappen würde …«, sagt er leise, und ich weiß, wir denken gerade dasselbe.

Wenn das klappen würde … könnte Samuel seine Bergschule in Bozen eröffnen. Dann könnten wir zusammenziehen und nicht nur die Wochenenden, sondern auch einen Teil unseres Alltags miteinander verbringen. Samuel wäre zwar oft auf Tour. Aber er wäre ebenso oft bei mir.

Das wäre großartig.

Wenn es jedoch nicht klappt mit diesem Job, denke ich träumerisch, dann ist das auch kein Beinbruch. Dann klappt es eben mit dem nächsten!

Und noch während ich mich verwundert frage, wohin wohl mein Bedürfnis nach wasserdichter Planung verschwunden ist, breitet sich tiefe Zuversicht in mir aus. Eine Zuversicht, die nicht nur unsere Liebe umfasst, sondern auch mich selbst, meine Entscheidungen, mein Leben.

Ich weiß, dass mir mit Mamas Tod das Schlimmste noch bevorsteht. Mag sein, dass die Trauer mich umwerfen wird und ich einige Zeit am Boden liege, bevor ich mich wieder aufrappeln kann. Mag sein, dass ich sehr oft schwach sein werde und dass Samuel mich sehr oft wird halten müssen. Mag sein, dass ich mich und meine Psyche immer noch nicht ganz durchschaue, dass die Hydra immer noch ziemlich viele Köpfe hat und dass ich den Kampf gegen sie vielleicht niemals gewinnen werde.

Aber ich bin endlich auf dem richtigen Weg.

Und eines weiß ich mittlerweile bestimmt: Es kann unfassbar schön sein, das Leben.

EPILOG

Ein Jahr später

»Soll ich dir nicht doch den Rucksack abnehmen?«, fragt Samuel mit gerunzelter Stirn.

»Hey, ich bin nicht invalide. Du trägst deinen Rucksack, und ich trage meinen.«

»Aber vielleicht tut es dem Baby nicht gut, wenn du dich zu sehr anstrengst!«

»So weit ist es bis zu Svens Hütte nun auch wieder nicht. Außerdem hat das Baby deine Gene.« Ich grinse. »Jede Wette, dass es Anstrengung *liebt!*«

»Du bist ganz schön störrisch, weißt du das?«

»Tja, tut mir leid.« Ich klopfe mir auf meinen Sechs-Monats-Bauch. »Jetzt musst du mich behalten, störrisch oder nicht. Für einen Rückzieher ist es zu spät.«

»Das war es von Anfang an«, sagt Samuel liebevoll, nimmt mich in die Arme und küsst mich.

Wenig später haben wir die Holzhütte am Fuße der Drei Zinnen erreicht. Genau wie beim ersten Mal raubt mir die

Schönheit des türkisfarbenen Gebirgssees, an dessen Ufer sie liegt, den Atem.

Okay, heute raubt sie mir den Atem noch ein wenig mehr, was wohl tatsächlich an der Schwangerschaft liegt.

Ich setze meinen Rucksack ab. Erleichtert lasse ich mich auf die Bank fallen, strecke die Beine aus und schließe für einen Moment in der Nachmittagssonne die Augen.

Samuel sperrt derweil die Hütte auf, und Mamas Hund, der nun unserer ist, springt bellend um ihn herum. Es ist Zeit für seine zweite Mahlzeit, und Bobbys innere Uhr funktioniert erstaunlich gut.

Ein Jahr, denke ich. Ein ganzes Jahr ist Bobby schon bei uns. So lange ist meine Mutter schon tot.

Ich öffne die Augen und schaue auf die Drei Zinnen. Lasse meinen Blick an ihnen hochgleiten, bis zu ihren Spitzen und darüber hinaus. Starre in den Himmel, der sich strahlend blau über uns spannt.

Ob Mama weiß, dass sie bald Großmutter wird?

Ob sie noch hier ist, irgendwo?

Es war der erste Donnerstag im Juli, und ich schwitzte in meinem Spaghettiträger-Top, als ich ans Telefon ging und zuhörte, wie Schwester Hildegard mir mit sanfter Stimme mitteilte, dass meine Mutter gestorben war.

»Eine Lungenembolie, diesmal eine fulminante«, sagte sie. »Innerhalb von Sekunden war es vorbei.«

Was fulminant bedeutete, wusste ich nicht, aber zwei Dinge verstand ich: Mama war tot. Und sie hatte, anders als ich befürchtet hatte, in ihren letzten Minuten nicht leiden müssen.

Trauer und Erleichterung durchfluteten mich. Ich fing an

zu weinen. Dann setzte der Schock ein, und ich fühlte gar nichts mehr.

Inzwischen weiß ich, dass der emotionale Schutzpanzer der ersten Tage eine ganz normale Reaktion auf den Tod eines geliebten Menschen ist. Doch damals fühlte es sich nicht normal an. Nichts war mehr normal.

Denn ich hatte keine Eltern mehr.

Samuel war nicht erreichbar. Auf den Gipfeln, zu denen er seine Kunden hatte führen müssen, gab es kein Netz, und so schrieb ich ihm eine SMS, die er später lesen würde, machte mich auf den Weg ins Hospiz und setzte mich zu meiner toten Mutter ans Bett.

Wie versteinert starrte ich auf ihre seelenlose Hülle.

Ich konnte erst wieder weinen, als Samuel am nächsten Tag vor meiner Tür stand. Er hatte meine SMS mit einigen Stunden Verspätung bekommen und die Tour daraufhin abgebrochen, um sofort zu mir zu fahren.

Bei der Abschiedszeremonie im Hospiz war er dabei, und ich umklammerte seine Hand. Schwester Hildegard hielt eine kleine Rede. Ich selbst brachte kein Wort heraus.

An die Tage, die folgten, kann ich mich kaum erinnern. Ich weiß, dass Maria zu Mamas Beerdigung gekommen ist und ein bewegendes Lied auf ihrer Querflöte gespielt hat. Samuel hatte sie darum gebeten; ich selbst war außerstande gewesen, irgendetwas zu organisieren, das über das absolut Notwendige hinausging.

Das absolut Notwendige war überfordernd genug: mit dem Bestatter sprechen. Einen Sarg aussuchen, Blumen auswählen. Mich um die Sterbeurkunde kümmern, um den Erbschein, den Leichenschmaus – mein Gott, dachte ich wieder und wieder, was für ein grauenvolles Wort – und schließlich um die Testamentseröffnung.

Dann kam die Auflösung von Mamas Wohnung. Ich blätterte mich heulend durch alte Fotoalben. Verschenkte Möbel, packte unzählige Altkleidersäcke. Warf das Leben meiner Mutter in Container und konnte es einfach nicht begreifen.

Auch nach Wochen, als ich wieder in meiner eigenen Wohnung in der anderen Stadt lebte, kehrte keine Ruhe ein. Ich hatte einen Nachsendeantrag für Mamas Post gestellt, und ständig kamen Briefe für sie an. Ich kündigte Versicherungen, ließ Verträge umschreiben, wälzte ganze Aktenordner voller Dokumente. Tag und Nacht beschäftigte ich mich mit dem Tod. Und manchmal fragte ich mich, wie lange man das wohl aushalten konnte, ohne verrückt zu werden.

Einmal rief ich bei Helene an und sprach ihr auf den Anrufbeantworter. Ich erzählte ihr vom Tod meiner Mutter. Fragte, ob wir uns nicht treffen könnten – unseren Streit vergessen, neu anfangen, uns gegenseitig so akzeptieren, wie wir nun einmal sind.

Sie rief nie zurück.

Dass mein Abschied von Pharmedizin, als ich mein Büro ausräumte, alles andere als herzlich war und dass mir langsam, aber sicher das Geld ausging, machte mein Leben auch nicht leichter. Der Feinkost-Hersteller in Bozen sagte mir ab, weil ich mich wegen Mamas Tod nicht vorstellen kommen konnte. Das Weingut, bei dem ich mich ebenfalls blindbeworben hatte, meldete sich überhaupt nicht. Nun bekam ich also die Quittung für meine spontane Kündigung bei Pharmedizin: Während ich mich emotional im Ausnahmezustand befand, war ich gezwungen, mich um weitere Bewerbungen zu kümmern. Kein Wunder, dass keine davon erfolgreich war.

In dieser schwarzen, ohnmächtigen Zeit war Samuel so oft bei mir in Deutschland, wie es nur ging. Er verlor kein Wort darüber, wie viele Touren er für mich absagte, aber mir war klar, dass er auf eine Menge Geld verzichten musste. Ab und zu wurde mein schlechtes Gewissen deshalb zu groß. Dann verlangte ich, dass er sich um seine Kunden kümmerte, und schickte ihn entschlossen zurück nach Südtirol. War er dann jedoch tatsächlich fort, schlug die Trauer über mir zusammen, und ich verkroch mich in meinem Schmerz. Nächtelang haderte ich mit meiner Mutter, stellte ihr bittere Fragen, die sie nie mehr würde beantworten können, und sagte ihr, wie schrecklich lieb ich sie doch hatte. Ich hasste und vermisste sie, und beides quälte mich gleichermaßen.

Doch immer, wenn ich vollends zu versinken drohte, kam Samuel zu mir zurück. Ein ums andere Mal zog er mich aus dem Morast meiner Trauer heraus.

Und irgendwann, ganz allmählich, fand ich wieder ins Leben.

Es begann damit, dass ich eines Morgens aufwachte und mir bewusst wurde, dass es draußen nach Herbst roch. Schön nach Herbst – nicht moderig. Sondern frisch und ein wenig rauchig.

Samuel lag schlafend neben mir, und ich drehte mich auf die Seite und betrachtete sein schönes, vertrautes Gesicht. Plötzlich kam es mir wie ein Wunder vor, dass er noch immer der meine war.

Wie war das möglich?, fragte ich mich verwirrt. Samuel hatte mich in meinen dunkelsten Stunden gesehen – und trotzdem lag er hier! Er hatte mich nicht verlassen. Obwohl auch für ihn die letzten Monate extrem anstrengend gewesen sein mussten. Obwohl ich manchmal unausstehlich gewesen war, uneins mit mir selbst und ungerecht zu ihm.

Nun kannte Samuel mich glücklich und am Boden zerstört, arrogant und liebevoll, ungerecht und einsichtig, makellos geschminkt und rotfleckig verheult, gehemmt, verkrampft, stürmisch und voller Leidenschaft … und in jedem dieser Zustände liebte er mich. Ich wusste das; er sagte es mir jeden Tag.

Was habe ich bloß für ein unverschämtes Glück, dachte ich staunend.

Und zum ersten Mal wünschte ich mir aus tiefster Seele, von diesem Mann ein Kind zu bekommen.

Ich habe meine Trauer durchlebt, in Wochen und Monaten. Jetzt, nach einem Jahr, hat sie sich in einem Winkel meines Herzens eingerichtet, und dort wird sie wohl bleiben. Denn ganz vergehen wird sie nie.

Doch der größte Teil meines Herzens ist nicht von Trauer erfüllt, sondern von Liebe. Zu meinen Eltern, wo auch immer sie sein mögen, zu Samuel und unserem Baby, zum Leben, und, ja, auch zu mir selbst – mit meinen Fehlern und Unzulänglichkeiten und all dem Guten, das Samuel in mir geweckt hat.

Ich bin sicher, das würde Mama gefallen.

»Nun warte doch, du wilder Kerl!«, höre ich Samuel im Inneren der Hütte poltern. »Bei dir ist echt Hopfen und Malz verloren, weißt du das? Aber was soll's. Komm her, hier ist dein Fressen. Ja, du bist ein Guter!«

Ich muss lächeln. Bobby ist so unerzogen wie eh und je,

aber wir haben uns daran gewöhnt. Und irgendwie finden wir die konsequente Eigensinnigkeit dieses Viehs sogar ganz süß.

Ich höre Bobby schmatzend sein Fressen vertilgen, während Samuel in der Hütte herumwerkelt, unsere Schlafsäcke richtet und den Eisenofen befeuert, damit wir es heute Nacht warm haben. Plötzlich fühle ich mich erstens ein bisschen faul und zweitens sehr hungrig.

»Soll ich mal kochen?«, rufe ich Samuel zu.

Denn, ich sage es nicht ohne Stolz, ein schmackhaftes Essen auf dem Gaskocher zu zaubern, auf dem Eisenofen oder am Lagerfeuer – das beherrsche ich mittlerweile im Schlaf. Na gut, vielleicht nicht am Lagerfeuer. Aber in jedem Fall bin ich auf meinem Weg zum Naturmädel schon ziemlich weit gekommen!

»Gern«, sagt Samuel und tritt aus der Hütte. »Was hast du denn eingepackt für uns drei?«

»Tortellini mit Oliven-Tomaten-Soße.« Prompt fängt mein Magen an zu knurren. »Die Soße habe ich zu Hause vorgekocht, und den Parmesan reiben wir frisch.«

Seine Augen werden groß. »Du hast allen Ernstes unsere Käsereibe mitgeschleppt? Die große aus Edelstahl?«

»Warum nicht?«, frage ich würdevoll. »Erstklassige Nahrungsmittel sind mein Beruf! Denkst du etwa, da nehme ich Parmesan aus der Tüte?«

Samuel schüttelt den Kopf. Dann fängt er an zu lachen.

Und ich kann nicht anders, ich lache mit. Weil das Leben wieder so schön ist und so leicht, weil ich die Trauer überstanden habe und ein Kind von Samuel bekomme und so verdammt glücklich bin.

Und, denke ich mit einem Gefühl des Triumphs, weil ich es schlussendlich doch noch geschafft habe.

Ich habe einen richtig guten Job ergattert!

Nachdem ich mit Samuels Hilfe wieder ins Leben gefunden hatte, kümmerte ich mich mit neuerwachter Kraft um meine Bewerbungen. Gleichzeitig half ich Samuel bei der PR für seine Bergschule, die zu eröffnen er nun endlich Zeit hatte. Die Arbeit an seiner Homepage, am Flyer und am ersten Tourenprogramm beflügelte uns beide. Und als Samuel in Bozen auf die Suche nach einem kleinen, günstigen Bergschulbüro ging, besichtigten wir die passenden Objekte zusammen und mit Feuereifer.

Vieles war noch offen und ungeklärt in diesen Wintermonaten: wo wir wohnen würden. Ob ich eine Arbeit in Bozen finden würde. Und womit es wohl zuerst klappen würde, mit dem Job oder mit unserem Baby.

Denn dass ich ein Kind von ihm wollte, hatte ich Samuel inzwischen gestanden – nach einem berauschenden Orgasmus, dessen Hormonflut mich, zugegeben, ein wenig unvorsichtig gemacht hatte. Doch Samuel hatte angesichts meines Kinderwunsches *nicht* panisch das Weite gesucht. Stattdessen war er aufgestanden und hatte mit Schwung meine Pillenpackung in den Müll geworfen.

Tja. Was soll ich sagen? Das Schicksal war auf unserer Seite: Alles, was wir uns vorgenommen hatten, klappte wunderbar.

Nur leider alles gleichzeitig.

Denn schon als die Schneeglöckchen blühten, blieb meine Regel aus. Und noch während ich selig lächelnd darüber nachsann, ob unser Kind wohl eher meine glatten

Haare oder Samuels Locken erben würde, erhielt ich den Anruf einer Bozener Agentur für Food-PR. Meine Bewerbung komme wie gerufen! Sie suchten dringend jemanden, der ihr Team unterstütze! Es ginge um die Bereiche der PR-Strategie, -Konzeption und -Umsetzung, und ob ich wohl nächste Woche gleich anfangen könne, sofern man sich über das Finanzielle einig werde?

Ich presste den Telefonhörer an mein Ohr. Lauschte mit angehaltenem Atem den Erläuterungen meines potenziellen Chefs und wurde mit jeder Minute aufgeregter: Zu den Kunden der Agentur zählten Spitzenköche, Hotels und Restaurants, außerdem Food- und Beverage-Produzenten. Man stünde im ständigen Dialog mit den Versuchsküchen von Verlagen und Redaktionen, sodass die zu bewerbenden Produkte nicht nur gut platziert, sondern auch in innovative Rezepte integriert würden. Zu meinen Aufgaben würde es gehören, diese Rezepte zu entwickeln – ob ich Ahnung vom Kochen habe? Ja? Wunderbar! – sowie die fertigen Gerichte fotografieren zu lassen. Sämtliche Shootings in diesem Bereich würde ich organisieren und begleiten. Das, dachte ich benommen, klingt nicht nur gut. Es klingt traumhaft!

Je mehr der Typ erzählte, desto wässeriger wurde mir der Mund. Ich würde Edel-Pasta in Szene setzen, die Kultur des Olivenöls vermitteln, hochwertige Schokolade auf dem Markt präsentieren. Ich würde Social-Media-Storys über die Menschen hinter den Produkten entwickeln, würde Reportage-Videos konzipieren, über erfolgreiche Weinbauern berichten oder über Käsehersteller, die vom kulinarischen Geheimtipp zur bekannten Marke werden wollten.

Mal ehrlich: Wie hätte ich dieses Angebot ablehnen können?

Also fuhr ich nach Bozen und stellte mich persönlich vor. Der Chef, meine zukünftigen Kollegen und ich verstanden uns auf Anhieb. Und obgleich man mir meine Schwangerschaft noch nicht ansah und ich nicht verpflichtet gewesen wäre, davon zu erzählen, spielte ich mit offenen Karten. Von Verstellung und Manipulation hatte ich seit dem Abschied von Pharmedizin nämlich die Nase voll. Und ob es nun an meiner Ehrlichkeit lag, an meiner bisherigen Karriere oder daran, dass die Agentur wirklich *sehr* dringend jemanden suchte: Ich bekam den Job! Zunächst würde ich in Vollzeit in der Agentur arbeiten und dann, ein halbes Jahr nach der Geburt, in Teilzeit im Home-Office.

An diesem Abend gönnte ich mir trotz meiner Schwangerschaft und unserer prekären finanziellen Situation ein halbes Glas Champagner.

Die Wochen nach meiner Zusage waren turbulent. Unter Hochdruck suchten und fanden wir eine Wohnung in Bozen, und fortan verbrachte ich, von Schwangerschaftsübelkeit geplagt, meine Zeit zwischen Kloschüssel, PC und Umzugskartons. Trotzdem genoss ich den Trubel, die Aufregung, die vibrierende Vorfreude. Und wenn ich Samuel anschaute und den glücklichen Ausdruck in seinen Augen sah, dachte ich, dass die Ereignisse sich ruhig überschlagen durften – solange wir beide nur zusammen waren.

Mittlerweile ist es Sommer geworden. Meine Arbeit in der Agentur ist fantastisch und das Leben mit Samuel geradezu erregend schön. Zwar ist unser Alltag immer noch chaotisch; so vieles ist im Umbruch, und ich weiß, das Baby wird unsere Gewohnheiten noch mehr durcheinanderwirbeln. Aber irgendwie bekommen Samuel und ich das schon hin.

Seite an Seite bekommen wir alles hin.

Sicherlich, ab und zu erwacht die Hydra. Treibt mich dazu an, zwanghaft Listen zu schreiben, mir für die Zeit nach der Geburt eine strenge Diät zu verordnen, mich ums Geld zu sorgen und straffe Tagesabläufe zu organisieren, für mich, für Samuel und auch gleich fürs Baby.

Doch dann kommt Samuel in mein Arbeitszimmer und erklärt mir, dass er für eine zweiwöchige Tour in den Walliser Alpen gebucht worden sei – oder dass er sich wegen der Grönlandreise unbedingt noch einmal mit Bernd treffen müsse – oder dass der Eiskletterkurs nun doch stattfinde – und dass es übrigens gleich morgen losgehe –, und schon fliegen Steigeisen, Klettergurte und Lawinenpiepser durch die Wohnung, und was ich für die nächsten Tage mit Samuel geplant hatte, ist schwuppdiwupp hinfällig geworden.

Erst seufze ich.

Dann drückt Samuel mich an sich, und ich lächele.

Dann schmeiße ich meine Listen in den Papierkorb.

Dann greife ich zum Telefon und verabrede mich mit Maria.

Und spätestens, wenn ich mit meiner überspannten, talentierten Freundin, die ihr Leben trotz aller Verrücktheit so wunderbar auf die Reihe kriegt, auf dem Waltherplatz sitze und genussvoll Panna cotta mit frischen Erdbeeren löffele, hat die Hydra wieder einen ihrer perfektionsbesessenen Köpfe weniger.

Und ich registriere mit Befriedigung: So langsam geht dem alten Ungeheuer die Kraft aus.

Nachdem wir unsere Tortellini verspeist haben, setzen Samuel und ich uns wieder ins Freie. Bobby legt sich neben uns, bettet die Schnauze zufrieden auf seine Pfoten, und ich lehne mich an Samuels Schulter. Die Drei Zinnen glühen in der Abendsonne auf. Der graue, kalte Fels verfärbt sich rosa, orange und schließlich brennend rot.

»Tausendmal könnte ich die *Enrosadira* betrachten«, sage ich inbrünstig, »und hätte doch nie genug davon. Ich glaube, ich werde diesen Anblick immer lieben. Du auch?«

»Immer und ewig«, sagt Samuel. Doch sein Blick ruht nicht auf den Drei Zinnen, sondern auf mir.

Ich wende ihm mein Gesicht zu, und er küsst mich, und obgleich ich weiß, dass es Vollkommenheit nicht geben kann, fühlt es sich in diesem Moment doch verdammt danach an.

Vor einem Jahr habe ich mich gefragt, ob ich wohl stark genug wäre für Samuel; dafür, die Angst um ihn immer wieder auszuhalten.

Manchmal, das weiß ich inzwischen, bin ich es.

Und manchmal bin ich es nicht.

Dann leide ich Höllenqualen, wenn ich mich um die PR für Bio-Karotten oder Wildschweinsalami kümmern soll, während Samuel fern von mir extreme Hochgebirgstouren führt oder zwischen Türmen aus Eis durch Gletscherbrüche stapft.

Doch wenn er zurückkehrt und mich in seine Arme zieht, wenn in seinem Blick die Abenteuerlust funkelt und zugleich sein Verlangen nach mir, dann geht meine Schwäche vorüber, und alle Angst fällt von mir ab.

Keine Frage, ich zahle einen Preis dafür, mit diesem Mann zusammen zu sein.

Doch letztendlich ist der Preis verschwindend gering.

Samuel löst seine Lippen von meinen. Er schiebt die Hand in mein Haar, streichelt mit dem Daumen mein Ohrläppchen und schaut mir in die Augen. »Gleich wird es dunkel«, sagt er ernsthaft, »und bitterkalt. Höchste Zeit, ins Bett zu gehen, findest du nicht auch?«

»Allerhöchste Zeit«, antworte ich. »Du bist wohl schon sehr müde?«

»Kein Stück«, sagt Samuel und grinst.

NACHWORT UND DANK

Das Dorf, in dem ein Großteil des Romans spielt, ist rein fiktiv. Ich habe es jedoch in den Sextner Dolomiten angesiedelt, und vieles, was im Buch beschrieben wird, existiert wirklich: etwa die gigantische »Sextner Sonnenuhr« oder das ehemalige Grand Hotel Wildbad in Innichen (und sogar die beiden Schafe). Svens romantische Hütte ist leider nur erfunden – den See unter den Drei Zinnen aber gibt es. Ebenso wie die Sommerrodelbahn und natürlich alle Schauplätze in Bozen.

Ganz herzlich danken möchte ich …

– Alexandra Panz vom Egmont-INK/LYX-Verlag: für spontanes Brainstorming am Telefon und dafür, dass ich diese Geschichte genau so erzählen durfte, wie ich es wollte.

– Stephanie Bubley vom Egmont-INK/LYX-Verlag: für motivierende Rückmeldungen und die nette und unkomplizierte Zusammenarbeit.

– Meiner Lektorin Maike Hallmann: für ein sanftes und zugleich sehr sicheres Lektorat.

– Dr. med. Britta Zubler und Dr. med. Mathias Knoll: für Informationen über Bauchspeicheldrüsenkrebs, Palliativmedizin, Krankenhausbetrieb und Intensivstationen.

– Annemarie Hagenlocher und Marius Jenner vom Hospiz Stuttgart: für einen umfassenden Einblick in die Arbeit mit Sterbenden. Die Zeit im Hospiz war nicht nur hochinteressant, sondern auch sehr berührend.

– Michael Stacheder, Bergführer und Gründer der Bergschule »Mountain Elements« in Bad Aibling: für Indoor- und Outdoor-Fotos sowie für Infos über den Beruf des Bergführers, die Gründung einer eigenen Bergschule und Touren mit unerfahrenen Kundinnen.

– Carmen Fill: für die Übersetzung von Samuels sehnsüchtigen Sätzen ins Italienische.

– Cosmina: für die gruselige, aber (fast) wahre Klavierstunden-Geschichte.

– Sabeth: für fachkundige Hinweise zu Annikas Berufsleben.

– Susanne: für hilfreiche Fachsimpelei über das letzte Kapitel.

– Philippe und seine Michi: ihr wisst schon, wofür. ☺

– Inez: für einen grandiosen Musiktipp, dem Annika und Samuel »ihr« Lied verdanken.

– Gerhard: für einen Roten, der mir sehr dabei geholfen hat, Annikas Begeisterung für gute Weine nachzuvollziehen.

– Mama und Papa: für alles. Ich bin froh, dass gerade ihr meine Eltern seid.

– Oli: Der größte Dank geht an dich – weil du mir bei tausend kleinen Fragen rund um die Berge geholfen hast. Weil es ohne dich weder die Figur des Samuel geben würde noch einen Roman, der in den Dolomiten spielt. Und weil du mir immer meinen Rucksack tragen willst, obwohl ich weder invalide noch schwanger bin. Love!

Liebe ist, was du draus machst

Nicole Michaels
MADE WITH LOVE -
GLÜCK SELBST GEMACHT
Übersetzt von
Stephanie Pannen
352 Seiten
ISBN 978-3-7363-0051-4

Egal, ob Blumenarrangements oder Kinderpartys - es gibt nichts, das Anne Edmond nicht mit Klebepistole und etwas Kreativität in den Griff bekommt. Nur in Sachen Männer ist die alleinerziehende Mutter eine totale Niete. Bestes Beispiel: Mike Everett! Bei ihm bekommt sie den Mund einfach nicht auf. Doch Mike ist kein Mann, der so leicht aufgibt. Fest entschlossen, die hübsche Dekoqueen für sich zu gewinnen, lässt er seinen Charme spielen und startet einen verführerischen Eroberungsfeldzug ...

»Das Buch zählt zu meinen Lieblingsbücher des Jahres.«
WRITERIP BLOG

LYX